Manual para românticas incorrigíveis

OBRAS DA AUTORA PUBLICADAS PELA EDITORA RECORD

Curvas de aprendiz
Manual para românticas incorrigíveis
Mentirinhas inocentes – um romance de amor e boas intenções
Quando em Roma...

Gemma Townley

Manual para românticas incorrigíveis

Tradução de
CAROLINE CHANG

EDITORA RECORD
RIO DE JANEIRO • SÃO PAULO
2009

CIP-BRASIL. CATALOGAÇÃO-NA-FONTE
SINDICATO NACIONAL DOS EDITORES DE LIVROS, RJ

Townley, Gemma
T671m   Manual para românticas incorrigíveis / Gemma Townley; tradução de Caroline Chang. – Rio de Janeiro: Record, 2009.

Tradução de: The hopeless romantic's handbook
ISBN 978-85-01-08346-3

1. Romance inglês. I. Chang, Caroline. II. Título.

09-3033
CDD: 823
CDU: 821.111-3

Título original em inglês:
THE HOPELESS ROMANTIC'S HANDBOOK

Copyright © 2007 by Gemma Townley

Ilustração da capa: Fábio da Silva Lyra

Texto revisado segundo o Novo Acordo Ortográfico da Língua Portuguesa.

Todos os direitos reservados. Proibida a reprodução, no todo ou em parte, através de quaisquer meios.

Direitos exclusivos de publicação em língua portuguesa somente para o Brasil adquiridos pela
EDITORA RECORD LTDA.
Rua Argentina 171 – Rio de Janeiro, RJ – 20921-380 – Tel.: 2585-2000
que se reserva a propriedade literária desta tradução

Impresso no Brasil

ISBN 978-85-01-08346-3

PEDIDOS PELO REEMBOLSO POSTAL
Caixa Postal 23.052 – Rio de Janeiro, RJ – 20922-97

EDITORA AFILIADA

Para Mark, que corrigiu esta ex-romântica incorrigível

O caminho do justo, de acordo com a Bíblia e com aquela outra maravilhosa fábula sobre a moralidade, Pulp Fiction — Tempo de violência, *é incessantemente ameaçado pelas iniquidades dos egoístas e pela tirania dos maus.*

O caminho da romântica incorrigível tampouco é um mar de rosas; é ameaçado por homens igualmente egoístas e tirânicos, que dizem uma coisa quando pensam outra, nunca retornam as ligações e em geral agem como passado. Há também os cínicos que afirmam que o romantismo é uma mentira, que finais felizes não existem e que é melhor desistir logo e se casar com aquele cara com quem você saiu no ano anterior. Aquele com odores corporais e que achava que entradas para um jogo de futebol eram uma boa ideia de presente de aniversário (um jogo de futebol do time dele, claro).

O importante é reconhecer essas pessoas pelo o que são. Deixá-las de lado e seguir na sua busca pelo amor verdadeiro e puro. E se, durante essa busca, você perceber que seu pretendente não é exatamente o príncipe no cavalo branco que você imaginava, apenas sorria educadamente, siga em frente e agradeça aos céus por não ter se casado com um sapo. Não que ele fosse pedir a sua mão, claro, mas não é essa a questão.

— Manual para românticas incorrigíveis

AGRADECIMENTOS

Há muitas pessoas que merecem um agradecimento por terem me ajudado a concluir o *Manual para românticas incorrigíveis*. Em primeiríssimo lugar, Dorie Simmonds, por seu inesgotável bom humor, por suas maravilhosas ideias e férrea determinação — eu não teria conseguido sem você. Agradecimentos sinceros também aos meus editores, Allison Dickens e Laura Ford, além de todas as pessoas da Random House e da Ballantine, que foram tão atenciosos e gentis durante todo o processo. Minha gratidão a Jommers e Caroline Douglas, de cujos cérebros abusei com todas as questões farmacêuticas; ao Cancer Research UK, pelo site tão incrivelmente útil; e, finalmente, ao meu marido, Mark — a quem este livro é dedicado —, por fazer o possível para me ajudar quando despejei em cima dele vários finais possíveis, pedindo que escolhesse um (e por não ter ficado chateado quando ignorei completamente sua escolha).

1

Kate Hetherington suspirou e colocou o drinque sobre a mesa com um movimento dramático.

— Tem de haver uma maneira mais fácil — disse ela, balançando a cabeça, desolada. — Seria de se imaginar que a essa altura já tivessem desenvolvido um radar ou algo do gênero.

Sua amiga Sal franziu o cenho.

— Radar?

— Para encontrar o homem perfeito. Para que você não precise passar por coisas como *speed dating*. Sinceramente, Sal, foi a pior noite da minha vida. Detestei todos os minutos. Detestei todos os homens que estavam lá. E, no final, ainda fiquei decepcionada por só ter conseguido um número de telefone. Ora, é uma coisa idiota sob tantos aspectos que nem sei por onde começar.

Sal deu de ombros.

— Aposto que não foi tão ruim assim. Na verdade, parece bem divertido.

Kate fitou a amiga com seriedade.

— Isso é porque você é bem casada e sabe que nunca vai precisar ir a um encontro desses. Coisas tipo *speed dating* sempre parecem divertidas. Mas, na realidade, são horríveis.

— Então por que você foi?

— Porque você me obrigou.

— Eu não *obriguei*! Só disse que você deveria tentar, só isso.

Kate suspirou.

— Eu sei. Acho que uma parte dentro de mim também pensou que poderia funcionar. Quer dizer, pensei que eu poderia... encontrar o olhar de alguém e saber...

— E isso não aconteceu?

— Não — Kate disse, desanimada. — E a verdade é que estou ficando meio que sem opções. Logo vou fazer 30 anos, e não estou vendo nenhum cavaleiro montado em um cavalo branco no horizonte vindo me salvar, você está?

Sal fez que não.

— O cavalo precisa ser branco? — ela perguntou, com um sorrisinho brotando nos lábios.

Kate sorriu.

— Estou disposta a aceitar bege — ela admitiu. — Se o cavaleiro for bonito o suficiente.

— Aqui estão vocês. Desculpem o atraso. Então, como estamos?

Kate e Sal se viraram e viram o amigo Tom se aproximando.

— Horrível, obrigada por perguntar — Kate disse, lúgubre. — E você?

Tom fez uma careta.

— Precisando desesperadamente de uma bebida. Alguém quer outro drinque?

Kate entregou o copo a ele e pediu uma vodca-tônica, e Sal recusou a oferta. Quando Tom desapareceu em direção ao bar, Sal fez uma cara séria:

— Você tem certeza de que não tinha nenhum homem lá que valesse a pena? Nenhunzinho?

— Nenhunzinho — Kate afirmou. — Eram todos assustadores, com jeito de tarados ou simplesmente muito esquisitos.

Sal olhou para ela desconfiada, e Kate ficou indignada.

— O quê? — bradou. — Não acredita em mim?

Sal arregalou os olhos, espantada:

— Mas eu não disse nada!

— Não, mas me olhou como se quisesses dizer alguma coisa. Acha que eu deixaria passar um cara maravilhoso disposto a me conquistar e me deixar perdidamente apaixonada?

Sal hesitou, então disse, de supetão:

— Eu só acho que talvez o seu nível de exigência seja alto demais. Quer dizer, você só fala em alguém para se apaixonar perdidamente, cavaleiros e tudo o mais. Em vez de caras bonitinhos ou simpáticos. Não tenho certeza se você... está procurando as qualidades certas.

— Qualidades certas?

Sal baixou o copo.

— Este é o mundo real, Kate, só isso. Richard Gere não vai aparecer em um carro conversível para resgatar você pôr do sol adentro.

— Não quero que Richard Gere apareça — Kate replicou. — Eu só quero...

As sobrancelhas de Sal se ergueram na expectativa da resposta.

— Está bem — Kate disse, com um suspiro. — Admito. Minhas expectativas são altas. Quero fogos de artifício, quero mágica. Qual o problema disso? Não posso fazer nada: eu preferiria me matar a aturar outra noite de *speed dating*.

— *Speed dating*? — Tom perguntou, ao chegar com os drinques. — Então você foi, é?

Kate fez que sim.

— Tentei, mas detestei, então nunca mais vou repetir.

Evitando os olhos de Sal, ela pegou um dos drinques que Tom trazia e afastou a cadeira para abrir lugar para ele.

Estavam sentados no Bush Bar and Grill, um bar-restaurante que ficava a cinco minutos das casas dos três e que, nas noites de domingo, abrigava o seu encontro semanal. Os três viviam a poucas ruas um do outro na área de Londres entre Shepherd's Bush, West Kensington e Hammersmith. Dependendo da ocasião — se estavam numa entrevista de emprego, tentando impressionar alguém ou apenas procurando passar despercebidos —, eles diziam que moravam em uma área ou em outra. Sal e o marido, Ed, viviam em uma rua que oficialmente ficava dentro dos limites de West Kensington; o CEP de Kate era W6, o que significava Hammersmith, mas na verdade estava mais próxima de Shepherd's Bush. E Tom morava na Goldborne Road, a um pulo do Bush Bar and Grill e a dois minutos de caminhada de cada uma das mulheres.

— Então foi tão horrível quanto parece? — Tom perguntou, seco.

— Foi pior — Kate disse. — Tive que conhecer vinte caras, cinco minutos cada um, o que não é tanto assim, né? — Ela fitou Tom com um olhar suplicante, e ele concordou. — Mas mesmo assim fiquei sem assunto — continuou. — Quer dizer, as perguntas deles eram tão idiotas. Tipo: se eu fosse um bicho, qual seria, e por quê. Que tipo de pergunta é essa?

Tom franziu o cenho:

— Qual bicho você disse que seria? — ele perguntou, interessado.

— Comecei com um golfinho, então alguém contou uma piada com baleias e eu queria morrer. Depois disso, fui um crocodilo duas vezes, um rottweiler e um suricato — ela lançou um olhar irônico.

— Bem, não admira que você não tenha conhecido ninguém legal — Sal reclamou. — Eles provavelmente pensaram que você era uma ecologista maluca.

— Mas uma ecologista maluca muito legal — Tom disse, afetuoso.

— Posso apresentar você a um dos amigos do Ed, se quiser — Sal interrompeu. — Acho que posso garantir que nenhum deles faria nenhuma pergunta relacionada a animais.

— Obrigada, Sal — Kate disse, encolhendo os ombros. — Mas acho que eu não teria muito em comum com os amigos do Ed...

Sal fez cara feia.

— Pois você acha que todos os corretores de ações são uns chatos de camisa listradas? — ela perguntou, irritada.

— Não! — Kate disse. — Claro que não. Mas, ora, você e o Ed são tão... adultos.

— O Ed só tem 35 anos — Sal disse, defensiva. — Não é tão velho assim. E eu não sou mais velha do que você.

— Eu não disse "velho". "Adulto" é bem diferente.

— Como assim? — Sal perguntou, com um olhar furioso.

Tom sorriu:

—· Sal, querida, não banque a inocente para cima de nós. A gente sabe que quando estão em casa, você e Ed conversam sobre ações e o impacto do orçamento da União nos seus planos de previdência. Enquanto isso, duvido que a Kate aqui sequer tenha um plano de previdência. Tem, Kate?

Kate mexeu-se desconfortavelmente na cadeira:

— Vou fazer um. Sabem, em algum momento.

— Kate! — Sal disse, chocada. — Você não tem um plano de aposentadoria? Isso é tão... irresponsável.

— Nada mais a acrescentar, meritíssimo — Kate suspirou. — Nenhum dos amigos do Ed se interessaria por mim, pois não tenho uma carteira de ações. Eu nem saberia o que fazer para ter uma. E a verdade é que não dou a mínima. Logo, ou tenho que desistir completamente, ou então aceito o fato de que vou passar o resto da minha vida em encontros de *speed dating* nojentos, enquanto porcos insuportáveis lançam olhares de soslaio e ficam encarando meus peitos a noite inteira. Simplesmente maravilhoso.

— Sério? — Tom perguntou. — Eles olharam para os *seus* peitos?

Kate deu um tapa nele. A quase inexistente profundidade do seu decote era uma piadinha recorrente entre Sal e Tom. Assim era desde o ensino médio, quando ela fora a última garota de toda a turma a precisar de um sutiã.

— Na verdade, um dos caras passou os cinco minutos inteirinhos olhando para os meus seios. E então ele me deu um cartão de visitas e disse que adoraria me ver de novo! Dá para acreditar? Steve, ele se chamava. Guardei o cartão para lembrar de tudo o que não estou buscando em um homem.

— Não há nada de errado em olhar para peitos — Tom disse, sorrindo. — Acho que são um grande indicativo de potencial para um casamento.

Sal revirou os olhos:

— Tom, você é um caso perdido. E não entendo como você também é tão devagar com isso. Quando foi a última vez que você teve uma namorada séria?

— Eu me orgulho de me manter afastado da seriedade no que diz respeito ao departamento de namoradas — Tom respondeu, com dignidade. — Já tenho seriedade suficiente no trabalho, obrigado.

— Ser cirurgião não impede você de se apaixonar — Sal continuou. — Você nunca encontra alguém de quem goste?

Tom ficou pálido.

— *Gostar* é uma palavra estranha, não acha? — ele olhou para baixo, para o copo vazio. — Eu *gosto* de muitas coisas. O que não quer dizer que eu queira morar com elas, não é? Não quer dizer que eu queira assinar um papel abrindo mão da minha vida.

Kate agarrou a deixa. Ela disse para Sal:

— Viu? Você diz que eu sou incorrigível, mas não sou tão incorrigível quanto Tom.

— Ah, é aí que você se engana — Tom disse, rápido. — Você é o epítome da romântica incorrigível. Ironicamente, pois tudo o que você quer é que uma história de amor de contos de fadas se torne realidade e a corrija. Eu, por outro lado, estou confortável com a ideia de que isso não acontece. Portanto, eu, diferentemente de você, nunca vou me decepcionar.

— Acha que vou me decepcionar?

Tom levantou as sobrancelhas.

— Kate, para um homem preencher as suas expectativas, ele teria de ter 1,95m, ser forte mas sensível, inteligente mas sempre disposto a aceitar seu ponto de vista, teria que surpreender você o tempo todo e basicamente dedicar a vida a você. Para uma mulher preencher os meus requisitos, ela precisaria ser... bem, mulher. E talvez não ser uma besta completa.

Kate franziu a testa.

— Não sou uma romântica incorrigível. Isso é bobagem.

— Não é? — Tom perguntou, com um sorriso irônico mal disfarçado. — Lembra de quantas universidades você tinha na sua lista de possibilidades?

Ela olhou para ele com curiosidade:

— Duas — respondeu. — Não, três.

— Pode ser que você tenha colocado três no final das contas, mas só porque foi forçada a fazê-lo. Não lembra? Você estava perdidamente apaixonada por aquele cara um ano mais velho do que nós, Paul James. E insistia que tinha que ir para Bristol, porque era para lá que ele estava indo, e vocês dois tinham sido feitos um para o outro.

— E daí? — Kate sabia para onde a conversa estava indo.
— Eu gostei de Bristol. Era uma ótima universidade.

— Sim, mas você brigou com Paul no início das férias de verão! Você tomou uma das decisões mais importantes da sua vida influenciada pela ideia romântica de que tinha sido feita para um adolescente cheio de espinhas. Poderia ter sido um desastre.

— Mas não foi, foi? — Kate disse, afogueada. — E pelo menos eu estou aberta ao amor. Pelo menos estou aberta ao compromisso, ao casamento e ao "felizes para sempre". Você se tornou cínico demais, Tom.

— Pode ser. Mas se me tornei cínico demais, então estou satisfeito — Tom disse, resolvendo a questão com um aceno de mão. — De qualquer forma, não é como se alguém tivesse manifestado alguma vontade de casar comigo. Quer dizer, alguma de vocês aceitaria alguém como eu?

Por um momento seus olhos encontraram os de Kate, e ela ficou séria:

— Cruzes, não — ela disse, rapidamente. — Não posso imaginar nada pior.

Sal suspirou.

— Também dispenso — ela condescendeu, dando a deixa para Tom mostrar uma expressão de decepção. — OK. Bem, vocês dois aproveitem as suas existências solitárias e apareçam lá em casa para visitar a mim e ao meu entediante marido, está bem?

Kate se debruçou e segurou o braço de Sal.

— Sal, você sempre resolve tudo antes. Você já tinha sido aceita em várias universidades antes mesmo de a gente mandar nossas inscrições. Já tinha um emprego antes mesmo da gente se recuperar da ressaca do fim da faculdade. Nós ainda vamos chegar lá. Ou, pelo menos, assim espero.

Sal sorriu.

— Tudo bem, você está certa. Mas ainda acho que deveria deixar eu apresentar alguém a você — ela disse, com outro suspiro.

Kate balançou a cabeça:

— Obrigada, mas não. Um dia vou encontrar a minha cara-metade — afirmou, lançando a Tom um olhar bastante eloquente. — Espero.

— Então você vai ficar esperando até que o Sr. Cara-Metade apareça? — Sal perguntou. — E se ele não aparecer? Quer dizer, não é um pouco... arriscado?

— Não é mais perigoso acabar ficando com o cara errado porque você teve medo de esperar pelo Sr. Cara-Metade? — Kate perguntou, na defensiva.

Sal fechou a cara, e Kate imediatamente retrocedeu:

— Eu não quis dizer *você*, Sal. Nossa, eu quis dizer, você sabe, que eu quero ter a certeza de que...

— Tudo bem — Sal disse. — Por mais adorável que tenha sido nossa conversa, acho que está na hora de eu ir para casa. O Ed vai voltar a qualquer minuto do maldito golfe com os clientes e seria bom ver o meu marido por pelo menos uma hora esse fim de semana antes de dormirmos.

Kate concordou:

— É, acho que está ficando tarde.

— É sinal de que estamos ficando velhos, sabem? — Tom disse, enquanto vestiam os casacos. — Há alguns anos, dez da noite parecia cedo demais.

— Não aos domingos, Tom — Sal disse, realista. — Se você não tomar cuidado, vai se transformar em uma daquelas pessoas que passam o tempo todo reclamando que o verão não é mais tão longo como quando elas eram jovens.

— Mas não é mesmo — ele protestou. — E, além disso, costumava nevar no Natal.

Os três deixaram o Bush Bar and Grill pela Goldhawk Road, tremendo na noite fria de fevereiro.

— Sinto muito, mas acho que vou correr — Sal disse assim que se viram do lado de fora. — Vejo vocês algum dia na próxima semana? — Ela assoprou beijos para os dois e se apressou na direção da grande casa que dividia com o marido analista de investimentos.

Tom olhou para Kate e sorriu.

— Vamos, acompanho você até a sua casa — ele disse, colocando o braço ao redor dela. — Não podemos deixar a nossa romântica incorrigível sozinha na rua a essa hora.

Kate soltou um suspiro cheio de lamento enquanto começavam a caminhar.

— Você não acha que sou mesmo incorrigível, acha? — ela perguntou a Tom.

— Acho que você é uma otimista — ele disse, um pouco receoso. — E isso não é uma coisa totalmente ruim.

— Você fala sério, sobre nunca se casar?

Ele deu de ombros.

— Não sei. Talvez, se eu encontrar a mulher certa.

Kate concordou.

— Não é assim tão fácil, não é mesmo? Quer dizer, não é tão fácil quanto gostam de fazer parecer. Às vezes me pergunto como um casal consegue se encontrar e ficar junto. Como foi que nossos pais conseguiram fazer isso?

— Não conseguiram. Nem todos — Tom disse, com um meio sorriso cáustico nos lábios.

Kate enrubesceu.

— Desculpa. Eu não quis dizer os *seus* pais.

Na verdade, ela logo se deu conta, os pais de nenhum deles haviam propriamente tirado nota dez no quesito amor e casamento. A mãe de Tom dera no pé quando ele tinha apenas

7 anos, a mãe de Sal a havia criado sozinha, e os pais de Kate passaram os últimos trinta anos brigando.

— Ei, não se preocupe com isso. Eu nem incluo a minha mãe na categoria "pais", mesmo. É preciso pelo menos fazer algum esforço para merecer esse título, não? Dar no pé quando a criança tem 8 anos e cortar todo e qualquer contato não se qualifica, não é?

— Ainda nenhuma notícia, então? — ela perguntou, com gentileza.

Tom quase nunca falava na mãe. Ele mal mencionava sua existência desde que ela desaparecera um dia, sem qualquer explicação, nem mesmo um bilhete de despedida. Mas Kate sabia o quanto aquilo o magoara; ela já o vira sair do banheiro da escola com olhos vermelhos, negando ferozmente a possibilidade de que estivesse chateado. Foi aí que ele começou a ficar cínico. Oito anos é cedo demais para alguém aprender que não se pode confiar nem mesmo na própria mãe.

Tom deu de ombros mais uma vez:

— Meu pai sabe onde ela anda. Eu não quero saber. Tenho coisas mais importantes com que me preocupar.

— Como, por exemplo, evitar relacionamentos sérios? — Kate perguntou, com um sorriso.

— Exatamente — Tom disse, também sorrindo. — E agora, o que vem a seguir na sua busca para encontrar o seu príncipe no cavalo branco? Já pensou em pôr um anúncio na internet? "Procura-se cavaleiro para salvar donzela em perigo. Precisa ter cavalo próprio."

Haviam chegado ao prédio de Kate, de forma que ela decidiu ignorar o comentário de Tom. Em vez de retrucar alguma coisa, ela ficou na ponta dos pés e lhe deu um beijo na bochecha.

— Boa noite, Tom.

Ele ignorou a deixa.

— Talvez — continuou, com entusiasmo — você devesse enviar uma foto sua aos quatro cantos do mundo, para quatro príncipes diferentes que terão de passar por uma penosa jornada e realizar várias tarefas para ganhar seu coração. Ou então você precisa arranjar uma fada-madrinha para tratar do caso. Quer dizer, você tem uma, não?

Kate fuzilou-o com o olhar e bateu a porta do prédio. Que saco esse Tom. Bem, ela mostraria a ele. Não sabia como, mas isso era só um detalhe.

Ela decidiu tomar um banho antes de ir para a cama — uma bela imersão, para prolongar um pouquinho o fim de semana. E também queria checar os seus e-mails. E arrumar a cozinha, que ainda exibia os restos do café da manhã encobrindo as superfícies.

Kate suspirou. De alguma forma, nunca havia tempo suficiente num dia para fazer tudo. Nunca havia horas suficientes para liquidar com as coisas chatas e ainda ter tempo para as coisas legais, como ver os amigos, assistir a filmes, dar passeios românticos no parque.

Por outro lado, ela não tinha *ninguém* com quem dar passeios românticos no parque.

Foi até o banheiro, um pouco chateada, e girou as torneiras. Então caminhou até a sala de estar, abarrotada, onde uma mesinha no canto brigava por espaço com um grande sofá; ambos estavam tomados por cartelas de cores, revistas e croquis.

Qual era o problema de ser uma romântica incorrigível, afinal? O que havia de tão ruim em encontrar o verdadeiro amor? Não era isso o que todos queriam, lá no fundo?

Empurrando para o lado uma pilha de papéis, ela ligou o computador e esperou até que a caixa de e-mails surgisse na tela. Três mensagens relacionadas ao trabalho que iriam esperar até amanhã. Um e-mail do Daily Candy, dizendo para ela "expressar sentimentos com bolinhos glaçados" esse fim de semana. A Amazon dizendo que sua última encomenda havia sido enviada. Uma russa "loira e atraente" oferecendo sexo gratuito para quem visitasse a sala de chat de um site. Mas nada do homem lindo que ela vira em um café naquela manhã. Os olhos dos dois haviam se encontrado por um breve momento, e ela acidentalmente-de-propósito deixara cair um cartão de visitas ao ir embora, esperando que ele o apanhasse e entrasse em contato. Era isso o que aconteceria em um filme. Mas, é claro, ele não havia se apaixonado perdidamente por ela. Ora, também não era nenhuma tragédia.

Kate ficou um pouco tonta. Tom e Sal tinham razão — ela *era* uma romântica incorrigível. Um caso perdido, na verdade. Ela estava com quase 30 anos, tinha seu próprio apartamento e um bom emprego, e deveria ser madura e cautelosa, mas em vez disso acreditava ser Meg Ryan em *Sintonia de amor* ou *Mensagem para você*. Ela deveria se casar com um dos amigos de Ed e acabar de uma vez com aquilo, ser feliz até que a morte os separasse em uma bela casa de quatro quartos, com planos de previdência saindo pelas orelhas. Só que não seria feliz. Seria muito infeliz. Ela queria um romance com o amor da sua vida, não um casamento entediante com um homem bem-vestido em um terno risca de giz.

Talvez fosse uma doença, pensou. Talvez um dia encontrassem a cura para os românticos incorrigíveis — uma pílula que faria desaparecer a necessidade de emoção e de romance e que a deixaria como Tom, difícil e autossuficiente. Talvez houvesse grupos de apoio aos quais ela pudesse se juntar, para seguir um planejamento de 12 passos. Talvez lá ela conhecesse os roteiristas dos filmes de Meg Ryan, balançando-se para a frente e para trás, incapazes de viver em um mundo em que Brad deixou Jen, em que Meg se divorciou e em que, não importa quanto tempo você esperasse no topo do Empire State, ninguém iria ao seu encontro.

Ao abrir o navegador, ela sorriu para si mesma, então foi no Google e digitou "romântica incorrigível". Para sua surpresa, havia mais de 4 milhões de páginas.

ROMÂNTICAS INCORRIGÍVEIS: UM CÍRCULO FECHADO PARA PESSOAS QUE VEEM ROMANTISMO EM QUALQUER SITUAÇÃO
ROMÂNTICA INCORRIGÍVEL: O BLOG DE UMA GAROTA EM BUSCA DO AMOR
ROMÂNTICA INCORRIGÍVEL: FAÇA NOSSO TESTE E DESCUBRA SE SEU CASO É TERMINAL!
ROMÂNTICA INCORRIGÍVEL: INSCREVA-SE PARA RECEBER DICAS E AUMENTE O ROMANCE NO SEU RELACIONAMENTO

Sem acreditar no que via, Kate começou a rolar a página para baixo.

ROMÂNTICA INCORRIGÍVEL: UM ESTILO DE VIDA, NÃO UMA DOENÇA
ROMÂNTICA INCORRIGÍVEL: A LUTA DE UMA MULHER CONTRA A ADVERSIDADE

Havia fóruns de discussão, testes e diários — milhares e milhares. Ela não estava sozinha! Kate esboçou um sorriso, enquanto continuava a navegar.

ROMÂNTICA INCORRIGÍVEL: VOCÊ ESTÁ CANSADA DE SER CHAMADA DE INCORRIGÍVEL?

— Sim! — Kate disse em voz alta. — Sim, eu estou! — e clicou.

Dê para sua amiga um presente inesquecível. Garantimos que ela nunca mais chamará você de incorrigível.

Franzindo o cenho, Kate voltou à página anterior. E então algo chamou sua atenção.

ROMÂNTICA INCORRIGÍVEL: MANUAL PARA ROMÂNTICAS INCORRIGÍVEIS. EDIÇÃO ESGOTADA. LEILÃO TERMINA EM 2 MINUTOS.

Era uma página do eBay. Ao clicar nela, Kate fitou a capa de um livro que parecia ser dos anos 1950. Na capa, uma mulher com uma cintura finíssima, uma enorme saia rodada e olhos brilhantes.

Você é uma romântica incorrigível? Você quer amor e paixão, e sente-se desapontada e decepcionada com a realidade das relações amorosas? Não se desespere. O Manual para românticas incorrigíveis *vai salvar você.*

Kate revirou os olhos. Um manual para se ter uma vida romântica? Que ridículo. Que desesperado.

Mas, em vez de fechar a página, o que ela fez foi rolar para baixo.

O Manual para românticas incorrigíveis *é um manual para a vida. O romantismo é todo seu; você apenas precisa encontrá-lo. O* Manual para românticas incorrigíveis *não vai dizer apenas onde achá-lo, mas vai auxiliá-la durante todo o trajeto. Este livro mudará a sua vida — nós garantimos. Se você não encontrar o amor verdadeiro, peça seu dinheiro de volta.*

Kate olhou para a página. Peça seu dinheiro de volta? Isso era loucura. Quem é que estava vendendo esse livro, afinal de contas? Ela rolou até o início da página.

C*P1D24

C*P1D24? Que tipo de apelido era aquele?

Mas, por outro lado, havia a garantia de devolução do dinheiro. Algo que não se vê muito no eBay.

Ela ficou séria. Nenhuma oferta havia sido feita pelo livro ainda, e o preço inicial era de apenas 7 libras. Não era muito dinheiro por um livro que prometia mudar a sua vida.

E o leilão se encerrava em um minuto.

Claro que ela não precisava de um manual. A ideia era ridícula. Um manual para encontrar o amor?

Mas, por outro lado, ela não estava se saindo lá essas maravilhas sozinha. E eram *só* 7 libras.

Rapidamente ela atualizou a tela. Ainda nenhuma oferta, e só restavam mais vinte segundos. Tamborilando os dedos na margem da mesa, ela suspirou.

— Está bem, vou comprar — disse, falando sozinha, e fez uma oferta de 7,01 libras. Mal havia enviado a proposta, uma tela se abriu, anunciando que ela vencera o leilão e sugerindo que pagasse via Paypal. Prometendo a si mesma que manteria aquela compra em segredo, começou a preencher os dados. Então ouviu o aviso de que havia chegado uma nova mensagem na sua caixa de entrada. Era um e-mail de C*p1d24. Só que o endereço do remetente era bem menos intrigante do que isso — era de Helen.Brigsenthwaite@aol.com.

Oi! Parabéns! Você não vai se arrepender dessa compra. Foi a melhor coisa que já me aconteceu. Leia, aproveite e, quando terminar, passe adiante, para que traga o amor para a vida de outra pessoa. Aliás, onde você está, para que eu possa calcular os custos de postagem? Obrigada, Helen

Kate ficou olhando para o e-mail. A melhor coisa que já lhe acontecera? Aquele livro devia ser incrível. Embora não tivesse tanta certeza sobre passá-lo adiante. Se era assim tão bom, por que se desfazer dele?

Obrigada, Helen, estou em Hammersmith, respondeu, digitando rapidamente. *137 Sulgrave Road. Então você quer dizer que leu o livro e em seguida encontrou o verdadeiro amor? Kate*

Mesmo? Eu trabalho bem pertinho daí. Se você pagar com o Paypal, deixo o livro aí amanhã mesmo. Estou muito feliz por você. Bjs, H.

Ela não havia respondido à pergunta, Kate percebeu. Era só um livro, não um milagre, forçou-se a recordar. Logo descobriria se a loucura valera a pena.

2

Tom Whitson assobiava ao descer a rua. Amava aquela época do ano — a época que todos os outros odiavam, a época em que todos reclamavam do frio, das noites longas, do fato de a primavera estar quase chegando e ao mesmo tempo demorar tanto. Qual o problema do frio, das noites longas? Era o que ele queria saber. O que havia de tão terrível em um vento de lascar que obrigava você a levantar a gola do casaco, baixar a cabeça e andar rápido? Era revigorante. Era difícil. Era a vida real.

Diferentemente do verão. Tom odiava o verão. Não a parte de mulheres-seminuas-caminhando-por-todos-os-lados do verão; claro que ninguém poderia reclamar disso. Mas ele odiava a expectativa, o sentimento que invadia Londres sob a luz do sol, a sensação de que, de alguma maneira, a vida podia ser mais e melhor, como um seriado americano ou um videoclipe de R&B cheio de pessoas bonitas se divertindo à beça.

No inverno Tom se sentia seguro, pois todos ficavam infelizes. No inverno, você ia para o trabalho, ia até o pub para tomar alguma bebida que o aquecesse, e então voltava para casa, digladiando-se com o frio. E se você conseguisse convencer alguém a digladiar-se com o frio até a sua casa, melhor ainda. A questão era: ninguém espera mais de você. A sobrevivência era o suficiente.

Mas no verão, tudo mudava. As pessoas transbordavam dos cafés de rua, conversando e rindo e sendo tão insuportavelmente felizes a porcaria do tempo todo. Garotas que haviam estado perfeitamente contentes com um sexo casual ao longo do inverno de repente queriam viajar no fim de semana, caminhar ao longo do rio, *discutir coisas*. De repente, ser um filho da mãe cínico e difícil não era mais suficiente. Em resumo, o verão o tornava inadequado — para ele e para todas as outras pessoas. O verão o mostrava como ele realmente era.

Ainda assim, pensava, fechando o casaco, o verão ainda demoraria a vir. Antes haveria um monte de dias terrivelmente frios e chuvosos para se atravessar.

Fora no verão que sua mãe fora embora: 24 de junho, para ser preciso. E dois dias antes de ir embora, ela reclamara amargamente sobre o fato de que não ia mais para parte alguma. Tom se lembrava de ter levado o casaco dela junto com o seu na manhã seguinte, enquanto se preparava para ir à escola, e de ter perguntado se ela gostaria de ir com ele. Pelo menos até o portão do colégio.

Ela se limitou a rir — não de modo gentil, mas com escárnio, como se ele estivesse apenas piorando as coisas.

E, no dia seguinte, partiu para sempre.

De início seu pai disse que ela voltaria. Disse que o calor atrapalhava a mente das pessoas, dava-lhes ideias e caprichos, mas afirmou que ela logo cairia na real e até lá eles se divertiriam para caramba, só os dois...

Tom chegou ao próprio prédio e procurou pelas chaves. Sequer sabia por que estava pensando em tudo aquilo. Era muito pouco típico de sua parte permitir-se devanear no passado. Havia anos conseguira exorcizar quase completamente a mãe da memória, ou pelo menos assim pensava. Por que dar a ela espaço na sua mente, ele racionalizava, quando havia tantas outras coisas muito mais importantes das quais se lembrar? Como, por exemplo, questões de anatomia, os nomes de todas as garotas com as quais dormira, o melhor caminho para se ir do sul ao norte de Londres quando há muito tráfego. Sua mãe não era importante quando se pensava em todo o resto.

Então ele lembrou o que o fizera pensar nela. Claro, fora Kate. Kate e suas ideias românticas sobre o amor e sobre ser feliz para sempre. Ele se preocupava com ela, realmente se preocupava. Por que uma pessoa tão esperta, tão engraçada, tão bonita enfiava ideias tão ridículas na cabeça? Por que Kate não conseguia ver que toda essa bobagem sobre cavaleiros em armaduras reluzentes só lhe causaria decepção e mágoa?

Tom sentiu um nó no estômago ao pensar nisso. Precisava fazê-la enxergar a realidade. Tinha de protegê-la. Ele sabia como lidar com traição e decepção, mas não queria que Kate tivesse de passar por isso. Ele não suportaria assistir a tudo e não poder fazer nada.

O âmago da questão era que o mundo não era povoado por cavaleiros em armaduras reluzentes dispostos a salvar donzelas em perigo como Kate. Era cheio de pessoas furiosas e amargas como ele, que pensavam apenas em si mesmas e não queriam salvar quem quer que fosse. E mesmo que alguém como ele *quisesse* salvar alguém como Kate, mesmo se, lá no fundo, fosse adorar ser o tipo de pessoa que viraria a cabeça de alguém como Kate e confessaria a ela seu amor eterno, isso não significava bulhufas. Fantasias eram ótimas, mas não são nada além disso. Na terra da fantasia, a mãe dele nunca o abandonara.

Na terra da fantasia, ele não odiava a si mesmo. O que só mostrava que monte de porcaria a terra da fantasia era na verdade. E, ele pensou consigo enquanto abria a porta da frente, era seu dever, sua nobre missão, certificar-se de que Kate percebesse tudo isso antes que fosse tarde demais.

3

— Kate, você está atrasada, pelo amor de Deus, e nós mal temos tempo para essa reunião.

Era manhã de segunda-feira, o que significava que a reunião semanal de planejamento de *Futuro: perfeito* transcorria a pleno vapor. *Futuro: perfeito* era um programa de reforma que ocupava uma brecha à tarde na tevê a cabo. Kate era a designer de interiores, um emprego que ela amava e odiava em iguais proporções. Amava porque para ela cada reforma representava um pequeno conto de fadas, no qual um sapo era beijado e se transformava num príncipe, ou então uma cinderela era resgatada das trevas e mandada para um baile; odiava porque o orçamento era irrisório e a maior parte dos seus colegas era um desastre. Magda era a diretora/produtora do programa (*Futuro: perfeito* não podia se dar ao luxo de ter uma pessoa diferente para cada função) que tinha tanto interesse em reformas de conto de fadas quanto paciência com os que chegavam atrasados.

Kate deu um enorme sorriso e rapidamente encontrou uma cadeira vazia.

— Imagino que você já esteja com tudo planejado para o programa da próxima semana — Magda continuou, sem tirar os olhos de Kate. — Sabe que tudo vai girar em torno da casa, não é mesmo? Por que não nos passa as suas ideias para os Jones, Kate? Conte-nos o que vai fazer para prender as pessoas no nosso canal.

Kate vasculhou as anotações, confusa devido à explosão de Magda. A dona de casa, disse para si própria, lentamente. Claro. Com cuidado, pegou o seu bloco de notas e revisou suas caóticas anotações. *Dona de casa sem autoestima*, ela leu. *Doméstico. Atmosfera acolhedora de refeições em família. Revigorar casamento.* Na parte de baixo da folha estavam alguns esboços que Kate havia desenhado, apresentando uma imagem para "antes" e outra para "depois" da cozinha em questão. Cada episódio do programa tinha que ter um assunto — o atual era tentar fazer com que o marido, acostumado à cansada mulher dona de casa, voltasse a prestar atenção nela.

Futuro: perfeito era conhecido, para desgosto de Magda, como o primo pobre de programas como *Extreme Makeover*, apesar de ter começado antes, conforme ela lembrava a absolutamente qualquer pessoa assim que uma oportunidade se apresentasse. A premissa do programa era bastante simples: a cada semana, uma pessoa ou casal seria refeito pela equipe — a casa, o rosto, as roupas —, com tudo sendo registrado pela câmera e tudo conduzindo à grande revelação, quando a pessoa ou o casal, conhecidos por toda a equipe do programa como as vítimas, veriam sua nova aparência em um espelho e, esperava-se, verteriam lágrimas de alegria. O problema era que, com o risivelmente insignificante orçamento de *Futuro: perfeito*, as vítimas em geral não choravam; na verdade, pouco conseguiam fazer além de lançar a si próprios e às suas casas olhares atônitos, que sugeriam uma vaga decepção.

O que era talvez a razão para Magda estar tão agitada, Kate concluiu. Sarah Jones, a vítima da próxima semana, havia sido cuidadosamente escolhida, e Magda deixara claro para todos que tinha grandes expectativas em relação ao episódio. Queria as pessoas Grudadas às Telas de Suas Tevês.

— Eu ia fazer uma tomada com um look Cath Kidston — Kate disse, confiante. — Muito chintz, mas de um jeito moderno, não interiorano demais. Quero mostrá-la sexy na cozinha. Trazer à tona a sexualidade telúrica do ato de cozinhar, colocando-a ela no centro das atenções. Talvez até mesmo com alguns pequenos toques S&M... — Os toques S&M não faziam parte dos seus planos, mas de repente ela sentira vontade de cometer alguma irresponsabilidade.

Magda balançava a cabeça com fúria.

— Toques S&M? Adoro. O que mais? Talvez pudéssemos convencê-la a largar aquele marido estúpido? Apresentá-la a outro homem?

Kate olhou para ela, incrédula.

— Ou então — disse —, poderíamos reaquecer o casamento deles. — Ela sorriu, repentinamente tocada por uma inspiração. — Talvez no final eles pudessem refazer os votos do casamento! Poderiam refazê-los ali, na cozinha, com os filhos como pajens e...

Magda revirou os olhos:

— Não me faça vomitar. De qualquer forma, rompimentos fazem muito mais sucesso. Mesmo assim, talvez toques S&M sejam uma boa, se conseguirmos convencê-la a usar saltos altos. Talvez bater na bunda do marido com um espanador de pó ou algo do tipo. Se conseguirmos uma tomada boa, talvez eles coloquem uma foto no guia de programação dos canais a cabo.

— Talvez Lysander pudesse vesti-la numa roupa de vinil — Kate disse. — Isso também levantaria a audiência.

Lysander era o "armário", apesar de ele preferir ser chamado de "editor de moda". Havia sido tirado da revista *GQ* por Magda quando ela havia acabado de entrar para o programa, com ambições de, em um ano, levá-lo para a televisão aberta. Seria uma bolada para os dois, ela dissera a Lysander com seriedade. Aquilo era televisão — muito melhor do que revistas. Ele seria louco em não aproveitar a oportunidade.

Isso fora há três anos, e não só o programa não fora para a televisão aberta como perdera o espaço das sete da noite, sendo relegado ao desolado horário das três da tarde, destinado a ser assistido por doentes, desempregados, aposentados e mães exaustas, nenhum dos quais interessava a Lysander. Nesse meio-tempo, seus ex-colegas galgavam degraus e editavam caras revistas de moda. Estavam entrevistando Alexander McQueen e ocupando assentos de primeira fila nos desfiles de moda de Paris, Londres e Nova York, enquanto ele dava conselhos a mulheres acima do peso sobre as propriedades emagrecedoras do preto.

Claro, os ex-colegas não estavam na televisão, ele sempre dizia, o que era a única coisa à qual podia se agarrar, a única coisa que tornava a vida tolerável. Como ele nunca deixava de mencionar, quando você diz às pessoas que trabalha na televisão, elas ficam impressionadas e ponto final. E daí que era televisão a cabo, e daí que era a escória da escória. A televisão traz prestígio. A televisão abre *portas*. Isso se tornara seu mantra, repetido sempre que ele lia sobre um ex-colega tomando as rédeas na *Vogue* americana ou se juntando à equipe de John Galliano na Dior.

— Imagino que eu seja o que vocês chamam de uma celebridade tipo Z — ele brincava, modestamente, com seus amigos, pensando em segredo que ele era no mínimo tipo D, se não C, e consolando a si mesmo ao pensar que uma celebridade tipo D era melhor do que nada.

Magda deu um sermão em Kate:

— Você pode não ter notado, mas nossos índices estão despencando para o quase horrível. E, se não melhorarem, não haverá mais *Futuro: perfeito*. Então vamos todos pensar em maneiras construtivas de melhorar o programa, certo?, em vez de criticar boas ideias, OK?

Kate concordou.

— Vamos lá, Lysander. Diga no que você está pensando — Magda disse, com um suspiro inoportuno.

Lysander levantou uma sobrancelha.

— Acho que consigo fazer algo nessa... linha. — Seu discurso tomava um rumo que sugeria que a ideia de Kate sequer merecia ser chamada de ideia. — Temos em mente algo como uma mistura de Bree van de Kamp e Camila Parker Bowles? Meio country, mas com toques efervescentes de devassidão e apelo sexual. Um pouco de floral, aqui e ali, mas discreto, sem... sem...

— Se espalhar — Kate sugeriu, e Lysander deu de ombros.

— Camila Parker Bowles — Magda disse, com um olhar dúbio. — Isso não parece nem um pouco S&M. Parece mais o maldito *Manor Born*.

— Não se preocupe, Magda — Lysander disse, calmamente. — Vamos usar um pouco de borracha, nem que sejam só luvas de borracha.

Magda, parecendo pouco convencida de que Camila Parker Bowles pudesse catapultá-los para o primeiro time de programas televisivos de reforma, virou-se para Gareth, responsável por cabelo e maquiagem, e que era o único amigo de verdade que Kate tinha no trabalho.

— Gareth, quer acrescentar alguma coisa? — Magda perguntou, com outro suspiro.

Gareth acenou, tão soturnamente quanto se tivessem lhe perguntado o que a evacuação da Faixa de Gaza significava para o processo de paz no Oriente Médio.

— Bem — ele disse, depois de uma pausa dramática —, é um equilíbrio delicado. Sensível com um laivo sexy. Fácil de fazer sozinha, mas difícil o suficiente para que ela precise fazer um esforço. Diferente a ponto de o marido perceber a mudança, mas sem causar um choque total. Entendem o que quero dizer?

Kate reprimiu uma risadinha. Gareth era a única pessoa na equipe do programa que levava as reformas tão a sério quanto ela — na verdade, até mais. Para ele, maquiagem e cabelo eram questões de vida ou morte. Conforme ele lhe dizia a cada vez que tinha um desentendimento com Magda ou, pior, com Penny, a apresentadora: "Esse programa muda vidas, Kate. Carregamos essa responsabilidade conosco todos os dias. É uma honra, sabe? E as pessoas ficam tão agradecidas..."

— OK — Magda disse, depois de encarar Gareth por um momento, como se quisesse perguntar de que diabos ele estava falando e então decidir o contrário. — Certo, não temos nenhuma cirurgia essa semana, mas vamos chamar o Sr. Malhação para fazer uma programação de exercícios para ela.

— Usando utensílios do armário da cozinha — Gareth exclamou. — Vamos fazer ele usar instrumentos de cozinha. "Exercícios que toda mulher pode fazer em casa...". — O olhar dele brilhou enquanto Lysander revirava os olhos de desgosto.

— Maravilha — Magda disse, bruscamente. — Ótimo. Onde diabos está Penny? — ela lançou um olhar irritado primeiro para a porta, e então para o relógio.

Penny Pennington era a apresentadora de *Futuro: perfeito*, um nome que às vezes Kate imaginava que tivesse sido escolhido com base apenas na aliteração do seu nome — bem, e também na sua íntima relação com os tabloides sensacionalistas e revistas de fofoca cujas capas ela agraciava sempre que conseguia providenciar uma fofoca que valesse a pena. Penny fora uma criança-prodígio nos anos 1980, quando apresentava um programa de tevê e chegou à lista das dez músicas mais pedidas com um *single* açucarado, e nunca mais conseguira repetir o sucesso. Nos anos 1990, lançou várias músicas que nunca mais sequer chegaram às quarenta mais pedidas, estrelou uma campanha publicitária para uma pasta de dentes branqueadora, e de vez em quando apareceu em alguma revista de celebridades — uma vez devido à chocante notícia de que "uma das crianças-prodígios mais amadas da Grã-Bretanha estava em uma clínica de reabilitação devido ao alcoolismo", uma vez pelo anúncio de que se casaria com um mágico de televisão ligeiramente mais conhecido do que ela, algumas vezes seis meses depois, relatando que o casamento estava em perigo e, oito meses depois, em pleno divórcio. Aparecer no *Sou uma Celebridade — Socorro!* foi o que de fato mudara seu destino. Ela havia sido eliminada do reality show relativamente cedo, mas seus regulares ataques de criança mimada e sua recusa em participar de qualquer tarefa envolvendo insetos ou vermes rastejantes fizeram com que fosse apelidada de Penny Petulante, e a isso se seguiram várias matérias "exclusivas" nas revistas *Hot Gossip, Closer, OK!* e *Tittle Tattle*.

Porém, *Futuro: perfeito* havia sido a única verdadeira oferta de trabalho após isso tudo, com a promessa de um salário grande o suficiente para pagar o aluguel de um belo apartamento em Chelsea. Mas Penny via o programa com absoluto desprezo, como um passatempo para esperar o momento em que a carreira de celebridade voltasse com tudo.

À deixa de Magda, a porta se abriu, e a própria Penny entrou, com os olhos escondidos atrás de óculos escuros e o cabelo loiro descolorido pendendo como palha nas laterais do rosto.

— Então? — ela disse, esperando enquanto uma produtora saía de sua cadeira para que ela pudesse se sentar. — Que merda vou ter de aturar esta semana?

Magda olhou-a fixamente.

— Na verdade, Penny, temos uma ideia bem legal para o programa da próxima semana. A mulher de Essex, lembra?

Penny bufou.

— Aquela que não conseguia parar de encher a cara de torta?

— Vamos fazer algo country, mas com um toque diferente — Magda continuou, ignorando o pequeno ataque histérico de Penny. — Estamos nos concentrando no figurino e na decoração para esse episódio. E a referência é Camila Parker Bowles.

Penny levantou os óculos escuros em um rápido gesto dramático, para possibilitar a todos a visão de seus olhos azul-piscina, maquiados com muito lápis preto. Isso nunca deixava de impressionar, pois seu olhar sempre parecia dissonante do resto da aparência. Evidentemente satisfeita por ter conseguido a reação desejada, ela pousou os óculos escuros de volta no nariz:

— Nem mesmo Camila Parker Bowles consegue consertar esse tipo de humilhação — disse, com desprezo, e então deu de ombros. — Então Kate vai encontrar uns panos de prato e Lysander vai comprar para ela um casaco de tweed barato e horroroso, imagino. E, como sempre, vai sobrar para mim transformar isso tudo em algo que as pessoas queiram assistir — ela suspirou, tirando da bolsa seu BlackBerry, como se convencida de que nada digno de interesse fosse resultar da reunião.

Magda respirou fundo:

— Certo, então — disse. — Voltando à gravação desta semana. Temos que finalizar a revelação dos Moreley: Gareth, quero você por perto caso as plásticas de nariz deles deem errado. E Kate, os construtores já terminaram o trabalho na casa? Precisamos de tudo pronto para quarta-feira, tudo bem?

— Sem problemas — Kate disse, cruzando os dedos.

— Ótimo — Magda distribuiu umas folhas de papel. — Ah, e Kate, recebemos algumas ligações daquela mulher, a Sra.

Jacobs. Do programa "Anos dourados" que fizemos umas semanas atrás. Estava muito chateada com o número de vezes que teve de ligar.

Kate levantou o olhar, preocupada.

— Quer que eu ligue para ela?

Magda olhou para Kate como se ela fosse louca.

— Porra, claro que não. Vou mandar os advogados tratarem disso.

— Os advogados? — Kate respondeu com cara de espanto.

— Para barrar o processo dela por danos. O programa não pode arcar com isso, Kate. Lembre-se disso quando tiver outra das suas ideias radicais.

— Ideias radicais? — Kate disse. — Só porque gosto de ser um pouco criativa...

— Criando uma caverna artificial no quarto de alguém? — suspirou Magda.

— Isso foi há milênios!

— Fazendo uma cama de dossel para um minúsculo quarto e sala em Birmingham?

— Eles adoraram. Disseram que tinha ficado maravilhoso.

Magda olhou para ela, incrédula.

— Olha, só estou dizendo que nem todo mundo gosta de todos os seus projetos. Tenho certeza de que os advogados vão conseguir dar um jeito nesse processo, mas vale a pena você refletir sobre isso, certo?

Kate a encarou de volta.

— Na época, Carole Jacobs falou que havia adorado a reforma — ela disse, indignada. — Lembro de ouvi-la dizer que tinha adorado o modo como usei o seu véu de casamento como uma minicortina de banheiro.

— Bem, vale a pena informar isso aos advogados — Magda disse, suspirando mais uma vez. — Não leve para o lado pessoal, Kate. Ela provavelmente só está atrás de algum dinheiro.

— Eu não estava levando para o lado pessoal até você dizer que as pessoas não gostam dos meus projetos — Kate resmungou.

— Eu disse *algumas* pessoas — Magda replicou, irritada. — Agora, por favor, será que podemos continuar o trabalho? Senão não vai ter projeto nenhum para ser objeto de processos contra nós, não é mesmo?

4

— *Ela* disse que tinha gostado das minhas ideias. Aprovou os projetos, me ajudou a escolher as cores… Por que iria reclamar agora? Quer dizer, como ela pode reclamar, depois de me dizer o quão maravilhoso tudo tinha ficado?

Kate e Gareth estavam sentados na van da Footprint Production, voltando das filmagens daquela tarde, em uma casa no sul de Londres. Gareth tapou as orelhas com as mãos, então suspirou e se virou para Kate.

— Tudo bem: em primeiro lugar, por favor vire o disco. Faz sete horas que você só fala nisso. Segundo, talvez ela tenha gostado na época, e não goste mais agora. Ou talvez um câmera tenha quebrado uma das valiosas antiguidades dela sem perceber. E em terceiro lugar, quem é que se importa? O jurídico vai resolver isso, afinal. Deixe para lá. Faça de conta que você não sabe que ela ligou.

Kate fuzilou-o com os olhos.

— Mas eu sei que ela ligou. Aposto que você não diria isso se ligassem para dizer que estavam nos processando porque um corte de cabelo ficou horroroso.

— Isso é porque ninguém jamais reclama do meu corte de cabelo ou da minha maquiagem. Sou um milagreiro, Kate, de enorme talento. É uma responsabilidade e tanto, mas gosto de pensar que uso meus poderes de maneira sábia — Gareth disse, sorrindo.

Kate revirou os olhos. Depois de uma pausa, perguntou, baixinho:

— Você acha que meus projetos são exagerados?

— Finalmente — Gareth sorriu. — Era com isso que você estava preocupada o dia inteiro, não era? Eu sabia.

— Você não respondeu à pergunta — Kate insistiu. — Acha?

Ele acenou com a cabeça.

— Eu adoro seus projetos. Kate, você traz luz e leveza para espaços pequenos e com encanamento duvidoso. Não dê ouvidos a Magda. Ela não reconheceria um verdadeiro talento nem se a mordesse na bunda. Por que outra razão ela teria contratado Penny?

Kate esboçou um sorriso.

— Mas Carole Jacobs obviamente também não gostou do meu projeto.

— E daí? — ele disse. — Você se importa mesmo com o que as pessoas pensam?

Ela deu de ombros.

— Sim, na verdade me importo.

— Ah. Bem, esse é o problema, então, e é nisso que você tem de trabalhar. Não seja tão sensível, esse é o meu conselho.

— E se eu não conseguir deixar de ser sensível? — Ela odiou o tom lamuriante de sua própria voz.

Gareth sorriu beatificamente, pôs o braço ao redor da amiga e a encarou bem nos olhos.

— Então arrume outro emprego — ele disse. — Porque se me perguntar mais uma vez se Carole Jacobs gostou das cores do seu projeto, vou bater em você, entendeu?

O livro estava esperando por Kate ao chegar em casa, uma hora depois. Estava embrulhado em papel pardo, amarrado com um barbante e coberto por uma pilha de porcarias enviadas pelo correio, que prometiam o melhor curry de Londres, serviços de limpeza de primeira linha e minivans baratas, mas Kate logo o viu, em parte por causa do tamanho e em parte porque passara o dia todo meio que se perguntando como ele seria. Que tipo de livro diz que muda a vida de alguém e traz um verdadeiro amor — ou devolve seu dinheiro?

Ela apanhou o embrulho e levou-o até a cozinha, onde encheu um copo de água e bebeu tudo em um só gole. Quase não queria abrir o pacote: não queria estragar a expectativa e tudo o que havia imaginado. Porque, independentemente do que fosse esse livro, sem dúvida seria uma decepção. Nenhum livro poderia fazer o que C*p1d24 prometeu.

Ou poderia?

Sentindo a curiosidade crescer, Kate afinal pegou o embrulho e começou a rasgar o papel pardo. Era um livro de capa dura, bem pequeno — não tinha mais do que duzentas páginas — e parecia exatamente como na página do eBay. Só que agora estava nas suas mãos. Agora era *dela*.

Kate abriu o livro e começou a ler.

Prezada leitora,

Para aquela que é romântica de coração, o mundo é um lugar de enorme beleza. E, ainda assim, para muitos, a romântica simboliza um sonho irreal — um desejo, uma esperança — que nunca pode ser realizado. Para essas pessoas, eu digo que ser romântica não é ser incorrigível. Ser romântica é ter expectativas altas para si e para os outros. Ser romântica é ter dignidade e independência em igual medida; valorizar a tradição e ao mesmo tempo aceitar tudo o que há de novo; ser forte e determinada enquanto se é graciosa e educada. A romântica vê as áureas possibilidades que tantos ignoram. A romântica nunca desiste nem procura refúgio no cinismo.

Claro, a romântica não precisa de nenhum manual que a guie pelos prazeres da vida. Ainda assim, uma mão amiga é sempre bem-vinda por aquelas determinadas a ter êxito. Então, Leitora, foi nesse espírito que escrevi o Manual para românticas incorrigíveis, *um livro que, espero, será útil quando você passar pelas aventuras que a esperam, sejam elas exóticas e estimulantes, ou domésticas e agradáveis. Sei que você pode e vai se apaixonar, que você pode e vai encontrar o homem dos seus sonhos, e que você pode e vai aproveitar uma vida de felicidade, plenitude e, sobretudo, romance.*

Com carinho,

Elizabeth Stallwood

Kate leu a introdução várias vezes. Elizabeth Stallwood estava completamente certa. Kate *realmente* via possibilidades áureas que as outras pessoas ignoravam. E ela não desistia nem procurava refúgio no cinismo. Pelo menos havia alguém que a entendia, que via o mundo da mesma maneira. Ela voltou algumas páginas e procurou o ano de publicação. 1956. Tudo bem, talvez os conselhos fossem um pouco... vintage, mas pelo menos lá estava alguém que não riria de Kate por querer protagonizar seu próprio conto de fadas e não a reprovaria por criar projetos de interior que fossem um pouco além de uma mera e tediosa escolha de cores.

Tom e Sal, vocês podem arrancar os cabelos, ela pensou alegremente à medida que passava pelos capítulos. Era verdade, ela *não* precisava de um manual. Mas não desdenharia uma mão amiga, quando oferecida.

5

Abrindo portas para as oportunidades

Todas sonhamos em conhecer o nosso futuro marido, e sabemos exatamente o que faremos quando isso acontecer. Nós nos preparamos para esse dia, mantendo as silhuetas em dia e comprando um vestido que nos valorize. Dizemos a nós mesmas que ele não tem a menor chance, que seremos espirituosas, provocantes e cativantes. Planejamos e treinamos as refeições que cozinharemos para ele e, em frente ao espelho, aperfeiçoamos o sorriso com o qual o receberemos em casa após um dia atribulado.

E, ainda assim, que preparações fazemos para conhecê-lo? Quão amplamente espalhamos nossas teias quando estamos tentando encontrar um pretendente? Tomamos caminhos diferentes para o trabalho ou visitamos novas galerias de arte? Será que nos mantemos abertas a todas as diversas possibilidades?

Infelizmente, não. Nós nos confinamos nas mesmas rotinas; dizemos não a pessoas ou a coisas que nos são desconhecidas. Em suma, todos os dias limitamos as possibilidades de romance. A meia-calça certa e o batom vermelho da última moda em nada ajudarão se você deixar o homem dos seus sonhos escapar por estar ocupada demais seguindo o mesmo caminho que faz todos os dias.

Então, senhoras, proponho uma mudança. Faça algo diferente hoje. Entre em uma rua diferente para ir até a mercearia; compre um corte diferente de carne. Seja ousada nas suas escolhas, aceite convites que antes recusaria.

Talvez desse modo você encontre seu futuro marido; talvez, não. Mas, de qualquer forma, ao trazer algo novo à sua vida, você começará a ver o mundo de um modo diferente. Voltará a se encantar com coisas com as quais não se surpreenderia mais. Verá que a beleza nunca está muito distante da sua porta. E encontrará romance nas pequenas coisas da vida, que são tão importantes quanto as mais significativas.

Lembre-se de que, se você se contentar com aquilo que já conhece, então aquilo que conhece será tudo o que terá. E, a menos que seus sonhos românticos já tenham se tornado realidade, o que você conhece hoje dificilmente será suficiente para preencher a sua vida.

Kate beliscou o cereal de aveia crocante à medida que virava as páginas do *Manual para românticas incorrigíveis* e colocou um marcador de livros quando acabou o primeiro capítulo. Então terminou o cereal e pôs a tigela na lavadora de pratos. Faça algo diferente hoje, ela repetiu. Faça algo diferente...

Não que ela estivesse seguindo cada palavra do manual nem nada. Aquele era, afinal de contas, um livro escrito para mulheres cujas atividades diárias eram limitadas a ir à mercearia e dar as boas-vindas ao marido quando ele chegava em casa. Era absurdamente antiquado e na verdade um bocado machista.

Mas mesmo assim, Kate pensou enquanto se dirigia até o banheiro e começava a escovar os dentes, quando foi a última vez que ela fizera alguma coisa realmente diferente?

Então ela franziu o cenho. *Speed dating* tinha sido algo diferente. Diferente e horrível. Diferente e deprimente.

Mas talvez aquilo fosse o tipo errado de diferente. Talvez Elizabeth Stallwood quisesse dizer que ela podia caminhar por uma nova rua; fazer algo que normalmente evitaria. Como *bungee jumping* (Kate considerava se pendurar de uma ponte presa somente por um elástico uma das coisas mais horríveis e aterrorizantes, melhor apenas do que pular de paraquedas). Ou nadar (agradável, mas o cloro acabava com as luzes do cabelo). Talvez ela pudesse procurar algum curso noturno pelas redondezas. Ou ir de ônibus para o trabalho em vez de pegar o metrô. Talvez o homem dos seus sonhos estivesse, naquele momento, esperando na parada de ônibus, desejando que ela surgisse inesperadamente em sua vida...

Kate suspirou enquanto passava um creme hidratante no rosto. Ou talvez não. "Trabalho" hoje significava uma casa no sul de Londres, o que se traduzia em uma horrorosa jornada de ônibus, provavelmente espremida contra uma mulher qualquer e seus cinco filhos barulhentos, cercada por um vago fedor de urina que sempre parecia pairar no ar.

Ainda assim, seria uma mudança do metrô lotado, onde o cheiro dominante era das axilas de seus colegas proletários.

Ela examinou o próprio reflexo no espelho do banheiro. Se queria que sua vida decolasse em breve, deu-se conta, teria de fazer algo a respeito. Como Elizabeth Stallwood disse, se ela não mudasse, sua vida também não mudaria. Mas se ela mudasse... bem, quem sabe o que poderia acontecer? Está bem, pensou. Hoje ela faria as coisas de forma diferente. Hoje ela diria sim ao invés de não, e pegaria um caminho pouco usual.

Aquele seria o dia em que ela pararia de sonhar e começaria a fazer.

Apanhando seus pertences e vestindo o casaco, ela saiu do apartamento e, decidida, dirigiu-se à parada do ônibus.

— Que diabos aconteceu com você?

Kate fez uma cara feia para Gareth.

— Vim de ônibus.

Gareth continuou olhando para ela, esperando.

— Estava chovendo — ela prosseguiu, com a voz trêmula enquanto tirava o casaco, que estava ensopado, e o pendurava em um gancho na entrada da casa dos Moreley. — E dois ônibus estavam tão cheios que não paravam, e eu não consegui subir. Quando finalmente consegui entrar em um, não me dei conta de que o ponto final dele era em Clapham Junction, então o motorista me disse que eu teria de esperar até que outro fosse até Dulwich. Então esperei, mas o próximo ônibus também estava lotado...

— E você tomou o ônibus por quê?

Kate olhou perturbada para o reflexo no espelho do hall de entrada. Seu cabelo estava grudado ao rosto, e o rímel escorria como uma cascata por suas bochechas.

— Achei que seria uma coisa diferente — ela disse, amaldiçoando Elizabeth Stallwood e prometendo a si mesma que não leria mais nem uma página daquele livro estúpido.

— Sei — Gareth disse, pouco convencido. — Bem, a má notícia é que Magda está procurando por você. Penny quer filmar a revelação da casa agora de manhã.

— Agora? — Kate olhou para ele, estarrecida. — Mas isso é impossível. Era para ser amanhã. Magda disse que seria amanhã.

Gareth deu de ombros.

— Melhor você falar com Sua Excelência — disse. — E por falar no diabo...

Kate se virou e viu Magda praticamente correndo em sua direção.

— Kate, precisamos adiantar as filmagens para hoje. Não discuta, apenas apronte tudo, OK?

— Não dá! É impossível! — Kate gritou. — Nada está pronto. Precisamos pintar, colocar o papel de parede, não tem como...

— Eu disse para não discutir — Magda interrompeu, levantando os olhos da prancheta que trazia nas mãos. Kate sentiu seu coração apertar. — Não quero ouvir nenhuma... Meu Deus do céu, o que houve com você?

Kate tentou sorrir.

— Está chovendo. Eu estava esperando um ônibus. Vários ônibus, na verdade.

— Você está péssima! — Magda disse, fitando Kate como se ela fosse um animal estranho e selvagem do qual seria perigoso se aproximar.

— É, é verdade — Kate concordou.

— Você não pode ser filmada desse jeito — Magda reclamou. — De jeito nenhum. Que inferno! Onde está Lysander? Talvez a gente possa fazer o guarda-roupa hoje. Tudo bem, Kate, deixaremos você para amanhã. Gareth, onde é que Lysander se enfiou? Diga que preciso falar com ele já.

Ela marchou em direção à cozinha, e Kate sentiu seus ombros relaxarem visivelmente de alívio. Salva pelo ônibus. Ou, melhor dizendo, pela falta de um.

— Alguém está com sorte hoje — Gareth disse, maldoso. — Você podia ter enfrentado sérios problemas.

— Esqueça isso e me arrume uma escova de cabelo — ela respondeu, com um sorrisinho, já se dirigindo para a sala dos Moreley. — Elizabeth Stallwood, tudo está perdoado — sussurrou baixinho. — Adoro fazer as coisas de forma diferente.

Assim que chegou à sala de estar dos Moreley, Kate soube que as coisas não estavam muito tranquilas. Havia sido decidido na semana anterior — três dias depois de o projeto ser iniciado

— que a revelação aconteceria na sala de estar, e não no quarto, onde Kate havia concentrado seus esforços. Depois de não conseguir convencer a equipe a se ater ao plano original, ela a contragosto propôs um plano B, que envolvia arrancar rapidamente o papel de parede acima da lareira da sala de estar, recolocar um outro papel de parede, liso, no lugar e pintar tudo com o adorável rosa-chá que ela havia planejado usar no quarto. Ela explicara a Phil, seu mestre de obras de confiança, exatamente o que queria que fosse feito, e Phil passara a tarde toda tentando realizar o projeto.

O que nenhum dos dois havia previsto era que, assim que ele começasse a arrancar o papel de parede antigo, pedaços do reboco viriam junto.

— Vamos precisar tirar tudo e refazer o reboco — Phil disse com um suspiro assim que Kate chegou, secando o cabelo com uma toalha da Sra. Moreley.

Kate olhou para ele apavorada. Magda, que repentinamente se materializara ao lado dela, apenas riu.

— Refazer o reboco? Está louco? Vamos filmar amanhã, Kate, diga isso a ele. Nada de reboco. Ele vai ter de dar um jeito de esconder isso.

Kate mordeu o lábio. Magda tinha razão — não havia tempo para refazer o reboco. Mas como poderiam esconder algo tão horrendo? Como ela dormiria com a consciência tranquila depois disso? Coisas como essa acabaram com pessoas como Carole Jacobs ameaçando a produção do programa com um processo.

Magda voou para fora da sala, e Kate fitou Phil com um olhar suplicante.

— Há alguma outra coisa que possamos fazer? — pediu. — Algum truque que você possa usar para salvar o dia?

Phil balançou a cabeça, triste, como sempre fazia quando o cronograma de filmagens levava a melhor sobre o trabalho bem-feito. Fora necessária muita persuasão para convencê-lo a integrar a equipe de *Futuro: perfeito* — conforme dissera a Kate na época, ele era um sujeito simples; gostava do que fazia, e, assim que tivesse dinheiro suficiente, ele e a esposa iriam se aposentar e se mudariam para a Espanha, onde o sol brilhava e o vinho era abundante. Trabalhar com aquele bando neurótico de "gente da tevê", como Phil gostava de se referir a Penny, Magda, a equipe de gravação e auxiliares, sem nunca poder fazer as coisas do modo correto, era algo que ele não apreciava. Kate também detestava um trabalho malfeito, mas já tivera discussões ríspidas demais com Magda que nunca a levavam a lugar algum. Para Magda, só o que importava era o que a câmera via; todo o resto podia ficar no pincel. Como aliás parecia ser o caso dessa vez.

— O papel está desgrudando da parede — Phil disse, num tom monótono. — Veja como está o reboco. Ou melhor, como não está.

Os olhos de Kate seguiram os de Phil até a parede de onde o papel de parede dourado e cor-de-rosa dos Moreley pendia tristemente, com enormes pedaços de gesso presos por um fio. Phil tinha razão — não era possível colocar papel de parede por cima daquilo. Tampouco era possível pintar aquilo. Não havia maneira alguma de se corrigir aquela bagunça em apenas 24 horas.

— Phil, *precisamos* fazer algo. — Ela sentiu um fio de suor escorrer pelas costas. — Talvez pudéssemos filmar bem atrás do sofá, para esse pedaço que está descascando não aparecer.

Mais uma vez Phil balançou a cabeça negativamente:

— E como vamos fixar o papel de parede novo? Ou vamos colocá-lo só na metade de baixo da parede? Por favor.

Naquele momento, Magda voltou ao cômodo, como uma tempestade.

— Vamos, vamos — disse, num tom brusco. — Por que estão todos parados?

Kate respirou fundo.

— Magda, vamos ter de adiar as filmagens. Eu não tive tempo suficiente, e precisamos refazer o reboco. Olhe as paredes. Vamos precisar filmar a revelação na quinta.

— Você está de brincadeira, não é? É melhor que esteja. As filmagens serão amanhã. A equipe de filmagem estará aqui amanhã. Na quinta estaremos nos dirigindo para a casa de Sarah Jones, para transformá-la em uma dona de casa S&M. Entendeu?

— Mas olhe para essas paredes! — Kate implorou. — As do quarto de dormir estão muito bem, mas estas.... Bem, estão horríveis.

— Então dê um jeito de tapá-las. Vamos lá, Kate. Phil, você já ouviu falar de pistola de grampos?

Kate viu Phil vacilar. Pistolas de grampo eram pior do que o diabo, na opinião dele.

— Se usarmos uma pistola de grampos o papel vai ficar na parede por um ou dois dias e depois vai cair de novo — ele disse, de forma polida.

— Aí já teremos terminado de filmar — Magda respondeu, com um grande sorriso.

Ela deu meia-volta e saiu, deixando para trás Kate, que bufava. Como é que ela iria trazer um pouco de romantismo para as vidas das pessoas se ninguém se importava com o que aconteceria quando a câmera parasse de filmar?

— Você quer que eu grampeie esse papel de parede velho com reboco grudado nele de volta na parede? — O rosto de Phil não trazia expressão alguma.

— Não temos alternativa — Kate disse com uma voz fraca, e observou Phil murchar.

Então ela pensou melhor. Aquele dia não era, afinal, para fazer as coisas de forma diferente? Sempre havia uma alternativa, certo?

— Phil — ela disse, e ele se virou.

— Quem sabe eu tento com um pouco de fita dupla-face? — perguntou.

Kate fez que não.

— Por baixo do reboco, você sabe se é tijolo?

Phil fez que sim:

— É.

Kate percebeu um sorriso abrindo caminho no próprio rosto enquanto se dava conta de que talvez houvesse uma solução:

— Então vamos deixar os tijolos à mostra. Deixe os tijolos à mostra e pintaremos os tijolos em vez do reboco.

— Os tijolos? Tem certeza?

— Vai dar um charme! — Kate disse, cada vez mais empolgada. — Vai ficar ótimo. Sei que vai. Vai deixar a sala aconchegante, expor um pouco da história da casa. Os Moreley vão olhar para isso e pensar em todas as coisas que esses tijolos já testemunharam.

— Você acha que eles vão gostar?

Kate parou de sorrir, pensando realisticamente.

— Claro que vão. Ou você prefere colocar o papel de parede com grampos?

— Vamos de tijolos — Phil disse, com os olhos brilhando. — Preciso admitir: nunca é entediante trabalhar com você.

Ele saiu bem na hora em que Gareth apareceu.

— Nós vamos usar os tijolos — ela disse. — Na sala de estar.

— Não é um pouco anos 1980? — Gareth perguntou, levantando uma sobrancelha.

— Não, é muito contemporâneo. Como um loft, na verdade — Kate disse, um pouco para se defender.

— Certo. Só que não estamos num loft, estamos?

O sorriso cheio de esperança desapareceu do rosto de Kate.

— Eu achei que ficaria... diferente. Sabe?

— Ah, sim, eu já ia me esquecendo. Você está em um dia "diferente". Então, quer beber alguma coisa depois do trabalho?

Kate negou com a cabeça.

— Você conhece a minha regra: nada de socializar depois do trabalho nas segundas nem nas terças — ela disse com firmeza, então levantou os olhos e encontrou o olhar penetrante de Gareth. — Está certo. Você tem razão. Então tubo bem, sim. Um drinque parece uma ótima ideia. Com certeza.

— Você também não costuma se oferecer para me emprestar grandes quantias de dinheiro — ele disse, rindo. — Faça isso, e aí sim vai ser diferente.

Kate ergueu as sobrancelhas.

— Eu falei coisas diferentes, não loucas — replicou. — Não exagere.

— Então — disse Gareth, algumas horas depois —, você nunca me contou como foi o *speed dating*. Conseguiu muitos telefones de gente interessante?

Estavam num bar bem pertinho dos escritórios da Footprint Production em Acton, uma área ao oeste de Londres outrora conhecida por seu crescente mercado imobiliário, mas agora cada vez mais aburguesada, devido ao transbordamento de profissionais de Shepherd's Bush.

Kate fez uma careta.

— Graças aos céus, consegui apagá-lo da minha memória — disse. — Foi tenebroso. Nunca mais.

Gareth levantou uma sobrancelha.

— Você não tinha uma resposta boa para a pergunta do animal, imagino?

— Você sabe sobre a pergunta do animal? — Kate levantou o olhar e fez uma careta.

— Dã! — O tom de voz de Gareth era incrédulo. — Todo mundo sabe sobre essa pergunta. É a primeira coisa à qual você tem que responder direito. Senão, está acabada.

— Obrigada por ter me avisado — Kate disse, braba.

Ele deu de ombros.

— E o que você respondeu? Algo bonitinho e peludo?

— Um golfinho, na verdade.

— Ai, meu Deus.

— É bonitinho!

— É um peixe. Ninguém quer transar com um peixe — Gareth disse, balançando a cabeça.

— É um mamífero, não um peixe. De qualquer forma, não importa, pois não havia ninguém lá nem remotamente interessante — Kate disse, ansiosa por mudar de assunto.

Ele aquiesceu, com uma falsa simpatia:

— Ninguém pediu o seu telefone, não é verdade?

— Alguns pediram — Kate disse. — Bem, na verdade um só.

— De quantos?

— Vinte e quatro.

— Ui. Bem, posso entender por que você quer fazer as coisas de forma diferente. Um de 24 é o suficiente para fazer uma pessoa querer ir embora do país. Coitadinha.

— Não sou coitadinha — Kate rebateu, irritada. — E, de qualquer jeito, não quero conhecer ninguém em *speed dating*. Se é para acontecer, vai acontecer.

Gareth emitiu um assovio baixinho.

— Você diz isso agora, mas espere alguns anos e você vai querer fazer *speed dating* todas as noites da semana. Quer dizer, as coisas não estão assim tão boas para o seu lado, estão? — ele disse, balançando mais uma vez a cabeça.

— Estão sim! — Kate disse, indignada. — As coisas estão ótimas para o meu lado. Há milhões de caras por aí. E eu só quero um deles. Em algum lugar, está o homem perfeito para mim.

— Bem, é aí que você se engana — Gareth disse. — Não existe perfeição. Tenha em mente 80 por cento. Se conseguir 85 por cento, estamos falando de um campeão de verdade.

— Oitenta por cento? O que isso quer dizer?

— Significa — Gareth disse com uma paciência estudada — que você precisa encarar a coisa como... como comprar sapatos. O par de sapatos perfeito simplesmente não existe, então você apenas tem de escolher quais serão os 20 por cento dos quais você está disposta a abrir mão: cor, qualidade do couro, corte, conforto, forma do salto... sabe do que estou falando.

— Mas eu não quero abrir mão — Kate reclamou. — Eu não tenho de me contentar...

— Todo mundo abre mão — Gareth disse, exasperado. — Todo mundo!

— Não — Kate disse. — Não, *não* abrem mão. Porque, se todo mundo abrisse mão de alguma coisa, qual seria o sentido? Se tudo o que você vai ter é 80 por cento, então por que não se contentar com 75, ou 70 por cento? Por que não simplesmente se casar com a primeira pessoa que encontrar e cruzar os dedos, e se terminar traída ou então deixarem você por outra pessoa, ora, isso não é nenhum problema. Quer dizer: então, por que não esquecer de vez o amor?

Os olhos dela brilhavam, e Gareth se conteve um pouco.

— Está bem. — Ele ergueu as mãos, como que se rendendo. — Como quiser.

— Desculpe. — Kate deu de ombros. — Eu só... é que quero mais do que isso, sabe?

— Não, você tem razão — Gareth concordou, sabiamente. — Então, me diga, o que você está procurando? Como será o Sr. Cara-Metade?

Kate se reclinou na cadeira, pensando. Seus lábios relaxaram para formar um pequeno sorriso:

— Bem... ele precisa ser lindo, e esperto, e gentil e...

As palavras se perderam quando seus olhos chegaram ao barman e ele sorriu para ela. Kate sentiu seu rosto enrubescer. Ele era lindo: alto, bronzeado, com cabelos loiros curtos e um sorriso incrível.

— ... e louco por mim — Kate concluiu, fazendo força para voltar o olhar para Gareth, que a fitava sem entender o que se passava.

— E você acha que alguém assim vai simplesmente cair no seu colo? Bem, se isso acontecer, por favor me avise, certo? Porque eu quero sair com o irmão dele. Agora vá lá e pegue outro drinque para a gente.

Kate girou sobre os calcanhares. "Um drinque"? Isso significaria ir até o bar. Agora que o barman havia sorrido para ela, pensaria que Kate estava indo até lá para falar com ele. Ela sorriu:

— Claro. O que você quer?

— Uma cerveja, por favor — Gareth disse, entregando a ela seu copo. — E um pouco de amendoim. Ou batatas chips. Veja se têm aquelas sem colesterol.

Kate mordeu os lábios e caminhou na direção do bar.

— Oi. Tudo bem?

Ela engoliu em seco. Ele era americano. E ainda mais bonito de perto. Tinha adoráveis olhos castanhos com cílios longos e o queixo mais másculo que ela já vira.

— Tudo bem. Obrigada — ela disse, fazendo o melhor para parecer impassível. — Eu queria uma cerveja, por favor, e um cálice de pinot grigio.

— É pra já — ele respondeu. — Mas, se o vinho for para você, será que posso sugerir o chardonnay? É da Califórnia, incrivelmente bom.

Kate sorriu.

— Claro. Pode ser chardonnay, obrigada.

— De nada. — Ele sorriu, e ela se sentiu enrubescer mais uma vez. — Você mora nas redondezas? — ele perguntou.

Kate fez que não:

— Trabalho aqui perto — disse. — Embora não more muito longe. Shepherd's Bush. Hammersmith. Sabe?

O barman deu de ombros.

— Na verdade, não. Sou novo na cidade. Não conheço lugar nenhum. Nem ninguém.

— Você... você não conhece? — Kate perguntou. — Então por que está aqui? Quer dizer, o que fez você vir para Londres?

— Sou ator — ele respondeu, colocando os drinques à frente de Kate. — De Los Angeles. Queria tentar a sorte aqui, sabe como é.

Kate sorriu, nervosa. Não, ela não sabia como era, mas não era a hora de admitir isso.

— Uau — ela disse. — Isso é incrível.

— E o que você faz? — ele perguntou.

Kate balançou os ombros de forma autodepreciativa.

— Trabalho com televisão — comentou. — A produtora para a qual trabalho fica logo adiante, nessa mesma rua.

— Televisão? Ora, isso é muito interessante — o barman disse, com os olhos se iluminando. — A propósito, são 5 libras e 20 centavos pelos drinques. E eu me chamo Joe.

Kate vasculhou a bolsa atrás de dinheiro e finalmente conseguiu catar moedas no valor exato.

— Aqui está — disse. — Meu nome é Kate.

— Prazer em conhecer você, Kate — Joe disse, sorrindo.

— Igualmente — ela replicou, sentindo um calorão no pescoço. Joe. Joe, o ator de Los Angeles. Joe, o ator de Los Angeles lindo de morrer dono de um sorriso que enfeitiçaria qualquer pessoa. E Gareth duvidava de que alguém assim pudesse entrar na vida dela? Tudo bem, fora ela que caminhara até ele, mas agora estavam os dois ali, não?

— Talvez a gente se veja de novo — Joe disse, ainda sorrindo.

Kate concordou.

— Espero que sim.

— Ajudaria se eu tivesse seu número de telefone.

Ela olhou pasma para ele.

— Você... quer o número do meu telefone?

— Não quer me dar o número?

— Não! Quer dizer, sim. Quer dizer... — Kate puxou um cartão de visitas. — Meu celular está aí — ela disse, apressada. — Se quiser... Bem, você me encontra nesse número a qualquer hora.

— Qualquer hora, é? — Joe perguntou, com os olhos dardejando. — Bem, isso soa como uma proposta e tanto.

Kate conseguiu dar outro sorrisinho e, pegando os drinques, voltou até a mesa em que estava Gareth.

— Você demorou — ele disse. — O que você estava fazendo? Passando uma cantada no barman ou algo assim?

Dessa vez ela deu um sorriso enigmático.

— Sua safada! — Gareth gritou. — Ah, deixe-me ver. — Ele puxou Kate para um lado, para enxergar melhor. Então seu queixo caiu. — Estou entendendo por que você não se apressou. Muito gostosinho. Por que não vamos até lá depois, para ver se conseguimos o telefone dele?

— Ele já tem o meu número. — Ela teve receio de falar em voz alta, de medo que isso fizesse as coisas saírem errado.

— Você deu seu número a ele?

— Ele pediu.

Gareth balançou a cabeça suavemente, sem acreditar:

— Assim, na maior? Você levantou e ele... — Gareth esticou a cabeça e então abriu um sorriso enorme. — Muito bem! Estou impressionado. Quer dizer, tudo bem, é só um barman, mas ainda assim, ele é um deus grego, não é?

— Ele é ator — Kate disse. — De Los Angeles

Gareth olhou para ela, incrédulo.

— Mentira.

— É verdade!

Gareth balançou a cabeça e levantou o copo.

— Kate Hetherington, retiro tudo o que disse sobre a coisa estar meio preta para o seu lado. Se você consegue encontrar um Adônis como esse em uma espelunca desta, então há esperança para todos nós. Mas eu estava falando sério.

— Falando sério sobre o quê? — Kate perguntou, sem entender.

— Sobre sair com o irmão dele. E pode dizer ao barman que ficarei feliz de ir até Los Angeles para isso.

6

Semeando felicidade

Românticas incorrigíveis veem o mundo de forma diferente das outras pessoas. Românticas incorrigíveis veem beleza em toda parte, veem possibilidades em tudo e mostram-se eternamente otimistas sobre as consequências de suas ações.

O que explica por que pode ser extremamente preocupante quando outros, que não partilham da sua disposição otimista diante da vida, fazem comentários irônicos ou sugerem que tal atitude é inapropriada. Essas pessoas são cínicas — embora provavelmente prefiram chamar-se de "realistas" —, que dão as costas à beleza só porque isso exigiria demais delas. Ver o mundo como um lugar cheio de alegrias coloca sobre nossos ombros a responsabilidade de dar continuidade ao que nele há de maravilhoso, acrescentar algo à sua beleza com generosidade e cuidado. A romântica incorrigível pensa o tempo todo nos outros, ao passo que o cínico pensa apenas em si.

Mas evitar esse tipo de pessoa não é suficiente. Seria irresponsável, e no fundo de muitos cínicos há um romântico incorri-

gível apenas esperando para se libertar. Se ignorássemos todos os cínicos deste mundo, seríamos de fato solitários, pois eles são muito mais numerosos do que os românticos incorrigíveis.

Em vez disso, aceite-os. Conforte-os. Desafie-os. Não com palavras e argumentos amargos, mas com provas de beleza, calor e alegria. Procure a beleza em todas as coisas e mostre-as aos outros. Para certificar-se de que não cairá sob o feitiço do cínico, lembre-se do milagre da natureza e da vida. E se todos os seus esforços forem em vão, não desista nem se deixe abater. Simplesmente diga a você mesma que eles ainda não estão prontos e então dedique-lhes pensamentos gentis. Pois, se nos é mostrada gentileza, aprenderemos a ser gentis também...

Quarta de manhã era dia de filmagem. O dia da filmagem era sempre o mais enlouquecido da semana, quando todos eram pressionados, mesmo se a sua parte do processo estivesse indo bem, e Magda circulava pelo set latindo ordens para absolutamente todo mundo. Mas hoje, Kate havia decidido, as coisas seriam diferentes. A parede de tijolos pintados estava fabulosa, não havia mais nenhum pedaço de reboco caindo e eles estavam à frente do cronograma, o que era algo praticamente inédito. Ela e Phil passaram a manhã limpando a sala de estar e retirando qualquer resto de entulho e, na hora do almoço, Kate revisou o trabalho dos dois com um grande sorriso de satisfação nos lábios. Ela estava alegre, estava aproveitando aquela sensação e tinha toda a intenção de espalhá-la também. Intenção que se evaporou assim que ela viu Penny trotando em sua direção.

— Kate, oi! Que bom que alguém tem tempo de ficar parado sem fazer nada! Então, olha só, preciso repassar o roteiro. E por favor tente não me irritar, porque não estou num bom dia. Entendeu?

Kate fez que sim, esforçando-se para recuperar o sorriso. Ela queria espalhar sua alegria, mas ser legal com Penny simplesmente parecia errado, como ser gentil com uma vespa que estivesse tentando picar alguém ou como ajudar um caçador a acertar o arpão em um bebê foca bonitinho.

— Ora, vamos — Penny disse, sem paciência. — Vamos até a cozinha, OK? Um pouco de calma e tranquilidade?

Penny já estava vestida para a filmagem, o que significava calça de couro justa, uma blusa bufante de mangas curtas da mesma cor do seu cabelo e botinhas de salto 14. Seu rosto estava coberto por uma camada espessa de maquiagem, e o batom vermelho que era sua marca registrada já estava começando a penetrar nas rugas ao redor da boca. Em qualquer outra pessoa, Kate as teria descrito como linhas do sorriso, mas no caso de Penny isso era impossível.

Assim que expulsou Lysander e Gareth da mesa da cozinha e se sentou, Penny se voltou para Kate e sorriu.

— Então, Kate, querida — disse de forma amável, e o coração de Kate quase parou. Penny só usava a palavra *querida* quando estava de humor realmente péssimo. Era como a velha história do tira bonzinho e do tira malvado, só que Penny fazia o papel de ambos. E ela nunca era muito convincente na parte do tira bonzinho.

Kate muito provavelmente não teria aceitado o emprego se, quando se candidatara à vaga, Penny já estivesse no programa. Na época ela era uma designer de interiores freelance que havia redecorado a casa de um amigo de um amigo do diretor executivo da produtora de televisão. *Futuro: perfeito* era, na época, apenas uma ideia, algo que a companhia ainda estava estudando, e Kate fora trazida para ajudar a desenvolver o conceito de um programa de *reforma* que tratasse de interiores mas também de roupas e boa forma — um programa televisivo para reformar a vida de pessoas entediadas.

Tinha sido divertido — e uma boa mudança da vida de decoradora de clientes ricos e difíceis que mudavam de ideia a cada cinco minutos e que pensavam que era perfeitamente razoável pedir que ela separasse as roupas que tinham que ser mandadas à lavanderia quando a empregada ficava doente. Kate conseguia realizar todas as suas fantasias românticas, tornando sonhos realidade e transformando o entediante em algo lindo e exótico (ou tão lindo e tão exótico quanto possível com 750 libras), e tanto ela quanto Gareth ficaram conhecidos por chorarem quando um programa era particularmente bem-sucedido.

Claro, isso fora antes de Magda e Penny entrarem na história, e antes de haver tantos programas de reforma na televisão a ponto de não ser mais possível mudar de canal sem ver alguém recebendo instruções sobre o que não deveria vestir, comer ou sobre quanto exercício deveria fazer. No início, *Futuro: perfeito* era apresentado por Bunny Rider, uma antiga apresentadora de programas infantis gordinha e simpática; os produtores pensavam que as donas de casa se identificariam com ela. Mas então Magda juntou-se à equipe, preenchendo as funções de produtora e diretora, e teve *ideias* para o programa. Em questão de um mês, Bunny estava fora, junto com quase todo o resto da equipe, e Penny e Lysander foram chamados. Kate fora mantida — sua suspeita era que Magda sabia que o diretor-executivo da empresa estivera envolvido na contratação —, mas ela sabia, como todo mundo (sobretudo porque Magda assim lhes avisava, periodicamente), que Penny era a celebridade. Eles eram dispensáveis; Penny, não.

— Vamos dar uma olhada no que temos, OK? — Penny continuou, puxando o roteiro de uma bolsa Birkin falsificada que ela fingia ser verdadeira, mesmo com a costura toda torta. O roteiro, Kate não pôde deixar de perceber, estava coberto de marcações a caneta vermelha, como sempre. — O negócio, Kate, querida, é que — ela disse no seu tom condescendente habitual — eu havia pensado que, no caso dos Moreley, a ideia toda era propor um novo começo. Sabe, deixar o passado para trás, esse tipo de coisa?

Kate concordou com calma.

— Exato — disse. Gentileza, pensou consigo própria. Espalhe a alegria.

— Ótimo! — disse Penny com um sorriso de alívio. — Então imagino que você vai repintar as paredes? Sabe, não estou querendo bancar a engraçadinha, mas estão uma merda, não? Quer dizer, literalmente como merda. A cor delas. Por que, Kate, alguém pintaria uma parede na cor de fezes?

Kate a fitou, atônita. Fezes. Certo, ela não estava esperando por aquilo.

— Desculpe, como? — ela perguntou, com a voz tremendo, para sua profunda irritação. — O que quer dizer?

— Quero dizer, querida, que essas paredes estão da cor de merda, e não estou muito contente com isso. Para ser franca, fico surpresa que você esteja. — Os olhos de Penny estavam frios quando ela balançou a cabeça para transmitir o quão desconfortável se sentia. Os olhos de Kate se estreitaram. Foda-se a gentileza. Afinal, o *Manual para românticas incorrigíveis* também não dizia que ela deveria confrontar e desafiar os cínicos? Bem, *isso* ela podia fazer.

— Não é da cor de merda — Kate disse, tentando manter o tom de voz inalterado. — É mais café com leite e um toque de rosa. Trata-se de uma cor autenticamente do século XIX, porém atualizada. Muito contemporânea, na verdade. Uma cor do novo milênio, na verdade, e eu escolhi os tons de rosa de acordo com os móveis, o que deixa o carpete rosa menos.... bem, menos anos 1980. — Enquanto Kate falava, o tom defensivo de sua voz começou a amolecer à medida que o entusiasmo que tinha por cores, móveis e design aumentava. — É moderno, é calmante. Atualiza a casa, a partir do chintz anos 1980 e dos falsos toques eduardianos que estavam aqui antes sem perder... o toque especial do lugar... — ela hesitou, frente a expressão fria de Penny.

— Então vamos ver se eu entendi — Penny disse. — Terei de me sentar em um sofá coberto por uma manta da cor de merda, olhando para paredes da cor de merda, e conversar com o Sr. e a Sra. Moreley sobre a maravilhosa vida que eles têm pela frente? Lamento, mas não vai dar. E que diabos é isso? Diga-me, o que é isto?

Ela estava apontando para o nome da tinta, destacada no roteiro: Salmão Morto.

— É da marca Farrow and Ball — Kate disse em um tom neutro. — É o nome que deram à tinta.

— Salmão Morto. Claro — Penny disse, balançando a cabeça. — Bem, pelo menos alguém tem senso de humor, mesmo se estão vendendo tinta estragada! — ela riu da própria piada por um instante, então, vendo que Kate não estava rindo, parou abruptamente. — Então, querida, a questão é, qual o toque final que você pretende dar para alegrar um pouco a coisa? Porque estou lhe avisando: eu não vou ler esse roteiro. Se estivesse no lugar dos Moreley, eu processaria você, como aquela outra mulher que parece estar chateada com alguém, mas felizmente para mim eu nunca lançaria mão de uma reforma de televisão. Posso contratar bons decoradores. Não que eu precise deles, porque tenho bom gosto, mas o que quero dizer é: não creio que tenhamos feito o nosso melhor aqui. No que diz respeito à decoração. Entende o que quero dizer?

— Na verdade, não — Kate disse, esperando soar forte mas sendo traída por uma voz ligeiramente hesitante. — A questão é que *eu* sou a consultora em design de interiores do programa. E eu sei o que estou fazendo. E posso garantir que Salmão Morto é uma cor maravilhosa que funciona muito bem na sala de estar dos Moreley. E Magda aprovou os esboços. Então talvez você deva reclamar sobre isso com ela.

A boca de Penny se retorceu em uma tentativa de sorriso.

— Engraçado — ela disse, cheia de ironia —, eu ia sugerir a mesma coisa.

E, com isso, ela saiu, as pernas das calças de couro roçando enquanto caminhava.

— Certo, pessoal, cinco minutos.

Magda apareceu na sala de estar com dois câmeras atrás de si.

— Vocês dois, aqui. Quero um close-up no rosto deles quando entrarem. Vamos usar aquele espelho para mostrar os narizes e podemos fazer uma panorâmica da sala agora, se der tempo. Onde está Gareth? Precisaremos dele a postos caso seja necessário fazer algum retoque.

— Ele está com Penny — Nick, um auxiliar, respondeu rapidamente. — Ela disse que precisava de um pouco mais de blush. Por conta do fundo... marrom do cenário.

Ele hesitou antes de dizer *marrom*, e Kate sabia exatamente qual a palavra Penny usara para fazer a descrição.

— Bem, traga-o já para cá. Penny também. Agora, Kate... Sobre essa cor...

Kate levantou os olhos, desafiante.

— É uma boa cor — disse. — E de qualquer forma é tarde demais...

— Olhe, não dou a mínima para se a tinta se chama Truta Morta ou Elefante Morto. Mas a Penny está de pá virada e... — concordou Magda.

Antes que ela pudesse terminar, Penny entrou na sala, seguida por uma nuvem de pó de arroz e spray para o cabelo. Estava agarrada a duas almofadas de pelúcia azul e caminhou até o sofá, triunfante.

— Cá estamos — disse, com um sorriso de satisfação. — Certifiquem-se de que essas almofadas apareçam atrás da minha cabeça o tempo todo — ela ordenou aos câmeras. — Não quero nem ver aquela cor de merda... vocês sabem, aquela cor de peixe morto.

O sangue de Kate começou a ferver.

— Você não vai pôr essas almofadas no sofá — ela disse, sem acreditar. — De jeito nenhum...

— Vamos lá, dez, nove, oito, sete, seis, eles estão na porta...

— Mas essas almofadas. São horríveis. Estragam tudo...

— Psiu! Esqueça a porra das almofadas — Magda censurou-a. — Cinco, quatro...

Ela pronunciou um *três, dois, um* em voz baixa e com um puxão tirou Kate do caminho antes que a porta se abrisse e os Moreley entrassem.

Kate se controlou e deixou a sala. Ela não suportava ver o esquema de cores que tivera tanto trabalho para escolher sendo dizimado pela maldita Penny Pennington.

Ela encontrou Gareth e Lysander acampados na cozinha. Estavam esperando pelo temível chamado, quando teriam de se juntar a Penny no sofá durante dois minutos de uma conversa sem pé nem cabeça sobre por que haviam escolhido um tom específico de batom/papel de parede/sapato.

— Eu odeio ela — Kate murmurou. — Um dia desses...

— Nem pense nisso. É feio falar mal dos mortos — Gareth sussurrou com um sorriso cheio de compaixão. — Deus sabe que nem meio pote de blush conseguiria alegrar o rosto dela hoje. Olhe, isso vai deixar você feliz.

Ele exibiu uma cópia da *Closer*, uma revista semanal de fofocas. Nela havia uma fotografia pouco lisonjeira de Penny na página dupla central, junto a outras fotografias desastrosas de celebridades na praia.

— Está vendo? Ela parece um esfregão. Um esfregão pendurado de cabeça para baixo e com franjas louras!

Kate tentou sorrir, mas não encontrou a força necessária.

— Ora, Kate — Gareth disse, em tom consolador. — Você vai superar isso. E, de qualquer forma, ninguém assiste ao programa.

— Não deixe a Magda ouvir você dizendo isso — Kate resmungou. — É que é... *azul-bebê*. Com Salmão Morto. De todas as malditas cores que ela podia ter escolhido. As pessoas vão achar que eu coloquei as almofadas ali. Elas são horrendas.

Gareth concordou, e voltou-se para o monitor que mostrava Penny tentando, sem sucesso, fazer com que os Moreley falassem o que haviam achado da reforma, enquanto Lysander apanhava um exemplar do *The Daily Telegraph* e fingia ler um artigo sobre a iminente conferência da União Europeia, embora todos soubessem que ele estava dando uma olhada na matéria de um ex-colega sobre os últimos desfiles de moda da Paris Fashion Week.

— Agora vamos falar sobre essa sala — Kate ouviu Penny dizer no monitor. Então ela levantou o olhar e viu Nick acenando freneticamente do corredor.

— Rápido, é sua vez! — ele praticamente enxotou ela da cozinha.

Kate entrou na sala, cheia de câmeras e quente devido à iluminação.

— Oh, e agora, juntando-se a nós no sofá está nossa especialista em design de interiores, Kate Hetherington — disse Penny, com um sorriso falso cheio de dentes brilhantes. — Então, Kate, *no que* você estava pensando?

Kate sentou-se com um sorriso hesitante. Penny deveria ter dito "Então, Kate, qual era a ideia por trás da proposta de hoje?", e ela não se convenceu pela falsa cordialidade de Penny.

Kate deu um sorriso tão encantador quanto possível.

— Bem, Penny, eu quis deixar a sala mais aconchegante com essas adoráveis cores de café e chocolate, que valorizam a força do tapete enquanto atualizam o cômodo, passando uma ótima sensação moderna e, ao mesmo tempo, clássica.

Suas bochechas já estavam começando a doer de tanto sorrir. *Seria de se esperar que os músculos do meu rosto já estivessem acostumados, a essas alturas*, pensou. *São três anos inteirinhos fazendo isso*. A primeira vez de Kate na televisão havia sido um pesadelo. Ela não conseguira prestar atenção no que Bunny lhe perguntava, não conseguira pensar em mais nada a não ser no fato de estava sendo filmada, provavelmente ficara péssima na tela e não tinha o direito de dizer a ninguém absolutamente nada sobre design porque mal era uma especialista, e que todo mundo se daria conta de que ela era uma fraude e que só chegara até lá graças a um golpe de sorte. Agora, entretanto, ela mal piscava na frente das câmeras, embora ainda estremecesse cada vez que via a si mesma na tevê e agradecesse aos céus que ninguém que ela conhecia tinha tempo nem interesse de ver televisão durante o dia.

— Será que as pessoas não poderiam achar esse marrom um pouco deprimente? — Penny perguntou, com a boca retorcida nos cantos, os olhos claros duros e frios.

Kate a encarou, e os olhos de Penny se abriram um pouco. O quê?, diziam. Umas perguntinhas pertinentes são demais para você?

Kate retribuiu com um sorriso ainda maior — parecia que as duas estavam em um concurso de caretas.

— Oh, Penny — ela chilreou —, duvido que alguém ache deprimente essas adoráveis cores de café com leite. Tranquilas, talvez, e é exatamente isso o que se quer num ambiente de convívio, não é mesmo?

— Tranquila? Bem, já que você quer chamá-las assim — Penny disse com uma risada dura. — Mas acho que a questão é o que pensam as estrelas do programa. Marcia e Derek Moreley. — Enquanto ela falava, a câmera se moveu até enquadrar os Moreley, ambos parecendo petrificados, empoleirados no sofá ao lado de Penny. — Então, Marcia, conte para nós, o que você achou desse novo visual? Um horror ou um amor?, eis a questão — Penny perguntou, e Kate ferveu por dentro.

Os Moreley olharam em volta, aparentemente destituídos de qualquer poder de fala, e o coração de Kate congelou. Ela provavelmente seria despedida depois disso, a menos que pedisse demissão antes.

— Um pouco forte demais para vocês? — Penny sugeriu. — Uma cor um pouco difícil?

Marcia Moreley negou com a cabeça.

— Eu adorei — ela disse, com uma voz suave. — Oh, adorei, realmente, de verdade. Não posso acreditar que seja a mesma sala.

Penny, parecendo um pouco chocada, voltou-se para Derek:

— E o que pensa o homem da casa? Está feliz com as novas cores da sala?

Derek balançou a cabeça, fazendo que sim.

— Nada que você gostaria de mudar? — Penny insistiu, o sorriso se tornando um tanto quanto forçado.

— Não gostei muito das almofadas — Marcia disse, refletindo. — Mas podemos tirá-las daqui, não podemos?

— Claro que podem — Kate concordou. Ela tentou não exibir um sorriso triunfante enquanto via os olhos de Penny murcharem. — Aliás, por que não nos livramos delas agora mesmo? Elas não estavam no projeto: são da Penny! — Sorrindo beatificamente para a apresentadora, Kate arrancou as horrendas almofadas das costas e jogou-as para trás do sofá.

— Posso ver meu nariz agora? — Marcia perguntou. — E o do Derek? Podemos tirar as bandagens agora?

— Corta! — Magda revirou os olhos. — Certo, vamos ter que filmar isso de novo. Marcia, minha querida, lembra do que falamos? Tente se concentrar na casa primeiro. Depois da casa, tiraremos as bandagens. Entendeu?

Marcia Moreley fez que sim debilmente.

— E depois a gente pode ver os narizes?

— Sim, Marcia — Magda disse, com um suspiro. — Que diabos de zunido é esse?

Kate ficou pálida e enfiou a mão no bolso, procurando o celular.

— Desculpem — ela deu um sorrisinho simpático. — Esqueci de desligar.

Magda revirou os olhos mais uma vez enquanto Kate levava o celular ao ouvido.

— Alô? — disse. — Kate Hetherington falando.

— Kate — disse uma voz masculina com sotaque americano —, é o Joe. Estou ligando para combinar aquela saída.

7

Sal desligou o telefone e tentou ignorar a luz vermelha que piscava furiosamente na base do aparelho, informando que havia pelo menos uma mensagem esperando por ela. Isso pode esperar, Sal disse para si mesma, embora achasse quase impossível ignorar algo do tipo, adiar qualquer coisa pelo menor tempo que fosse. Para ela, a vida era uma lista de "coisas a fazer" esperando para ser riscada, item a item, e ela se orgulhava de lidar sempre de maneira rápida e eficaz com essa lista. Marido? Feito. Uma bela casa? Feito. Emprego interessante e satisfatório? Feito. Ou pelo menos na maior parte do tempo.

Ainda assim ela aceitava o fato de que às vezes era necessário ignorar a luzinha vermelha piscando. Às vezes Sal precisava provar para si mesma que era *capaz* de ignorá-la. E de qualquer forma, naquele momento, ela queria uma xícara de chá.

Sal trabalhava no departamento jurídico de um grande laboratório farmacêutico, decidindo quais afirmações e slogans publicitários seriam aceitáveis para a companhia e quais não. "Alívio rápido e eficaz da dor" era razoável; "O fim da dor", não. Mesmo se a equipe de marketing achasse que esse era o melhor slogan que jamais havia sido bolado. Ela era cientista por formação mas tivera um flerte com o marketing, e seu chefe prometera que esse emprego seria o melhor de dois mundos para ela, fazer a ponte entre branding e ciência. Na realidade, ela acabava servindo mais como um bode expiatório para ambos lados, o foco de toda a raiva direcionada ao lado oposto. Ela não se importava. Conseguia lidar com aquilo, afinal. Por ser uma pessoa prática, Sal não deixava as coisas lhe atingirem. Era pragmática. Ed muitas vezes fazia comentários sobre a personalidade histriônica das namoradas e mulheres dos amigos, que quebravam pratos por causa de coisas mínimas, reagindo com exagero e se chateando por ninharias — e dizia que ficava muito feliz que ela não fosse assim. Que tinha muita sorte de que a "sua Sal" fosse tão pé no chão e razoável.

Lentamente ela se levantou e foi até a cozinha comunitária do escritório. Estivera de ótimo humor naquela manhã — Ed saíra com clientes na noite anterior mas havia voltado antes da meia-noite, o que era bastante cedo. Ele inclusive a beijara ao se levantar para o trabalho, às cinco da manhã, lembrando-se também de fechar a porta do quarto para que o ruído do chuveiro não a acordasse.

Então, como se o próprio deus da boa sorte estivesse olhando benevolentemente para ela, o trem chegara na hora; ela até conseguiu um lugar para se sentar. E, à parte uma pequena discussão sobre o texto para um anúncio de adesivos de nicotina, as coisas no trabalho também pareciam estar correndo bem. Ninguém ligara dizendo que estava doente, e tampouco seu gerente aparecera na sua porta com uma expressão de dor no rosto, o que sempre acontecia quando ele era cobrado pelo gerente *dele* porque uma decisão tomada por Sal não fora a decisão que queriam que ela tomasse. Não — de modo geral, aquele dia correra bem.

Então por que estava com uma sensação de calafrio no estômago?, ela se perguntava enquanto colocava metodicamente um saquinho de chá na xícara e punha a água para ferver. Por que um vinco de preocupação estava se insinuando na sua testa e sentimentos de irritação — normalmente reservados para tarde da noite, quando Ed não voltava para casa na hora prometida — penetravam na sua consciência?

Não havia razão para isso, disse para si mesma. O que significava que ela estava imaginando coisas. O que significava que, se ignorasse essas coisas, elas desapareceriam. Sal não tinha tempo para sentimentos que não estivessem relacionados a acontecimentos, nem para humores sem fundamento. Ela aceitava o fato de que uma vez por mês seus hormônios, ainda que não fossem acontecimentos propriamente ditos, podiam ocasionar desequilíbrios químicos que a faziam se sentir perturbada, mas não tinha paciência para mal-estares genéricos — seus ou de outrem. Você escolhe o próprio humor, ela sempre dizia para quem quisesse ouvir. E também: a minha sorte sou eu que faço.

Talvez ela tivesse dormido mal, pensou. Talvez estivesse precisando de umas férias. Talvez fosse o caso de ligar para Ed e sugerir isso, embora soubesse que ele diria que não tinha tempo. Ed nunca tinha tempo para férias — ele parecia pensar que, se pusesse os pés para fora do escritório por um dia sequer, perceberiam que não precisavam dele, na verdade, e então ele seria demitido. Talvez ela pudesse simplesmente reservar um dia para ir a um spa.

Sal pescou o saquinho de chá e o jogou na lata de lixo.

O fato era que ela estava feliz com a sua vida. Muito feliz. Kate podia achar que corretores de ações eram entediantes, e ela e Tom até podiam pensar que Ed era chato e adulto demais, mas Sal não se incomodava nem um pouco. Paixão e romance eram coisas ótimas, mas não sustentavam ninguém na velhice, não era verdade? Nem todo mundo queria drama e declarações de amor. Algumas pessoas preferiam uma vida mais quieta.

Mas será que ela era uma dessas pessoas?, se perguntou, um pouco melancólica. Quando fora que ela e Ed haviam ficado tão terrivelmente sérios, afinal de contas? Eles costumavam se divertir juntos. Costumavam rir e fazer brincadeiras e passar fins de semana inteiros na cama.

Mas agora Ed parecia estar sempre no trabalho ou, no fim de semana, em algum jogo de golfe com clientes. E ela parecia passar a vida toda limpando as coisas atrás dele ou implorando para ele instalar uma prateleira, pôr abaixo outra, colocar o lixo para fora ou chegar em casa na hora combinada, para que as comidas que ela preparava não ficassem cozidas demais e arruinadas.

Ela abriu a geladeira para pegar o leite. Talvez *isso* fosse amadurecer, ela concluiu. Afinal, eles tinham uma casa para pagar. A vida era mais séria agora — isso era inevitável.

E as ideias românticas de Kate sobre encontrar o homem de seus sonhos e sobre viver uma vida de fantasias românticas não estavam fazendo muito por ela. Não, pragmatismo havia sido ótimo para Sal, e algumas poucas interferências não a convenceriam a mudar de tática. Como ela sempre dizia, a nossa sorte é a gente quem faz. E ela tinha muita sorte, disse para si mesma ao voltar para a mesa. De fato, muita sorte. Aliás, ela iria ligar para Ed naquele mesmo instante, para lembrar a si mesma o quão feliz era.

Decidida, pegou o telefone e discou o número dele.

— Olá, querido, sou eu.

— Sal? — ele parecia surpreso. — O que você quer?

Sal estremeceu.

— Eu só queria ver como você estava. Só, você sabe, dar um alô para o meu marido.

— Claro. É só que as coisas estão bem corridas por aqui. Está tudo bem?

Sal revirou os olhos:

— Sim, tudo bem — ela disse, braba. — Preciso estar no meio de uma crise para ligar para você?

— Não sei. Podemos discutir isso depois? Estou meio afogado de coisas aqui.

— Claro — Sal disse, um tanto desanimada. — Vai jantar em casa essa noite?

— Ah. Na verdade, não. Desculpe. Tenho um compromisso.

— Um compromisso.

— É. Um compromisso de trabalho. Deve ir até um pouco tarde.

— Está bem. Até algum dia, então.

— Tem certeza de que está tudo bem? — A voz de Ed lhe dizia que ele estava torcendo para que tudo estivesse bem. Que a última coisa da qual ele precisava agora era que algo estivesse errado, que qualquer coisa relacionada a ela requeresse um pouco do seu precioso tempo.

— Estou bem, é sério — Sal disse. — É melhor você voltar ao trabalho.

— Certo. Até.

Ele desligou o telefone antes que Sal pudesse dizer tchau, e ela lentamente colocou o fone na base antes de se virar para olhar a pilha de papéis sobre a mesa, dizendo para si mesma que tudo *estava* bem, que o fato de Ed estar sempre ocupado não significava nada, não sugeria que algo estivesse errado com o casamento deles.

De qualquer modo, ela também estava ocupada, pensou, torcendo os lábios para o projeto de marketing que estava à sua frente. Quantas vezes ela tinha dito àqueles caras que não deveriam fazer afirmações que não pudessem ser apoiadas em provas — e no entanto, mais uma vez, lá estava uma proposta de embalagem para um chiclete de nicotina com a frase "Você vai parar de pensar em cigarros para sempre" estampada bem grande.

Bufando, ela riscou o *vai* e substituiu-o por *pode*.

Tom bocejou e olhou com desprezo para a pilha de papéis a sua frente. Ele era médico, não um maldito administrador, mas ainda assim parecia passar cada vez mais tempo preenchendo formulários, escrevendo memorandos ou anotando horários em folhas de ponto. Era tudo uma grande perda de tempo.

— Dr. Whitson?

Ele levantou o olhar para ver uma enfermeira pairando perto da porta.

— Lucy? Oi, em que posso ajudá-la?

Ela era nova. Bem bonita, mas com dentes demais à mostra. E um pouco vulgar demais, também. Parecia o tipo de garota que não hesitaria em tirar a blusa em uma boate. Decerto tirava férias em Ibiza e tinha uma tatuagem no quadril.

— Será que poderia dar uma olhada nesses exames para mim? Ver se tudo está bem?

— Não consegue interpretá-los sozinha?

— Eu gostaria de saber a sua opinião. Se não for incomodar? — Ela não ficara intimidada por ele. Na verdade, ela o estava encarando, um olhar duro como ferro.

Tom fez que sim, e ela lhe entregou os papéis. Ele conhecia bem os dados — eram da Sra. Sandler. Ele a operara havia dois meses. Um tumor bem feio, ele lembrou. Diagnosticado em estágio muito avançado.

— Ela está de volta? — perguntou, preocupado. — Achei que ela estivesse fazendo químio agora.

— Ela estava — Lucy disse —, mas não estava respondendo muito bem. E o Dr. Laketin disse que o câncer reincidiu. Só que ela está fraca demais para fazer uma cirurgia agora.

Tom continuou olhando os exames.

— Bem, parecem estar bem — ele disse, esquecendo imediatamente os dentes de Lucy ou possíveis tatuagens e sendo absorvido pelas linhas, figuras e resultados que revelavam tanto sobre seus pacientes, tanto sobre a frágil condição humana. — Parece que ela está com as dosagens certas. Você vai precisar tomar cuidado para que esta linha aqui não suba. Se subir, me avise imediatamente. Ela está se alimentando bem?

Lucy fez que não.

— Vomita sempre.

— Certo, então esse é o problema — Tom disse. — Converse com ela sobre isso. Descubra que comidas ela gosta. Geralmente sopa é uma boa.

Lucy concordou.

— Acho que ela está preocupada. Estava me falando do filho, que está em casa. Disse que não consegue parar de pensar que só tem o pai para cuidar dele e...

— Tenho certeza de que ela está preocupada, mas precisamos nos focar no tratamento, pode ser? — Tom interrompeu. — Comida. É disso que ela precisa.

— Eu sei, doutor. Mas vai haver uma peça escolar logo, entende? E ela realmente quer estar lá, mas está preocupada, achando que não vai ficar boa a tempo...

— Lucy — Tom disse —, qual é o seu trabalho?

Lucy olhou para ele, insegura.

— Qual a sua função?

— Eu sou enfermeira.

— Isso. Muito bem. Então, Lucy, por que você não se concentra em ser uma enfermeira, tratar os pacientes e certificar-se de que eles estão recebendo os medicamentos e os cuidados certos? Pense mais nisso, e, com um pouco menos de sentimentalismo, quem sabe a Sra. Sandler não se recupera a tempo de assistir à peça?

— Só pensei que talvez eu pudesse conversar com o marido dela. Sabe, ver se tudo está bem?

Tom franziu o cenho.

— Você ainda continua falando da vida pessoal dela. Curioso. Porque, como achei que tinha deixado claro, não estou interessado, entendeu? Sopa. Amanhã. E observe as linhas nos exames. Vou conversar sobre isso com o Dr. Laketin e ver quando ele poderá marcar uma cirurgia para ela.

— Sopa — Lucy disse, inexpressiva.

— Isso mesmo — Tom disse. — Mais alguma coisa, Lucy?

Ela olhou para ele por um minuto a mais do que o confortável, então balançou a cabeça.

— Não, doutor, era isso.

Enquanto ela se afastava, Tom revirou os olhos. Por que as pessoas achavam tão difícil se manterem emocionalmente neutras? Por que os colegas dele sentiam a necessidade de se envolver com seus pacientes em nível pessoal? Era loucura. Um médico, neutro, era capaz de tomar decisões avalizadas. A decisão certa. A emoção só atrapalhava. Ele havia se tornado médico para curar as pessoas, não para ouvir seus problemas.

Se a Sra. Sandler se recusava a comer porque estava preocupada, então Lucy simplesmente teria de deixar claro, de forma inequívoca, que ela estava colocando em risco a própria recuperação. Era assim que se tratavam os pacientes. Atendo-se aos fatos. Preto no branco.

Aliás, ele mesmo diria isso a ela. Na próxima vez que a visse.

Suspirando, voltou à pilha de papéis.

8

A dança do amor

Apaixonar-se é como uma dança. Cada dançarino tem os próprios passos, mas, para que a dança funcione, é preciso que cada um compreenda os passos do outro, e os dois precisam se movimentar juntos em um movimento fluido, às vezes separados mas sempre conscientes um do outro. É bonito de se ver. E ainda assim tantos romances florescendo sucumbem ao primeiro obstáculo; muitos dançarinos se afastam ou esquecem de se curvar ao ritmo do outro.

A romântica incorrigível entende a dança do amor. Ela sabe como atingir o delicado equilíbrio de virar cabeças ao mesmo tempo que concentra a atenção em um só homem; como manter seu pretendente atento enquanto aprende tudo sobre ele.

Todos sabem que ouvir é uma arte que pode ser atraente, mas que poucos exercem à perfeição. Claro, vestir-se para um encontro é igualmente importante — escolher belos acessórios para salientar um vestido simples, por exemplo, valerá o dia do seu acompanhante, escolher um perfume que seja doce mas não ex-

cessivo mostrará que você é atenciosa; escolher um salto de altura tal que a permita caminhar de forma elegante ao mesmo tempo que sua silhueta é beneficiada garantirá que todos os olhares recaiam sobre você. Mas ouvir verdadeiramente um cavalheiro, prestando atenção nas informações que ele lhe passa, e fazer comentários sutis contribuirá muito mais para marcar você na memória dele do que qualquer quantidade de pó de arroz ou creme para o rosto. Aprenda a ouvir bem, e o romance a seguirá por toda parte.

A dança do amor também é uma dança física. Como no caso de uma dança real, o cavalheiro é quem conduzirá, mas é muito importante que você mantenha distância nos primeiros estágios. Um beijo casto é aceitável depois de um ou dois encontros, mas não mais; Deus a livre de o homem dos seus sonhos a julgar uma conquista fácil. Mantenha o seu ar de mistério tomando um pouco de distância e você pode ter certeza de que a dança durará a vida inteira; aproxime-se demais e tudo pode acabar antes mesmo de a música parar de tocar.

Belos acessórios, Kate refletiu enquanto estudava o seu guarda-roupa. Um perfume doce. Não era exatamente o conselho mais prático que já recebera na vida. Mas, tendo em mente os seus êxitos — ou a falta deles —, por enquanto ela não se sentia em condições de contra-argumentar.

— Oi!

Joe estava esperando na mesa quando Kate chegou, e ele se levantou por alguns segundos enquanto ela se sentava.

— Você está... linda — ele disse, cumprimentando-a com um sorriso. — Adoro isso... Como é mesmo que se chama, um broche?

Kate fez que sim, sorrindo.

— Obrigada. É divertido, não?

Joe concordou.

— Muito bonito. É tão bom ver alguém vestido... sabe, de forma elegante. Com um belo vestido. Se esforçando.

Kate enrubesceu um pouco.

— É só um vestido normal — ela disse.

— Bem, está lindo — Joe replicou. — Espero que você goste da comida aqui. É italiana.

Kate apanhou o cardápio e, olhando por cima dele, deu uma espiada em Joe. Ele era inacreditavelmente lindo, concluiu. Estava vestindo uma camiseta branca simples que salientava o seu peito forte, seus braços musculosos e a pele bronzeada. Parecia um modelo da Calvin Klein. Ou o jardineiro de *Desperate Housewives*. O tipo de cara que podia pegar uma mulher e carregá-la em cima dos ombros, se assim quisesse.

— Adoro comida italiana — Kate começou a falar sem parar. — Sabe, estive na Itália nas férias do ano passado e fui a um restaurante que servia as mais maravilhosas... — De repente, ela parou de falar.

— O quê? — Joe perguntou. — Servia o mais maravilhoso o quê?

Kate mordeu o lábio.

— Vieiras — ela disse, suavemente. — Eles tinham as mais maravilhosas vieiras.

— Você está bem? — Joe perguntou, e Kate fez que sim.

Estava pensando em Elizabeth Stallwood. *Mas ouvir verdadeiramente um cavalheiro, prestando atenção nas informações que ele lhe passa, e fazer comentários sutis contribuirá muito mais para marcar você na memória dele do que qualquer quantidade de pó de arroz ou creme para o rosto.*

— Estou bem — ela disse. — Então, fale-me sobre você, Joe. Como um americano acabou vindo trabalhar em um bar em Londres?

Joe sorriu.

— Na verdade, sou ator — disse. — Trabalhar no bar me dá uma certa segurança.

— É verdade, você disse isso lá — Kate comentou, com entusiasmo. — Tenho um amigo que se tornou ator. Ele cursou a Central School of Drama em Swiss Cottage, aqui pertinho... — Kate parou mais uma vez e sorriu para ele. — Conte-me sobre o seu trabalho de atuação — ela pediu, cravando as unhas nas palmas das mãos para se lembrar de deixar o cara falar, dessa vez.

— Ah, não tem muita coisa para contar — Joe disse, dando de ombros.

Kate sorriu, tentando encorajá-lo e fazendo força para não abrir a boca.

— Tudo bem — Joe cedeu. — Fiz muitas coisas em Los Angeles. Estive num seriado de televisão, *Por você*, no segundo principal papel masculino. Eu era bastante conhecido nos Estados Unidos. Mas o seriado acabou, eu queria fazer alguma coisa diferente, então vim para Londres. Cheguei há mais ou menos um mês, e é o máximo, sabe? Na verdade, as temperaturas são mínimas, mas aí são outros quinhentos, certo?

Kate concordou, com outro sorriso.

— E que tipo de trabalho você está procurando?

Joe refletiu um pouco.

— Acho que um programa de tevê. Estou com um agente, ele está arranjando uns testes de elenco para mim.

— Claro — Kate disse. — Que legal. — Ela apanhou o cardápio de novo, nervosa, desesperada por algo mais em que concentrar a sua atenção que não em Joe. Ele era tão radiante que olhar para ele era como olhar para o sol. Todas as vezes que seus olhos se encontravam, ela se sentia prestes a desmaiar.

Alguns momentos depois, a garçonete veio até a mesa, e eles fizeram seus pedidos. Logo em seguida Joe olhou para Kate e disse:

— Então você trabalha na televisão?

Kate encolheu os ombros. Sempre se sentia um pouco desconfortável em falar sobre o seu trabalho. Para começo de conversa, ela era designer de interiores, e não apresentadora de tevê, o que tornava difícil explicar afinal qual era o seu papel. Além disso, as pessoas sempre ficavam muito interessadas quando ela dizia que trabalhava na televisão, mas esse interesse morria no exato minuto em que Kate admitia que se tratava de um programa vespertino pouco visto.

— Ah, é só um programa de tevê a cabo — ela disse, vagamente. — Um programa de reconstrução.

— Legal — Joe disse. — É uma grande rede de televisão? Eles fazem seriados? Sitcoms, esse tipo de coisa?

— Não — Kate balançou a cabeça. — É só *Futuro: perfeito*, o pior programa de reforma da televisão. Eu faço a decoração, mas, para ser honesta, tenho me perguntando se é a coisa certa para mim. Quer dizer, adoro design de interiores, mas precisamos fazer tudo com um orçamento tão pequeno, e nunca nem tive vontade de trabalhar na televisão...

— Parece que você está precisando ser salva por alguém — Joe disse, erguendo as sobrancelhas de modo sugestivo.

Kate olhou para ele. Ele havia mesmo dito o que ela achava que ele acabara de dizer? Seria algum tipo de armadilha, ou esse cara existia de verdade?

Ela fitou seus olhos azuis límpidos e a expressão sincera. Ele não parecia estar brincando. Ele *estava* falando sério, ela percebeu, com um estremecimento. Um homem inacreditavelmente lindo havia entrado na vida dela e dizia que queria salvá-la.

No mesmo instante, ela esboçou um sorriso amável. Estava se sentindo um pato, fazendo o melhor possível para parecer sereno e elegante enquanto suas pernas ficavam o tempo todo pedalando sob a água. Ela olhou para baixo, para as palmas das mãos, para o ponto em que as unhas haviam deixado meias-luas vermelho-escuras, e limpou a garganta.

— Você... está gostando de Londres? — perguntou.

— Acho que sim — Joe disse, depois de um momento. — Quer dizer, ora, é uma cidade incrível, não me entenda mal. Mas também é bastante difícil. Pode ser bem solitária, sabe?

— Você... você tem se sentido sozinho? — Kate disse, engolindo em seco.

Joe deu de ombros, e seus olhos encontraram os dela por um momento.

— Acho que sim. Nossa, estou parecendo um idiota, não? Mas sim, tenho me sentido sozinho. É tão bom simplesmente sentar aqui e conversar, sabe? É engraçado, quando vi você pela primeira vez, tive essa sensação...

— Sensação?

— Sensação de que eu ia gostar de você.

— Você gosta de mim?

Joe riu.

— Eu gosto muito de você. Que sorte que você foi até o bar, né?

Kate sorriu, e de repente não sentiu mais as pernas pedalando. De repente, estava flutuando no ar, ou estava em queda livre? O que quer que isso fosse, gostou da sensação.

— Muita sorte — ela disse, com uma voz cálida. — Muita sorte mesmo.

Três horas depois, Joe e Kate estavam sentados em um táxi do lado de fora do apartamento dela.

— Tem certeza que não quer que eu suba? — Joe perguntou, com gentileza. — A noite foi simplesmente incrível, e eu não queria que acabasse.

Kate engoliu em seco. Também achava que a noite tinha sido incrível. Não sabia se havia sido a nova experiência de ouvir, ou se Joe simplesmente era um cara maravilhoso, mas fazia séculos que não ria tanto. E ele a havia olhado por sobre a mesa de uma maneira que ela não se lembrava de ninguém tê-la olhado em séculos — uma maneira aberta, ardente, com aqueles olhos azuis brilhando em sua direção como piscinas de água do mar reluzindo ao sol. Ele não olhara para os peitos de Kate, não perguntara sobre seu plano de previdência, e agora queria subir até o apartamento dela.

Ela queria que ele subisse.

Mas sentiu que Elizabeth Stallwood não aprovaria.

— Joe, também me diverti muito. E adoraria ver você de novo. Mas agora é melhor eu entrar — ela disse, com gentileza. — Não acha?

Concordando relutantemente, Joe disse.

— Você é uma coisa, Kate — ele suspirou, então a puxou na sua direção e lhe deu um beijo suave nos lábios. — E pode ter certeza de que vai me ver de novo. E logo, se depender de mim.

Sentindo seu coração se acelerar, Kate saiu do táxi e foi até a frente do seu prédio, fazendo o possível para caminhar em linha reta e não dar um soco no ar de excitação. Ainda era cedo, mas ela podia ter acabado de encontrar o homem dos seus sonhos. O homem dos seus sonhos que coincidentemente era um ator de Hollywood. O homem dos seus sonhos que queria revê-la logo, e cujo beijo a deixara com as pernas bambas.

Se isso era o que significava ser uma romântica incorrigível, então ela queria era mais.

9

O homem romântico

Muito foi escrito sobre a beleza feminina e sobre o que as mulheres podem fazer para atrair um futuro marido e mantê-lo feliz e satisfeito. Mas a verdadeira romântica também precisa escolher com cuidado seu pretendente. Não são para ela o inconsequente, o rude ou o entediante. Não é para ela um homem dominador, que vê apenas as próprias ideias e que acredita que uma esposa é sua serviçal, para servi-lo e atender a todos os caprichos.

Pois o casamento é uma parceria, um encontro de mentes. Cada um traz a um casamento qualidades diferentes; uma mulher traz alegria e gentileza, ao passo que um homem traz força e estabilidade financeira. Mas ambos podem contribuir com companheirismo, respeito, interesse e apoio. Ambos podem perguntar ao outro sobre como foi o dia e demonstrar interesse na resposta, mesmo se o dia de uma mulher geralmente não é temperado com a excitação do escritório.

Assim, devemos nos perguntar: que qualidades devemos procurar em um parceiro? Como pode a romântica fazer com que seu casamento seja feliz e verdadeiro?

Em primeiro lugar, sendo também o mais importante, devemos valorizar a gentileza. Gentileza de espírito, o que é diferente de generosidade — por si só um atributo muito valioso ainda que não tão importante. Pois a gentileza é uma abordagem fundamental na vida, que une as pessoas queridas, que afasta a maldade e a crueldade, algo com que podemos contar quando mais precisamos. Se você encontrar essa qualidade em um homem — se ele é gentil com você e com aqueles ao seu redor, e se ele fala da própria família e dos amigos com palavras gentis —, então, leitora, não o deixe fugir, pois ele será bom e verdadeiro.

Claro, isso não quer dizer que gentileza é tudo o que você deve buscar em um homem. A romântica procura beleza em todas as coisas, e não deveria ser diferente ao procurar por um futuro marido. Um bom terno, um chapéu de classe e um sorriso atraente sugerem um homem que se importa com a aparência e que valorizará os cuidados que você tiver consigo mesma e sua atenção para com detalhes da casa. Igualmente, presentes atenciosos sugerem um homem que deseja agradar e que fica feliz ao ver seus olhos brilharem — uma qualidade deveras atraente em um homem!

Um homem que tem hobbies e interesses próprios permanecerá interessante ao longo do casamento — embora você deva ter cuidado com jogadores e amantes de corridas de cavalo. Ambos os esportes podem ser apreciados por muitos mas, infelizmente, para alguns cavalheiros essa apreciação pode se tornar uma obsessão. Se você valoriza a estabilidade financeira, fique atenta.

O clube de um cavalheiro pode dizer muito sobre ele e sobre as companhias que o agradam. Pense que os amigos do seu futuro marido se tornarão seus amigos, e os interesses deles se torna-

rão seus — todos podemos aprender a gostar de algo se nos esforçarmos, mas tanto mais fácil e simples será se já tivermos algum apreço pelo algo em questão!

Bons modos são, é claro, extremamente importantes, algo que algumas pessoas infelizmente não parecem perceber. Ser pontual, abrir portas, caminhar no lado da calçada que dá para a rua — são pequenas cortesias e, no entanto, muito reveladoras da criação e dos valores de um cavalheiro.

E, finalmente, preste atenção quando você apresentar um cavalheiro à sua família e aos seus amigos. Ele é atencioso e agradável, ou ele parece aborrecido e preocupado? Devemos fazer nossas escolhas na vida e não ser indevidamente influenciados pelas opiniões de nossos pais e amigos, mas um homem que desdenha daqueles que amamos acabará, eu receio, por desdenhar de nós, também.

Kate abriu a porta do pequeno bar/restaurante e caminhou até a mesa do canto. Um segundo encontro, ela pensou despreocupada. Um segundo encontro com um homem maravilhoso que queria salvá-la. Um homem que era atencioso, agradável e gentil. Ou pelo menos era isso que parecia, certamente. Era como se aquele livro fosse mágico. Melhor, até.

Tirando o casaco, Kate se sentou e olhou ao redor, enquanto uma garçonete lhe trazia o cardápio. Era um restaurante bonitinho, aonde ela nunca fora antes. As paredes eram cobertas por suportes cheios de garrafas de vinho, e as mesas, bambas, eram de madeira com pequenas velas sobre elas, que tremeluziam e lançavam reflexos de luz nos vidros das garrafas.

Ela pediu um cálice de vinho e um copo d'água, além de azeitonas e pão para acompanhar, e então ficou sentada, esperando, ouvindo às conversas ao seu redor — um casal que discutia, um grupo de amigos falando sobre um filme, dois homens conversando aos sussurros sobre negócios e dinheiro.

Kate consultou o relógio. Joe estava apenas 15 minutos atrasado. Não era nada. Ela provavelmente chegara cedo demais, pensou. Seu relógio devia estar adiantado.

Deu uma bebericada no vinho e olhou em torno mais uma vez, sem querer cruzando o olhar com a garçonete, fazendo com que ela fosse até a mesa.

— Está tudo bem? — ela perguntou com um sotaque francês. — Posso lhe trazer mais alguma coisa?

— Não, não. Estou bem por enquanto. Obrigada — Kate negou.

Talvez ela tivesse entendido errado a hora do encontro. Talvez ele tivesse dito 20h30, e não 20 horas. De qualquer forma, não tinha problema. Ele só estava vinte minutos atrasado.

Aos poucos, Kate bebeu todo o copo d'água, e então bebeu o cálice de vinho da mesma forma. As azeitonas desapareceram uma a uma, e, às 20h40, ela se viu limpando, com o pão de casca dura, o óleo por elas deixado.

Assim que acabou de engolir o último bocado, Joe apareceu.

— Sinto muito — ele disse, sentando e segurando as mãos de Kate. — De verdade. Tive um dia horrível. E quando eu estava para sair, uma das meninas do bar ficou doente e teve de ir para casa, e precisei ficar até conseguirem outra pessoa para substituí-la. Eu não podia decepcioná-los, sabe?

Kate sorriu. Como ele é gentil, pensou.

— Não tem problema — ela disse, imediatamente. — Não faz assim tanto tempo que estou aqui.

Joe olhou para os copos e pratos vazios que estavam na frente dela e então encontrou seu sorriso dócil:

— Eu tenho uma coisa para você — ele disse, enfiando a mão no bolso e mostrando um DVD. — Você disse que queria ver, então...

— *Por você*. Uau, então esse é o seriado! — Kate sorriu. Ele estava partilhando com ela seus interesses.

Joe deu de ombros.

— É da segunda temporada, que eu acho que foi a melhor. Mas, de qualquer forma, você não precisa assistir...

— Eu adoraria! — Kate exclamou, entusiasmada. — Obrigada. É muito legal da sua parte.

Joe olhou para ela e sorriu, então pegou o cardápio.

— Que tal um pouco mais de vinho?

Kate balançou a cabeça, concordando, e tentou se lembrar de outras dicas da sua bíblia de relacionamentos.

— Por que o dia foi tão terrível? — ela perguntou, assim que pediram uma garrafa de vinho tinto e comida. — Você fez algum teste de elenco?

Joe fez que não.

— Fiquei no bar o dia inteiro. Fiz um teste ontem, mas o papel não era para mim, sabe? Achei que seria algo interessante, mas acabou que era bem mais ou menos. O roteiro era ruim, o diretor parecia não saber o que estava fazendo... — ele deu de ombros enquanto Kate o olhava com simpatia.

— Deve ser bem difícil — ela disse.

— É! — Joe concordou imediatamente. — Muito difícil. E há tantos calhordas nessa área. Acredita que o meu agente quer que eu faça um anúncio de cream cheese? Eu? Olha, isso me deixa louco.

Kate revirou os olhos.

— Entendo. A apresentadora do meu programa está tentando emplacar um comercial agora. Parece achar que vai melhorar o currículo ou algo assim. Na verdade, é trágico.

Joe franziu a testa.

— Ela está fazendo um comercial para melhorar o currículo?

Kate fez que sim.

— Aparentemente um cara que vende seguros de carros vestido de gorila conseguiu uma cotação melhor que a dela em uma revista de fofocas, então ela resolveu jogar pesado.

— Vestido de gorila?

— Eu sei — Kate disse, com uma risada. — É ridículo, não? Mas Penny é obcecada com o seu status de celebridade. Acho que é tudo o que ela tem.

Joe moveu a cabeça, aparentando seriedade.

— Então ela é famosa? A apresentadora do seu programa?

— O nome dela é Penny Pennington. Fez sucesso uma vez na vida, e sua missão na Terra é me fazer sofrer.

— Sucesso uma vez na vida? — Joe levantou as sobrancelhas.

— *Fly me high, fly me to the sky, give me wings, and never say good-bye* — Kate cantou. — Lembra dessa música? — Joe fez que não e Kate deu de ombros. — Talvez só tenha feito sucesso no Reino Unido. Seja como for, foi a mais pedida durante algumas semanas no final dos anos 1980, e de algum jeito ela conseguiu cavar uma carreira a partir disso.

— Sei — houve uma pausa, enquanto Joe digeria a informação.

— Então — Kate disse, tomando outro gole de vinho —, quais são seus interesses? Quer dizer, além de atuar. O que você faz no seu tempo livre?

O rosto de Joe se armou em um sorriso calmo e sedutor.

— Eu gostaria de passar mais do meu tempo livre com você.

Kate sorriu.

— Boa resposta — ela disse, corando de leve

— Então, quando você terminar esse vinho, que tal irmos para o seu apartamento? — Joe perguntou com suavidade, levando as mãos até as dela. — Talvez eu pudesse ver uma amostra do seu talento para design de interiores.

Kate ficou pálida.

— Ah, nossa, o meu apartamento realmente não é uma boa propaganda dos meus projetos de design — ela balbuciou. — Quer dizer, é bem bagunçado, tem muita coisa... — Ela pegou Joe olhando-a de modo estranho, e seus nervos se alvoroçaram. — Você não quer ir ao meu apartamento para ver meu trabalho, quer?

Joe balançou a cabeça.

— Na verdade, não. — Um pequeno sorriso brincava em seus lábios, e Kate sentiu um arrepio de excitação descer pelas costas.

Mas ela precisava esperar. O livro dizia para esperar, e até então ele não a decepcionara.

Ela mordeu o lábio inferior:

— Ainda é um pouco cedo — ela disse baixinho. — Para mim, quero dizer. Gosto muito de você, de verdade, mas... bem...

Joe retribuiu o olhar dela por alguns segundos, então balançou a cabeça, concordando. Seu olhar era intenso.

— Não tem problema — ele disse. — Posso esperar. Eu entendo. — Então ele sorriu. — Eu preferiria não esperar, claro. Você tem alguma coisa, Kate. Algo especial. Mas vamos aproveitar a noite, não é mesmo?

Kate sorriu, aliviada, e se perguntou o que Elizabeth Stallwood pensaria de Joe. Aprovação total, ela imaginava. Com ou sem chapéu.

10

Superando obstáculos

Frequentemente sentimos que a vida é cheia de desafios e que os acontecimentos estão conspirando contra nós. Quantas vezes não quebramos um salto logo antes de um encontro importante, ou então descobrimos que o suflê não cresceu quando nossos convidados estão prestes a chegar? Como é frustrante quando uma noite especial é arruinada por uma discussão ou pelo atraso de um amigo. Como é irritante quando seu acompanhante é chato e quando a vida parece monótona e muito diferente dos sonhos e aspirações que você nutre para ela.

Mas pense também naqueles dias em que tudo parece estar a seu favor. A manhã primaveril quando você percorre a rua alegremente observando os homens e mulheres elegantes que passam; aquelas tardes deliciosas quando você encontra suas amigas para fofocar durante o café; aquelas noites mágicas passadas na plateia de um teatro, sob as luzes ofuscantes do West End.

Foi o sol que fez com que aquela manhã fosse tão especial? A conversa com suas amigas estava mesmo mais agradável na-

quela tarde do que nas outras? Aquela peça foi realmente a melhor que você já viu?

Talvez. Ou talvez tenha sido você quem trouxe a luz do sol, a conversa interessante e a joie de vivre *a esses dias maravilhosos. Nesses dias, você acordou cheia de vida e de entusiasmo pelo que estava por vir?*

Agora tente se lembrar da manhã de um dia cheio de dificuldades. Você acordou sentindo-se descansada e feliz? Ou será que uma nuvem escura pairava sobre o dia desde o momento em que você abriu os olhos? Será que você não esperava que as coisas dessem errado e será que não contribuiu para a discussão que acabou com a noite? Será que o salto quebrou de forma totalmente acidental, ou será que você demorou em levar o sapato ao sapateiro, convencendo-se de que ele resistiria um pouco mais?

Pode ser que você me considere injusta. Pode ser que você seja realmente azarada e que os acontecimentos conspirem contra você de tempos em tempos. Mas a verdadeira romântica não deixa que problemas a impeçam de aproveitar a vida. A romântica sabe como avivar um jantar entediante com conversas espirituosas e comentários generosos e lisonjeiros. A romântica incorrigível evita discussões e as corta pela raiz, antes que tenham tempo de florescer — lançando mão de sua capacidade de ouvir e compreender para acalmar os nervos do companheiro.

Em suma, a romântica incorrigível sabe que é a dona do próprio destino, que é sua a escolha entre gozar de todo e qualquer dia de sua vida ou se sentir vitimizada. A romântica vê um obstáculo como algo com que testar seu ânimo, um desafio emocionante no qual precisará usar inteligência, charme e otimismo. A romântica sabe que, ao se concentrar em tudo o que é bom e agradável na vida, sempre manterá o bom humor e o sorriso.

E como a romântica espalha alegria aonde quer que vá, ela descobre que nuvens negras e saltos quebrados não apenas falham em destruir seu estado de espírito como se tornam cada vez menos frequentes, pois sabe que pode superar qualquer obstáculo e torná-lo obsoleto.

Kate levantou as sobrancelhas. Então era sábado à noite, e, em vez de sair com Joe-o-Homem-Perfeito, ela estava no sofá com calças de pijama, enquanto ele trabalhava no bar, sem dúvida cercado de uma horda de mulheres lindas. Tudo bem dizer que a romântica incorrigível segurava as rédeas do próprio destino, mas isso obviamente não era verdade no seu caso. E de que forma uma noite de sábado passada na frente da televisão era um desafio emocionante no qual testar o próprio ânimo?

Ainda assim, não estava preocupada. Não depois do último encontro deles. Haviam conversado durante horas e, quanto àquele beijo do lado de fora do restaurante... Ela suspirou ao lembrar. Não, ela tinha bastante certeza de que Joe não estaria olhando para outras mulheres. E, além disso, ela não o convidara para subir. Havia sido necessário todo o autocontrole, e ela quase cedera em vários momentos, mas novamente voltara para casa sozinha, o que, acreditava, significaria que Joe ficaria desesperado para vê-la de novo.

Não que isso fosse de alguma ajuda naquele momento, estando sozinha em casa sem nada para fazer.

Ela fechou o livro com força, mas as palavras ficaram dançando na sua cabeça. *A romântica sabe que, ao se concentrar em tudo o que é bom e agradável na vida, sempre manterá o bom humor e o sorriso.*

Muito bem, ela pensou. Coisas na vida que eram boas e agradáveis:

1. Joe. Não é preciso dizer mais nada.
2. Seus amigos. Tom e Sal existiam desde sempre. Moravam bem pertinho. E a geladeira de Sal sempre estava cheia de comida.

3. Seu emprego. Exceto por aquela mulher que estava ameaçando processá-la, claro. E por Penny, que parecia dedicar a vida a fazer Kate sofrer.
4. Seu apartamento. Era minúsculo, mas era seu. Bem, dela e do banco que o financiara. Mas, na maior parte, seu.

Ela estudou a lista. Será que aquilo era tudo? Então ela arqueou as sobrancelhas, olhou em torno na sala e pensou em mais algumas coisas boas e agradáveis.

5. *Sintonia de amor*.
6. Chocolates Galaxy.
7. Pizza para viagem.

Satisfeita, deu um amplo sorriso e apanhou a bolsa para sair em busca desses últimos três itens. A quem ela estava tentando enganar, oras? A vida era ótima.

Na noite seguinte, Kate e Tom chegaram ao Bush Bar and Grill exatamente no mesmo instante.

— Como vai minha romântica incorrigível preferida? — ele perguntou com um sorriso, beijando-a na bochecha e se dirigindo ao bar.

— Muito bem — Kate disse, feliz. — E como está meu médico rabugento preferido?

Tom levantou uma sobrancelha.

— Rabugento, não. Só alquebrado e ferido pelo mundo, que insiste em conspirar contra mim — disse. — Então, posso buscar uma bebida para você?

Kate agradeceu.

— Na verdade, eu ia pedir uma garrafa de champanhe.

Tom olhou estarrecido para ela.

— Champanhe? Estamos comemorando alguma coisa? Nesse caso, eu não deveria antes saber do que se trata?

Kate deu de ombros.

— Bem, tenho um anúncio a fazer. Não sou mais uma romântica *incorrigível*, pelo menos não segundo a sua interpretação, porque pode ser que eu tenha arrumado um namorado. E, além disso, já que estou com um humor tão bom, pensei em comemorar nossa amizade, que tal?

— Nossa amizade? — Tom perguntou, incrédulo.

— Sim — Kate disse. — Você se deu conta de que faz mais de vinte anos que a gente se conhece? Acho que isso merece uma comemoração.

— Você está completamente louca — Tom disse, dando de ombros. — Mas, se quer torrar o seu dinheiro com champanhe, não serei eu a impedir. E por acaso você disse que tem um namorado?

— Exatamente — Kate sorriu. — Quer dizer, ainda não falamos sobre isso nem nada, mas estou com um bom pressentimento. Um ótimo pressentimento.

— Você tem um namorado? Isso foi meio repentino, não? — disse Sal, esbaforida, surgindo ao lado dos dois. — Desculpem, me atrasei. Discussão com Ed. Não queiram saber. E então, namorado?

— Ele é americano — Kate disse com entusiasmo. — *E* é ator.

— Um ator empregado ou um ator que trabalha como garçom? — Tom perguntou.

Kate fez cara feia.

— Como você sabia que ele trabalha em um bar?

Tom sorriu:

— Não sabia. Foi um chute. Afinal de contas, Los Angeles não é cheia de atores que trabalham em bares?

Kate revirou os olhos.

— Tudo bem, no momento ele está trabalhando em um bar, e daí? Mas ele fazia um seriado chamado *Por você*, que era um enorme sucesso nos Estados Unidos.

— Deve ter sido um enorme sucesso, para catapultá-lo a servir mesas em Londres — Tom disse, seco.

Kate o fuzilou com os olhos.

— Pare de ser tão cínico. Ele é lindo e vai fazer muito sucesso, e não me importo com o que você pensa.

— Mas achei que você queria comemorar nossa amizade com champanhe! Com certeza você deve dar algum valor à minha opinião — Tom disse, ainda sorrindo.

— Champanhe? — Sal perguntou. — Por que você e Tom estão comemorando? Não entendi.

Kate suspirou.

— Nós *três* — disse, irritada. — Eu queria que nós três comemorássemos nossa amizade. Sabe, perceber como temos sorte e tal.

— Sorte? — Sal perguntou. — Como assim, temos sorte?

— Sim, temos sorte de todas as maneiras — Kate disse, exasperada. — Temos empregos, temos uns aos outros, você tem Ed, pelo amor de Deus. Isso não é ter sorte?

Sal deu de ombros.

— Deixe-me ver: tenho sorte de ser casada com alguém que prefere jogar golfe a ver a própria mulher e que gosta de fazer financiamentos tão grandes que não nos permitem tirar férias, é isso?

Kate olhou para ela, desanimada.

— Eu pensei que...

— Kate, você está de bem com a vida porque finalmente transou depois de um período de seca, só isso — Tom disse. — Enquanto isso, nós continuamos sendo os mesmos chatos infelizes da semana passada. Ignore a gente.

— Na verdade nós... — Kate começou a dizer, mas então pensou que Tom não precisava saber detalhes da sua vida sexual, ou da ausência dela. Em vez disso, falou: — Pensei que você transava com uma garota diferente por semana. Você não deveria estar sempre de bem com a vida?

— Acho que a novidade cansa, depois de um tempo — Tom disse com um sorrisinho. — Então, vamos beber uns drinques ou vamos ficar aqui em pé a noite toda?

— Está bem — Kate disse, contrariada, se perguntando se não teria sido um pouco prematuro colocar os amigos no topo da lista de coisas boas da sua vida.

— OK, nada de champanhe. Que tal vinho, em vez disso?

Pediram uma garrafa de um tinto australiano e foram para a mesa de sempre.

— Então — Sal disse, depois que todos se sentaram. — Conte para a gente do seu namorado novo. Onde você o conheceu?

Kate sorriu.

— Em um bar. No bar dele, na verdade. Onde ele trabalha. Eu estava com Gareth. Nós saímos para jantar e depois saímos de novo, há alguns dias, e ele é muito legal.

— Legal — Tom disse. — Eu pensava que as garotas não queriam sair com os caras legais.

Kate revirou os olhos para ele:

— Legal no sentido de maravilhoso, engraçado e um doce — ela disse, irritada.

— E os olhares de vocês se cruzaram no bar? Você soube naquele instante que ele era o homem da sua vida? — Tom perguntou, com um sorrisinho dançando nos lábios.

— Ah, dá um tempo! — Kate disse. — Por que você tem sempre que ser tão cínico sobre tudo?

— É, cala a boca, Tom — Sal concordou. — Você acha que é sério, Kate?

— Talvez — Kate sorriu. — Quer dizer, acho que sim. Espero que sim. Lembram que na semana passada a gente estava falando sobre *speed dating* e outras coisas? Bem, comecei a pensar que talvez você estivesse certa, que eu deveria sair com alguém, com qualquer pessoa, sem me preocupar se era o cara certo para mim, ou qualquer coisa do tipo. E então encontrei Joe e tudo parece certo, sabe? E estou tão feliz por não ter feito aquilo. Me contentar com qualquer um, quero dizer. Ele disse que eu sou muito especial.

— Especial? — Tom perguntou. — Alguém, por favor, me alcance o saquinho de vômito. Logo ele vai estar mandando cartões da Hallmark para "alguém especial".

Kate olhou furiosa para ele.

— Só porque você nunca foi especial para ninguém em toda a sua vida, nem, Deus o livre, deixou que qualquer pessoa fosse especial para você, isso não lhe dá o direito de desprezar os meus relacionamentos — lascou. — Você está com ciúme, só isso.

Tom fechou a cara.

— Eu só me interesso por alguém me chamando de especial se for no meio ou logo após o coito. E apenas em referência à minha performance. Estou falando sério: se uma de vocês me chamar de especial, nossa amizade acabou. Fim. Para todo o sempre.

— Até parece que você corre o risco — Kate murmurou, dando um gole no vinho.

Sal deu um sorriso amarelo.

— Tom, ser especial para alguém não é uma sentença de morte, sabe? Quer dizer, há vida após o casamento e o compromisso.

— Tenho certeza que sim — Tom disse. — Mas não para mim.

— Porque, você acha que é chato? Porque ser casado faz de você alguém incapaz de se divertir? — Sal perguntou.

— Será que posso dizer, só para constar, que Joe e eu não estamos nos casando? — Kate interveio. — Quer dizer, foram só dois encontros, sabem...

— Ótimo. Você também acha que casamento é chato — Sal disse, brava.

— Não acho, não! — Kate disse, indignada. — Só não quero que vocês pensem que, só porque alguém disse que sou especial, estou prestes a entrar na igreja com essa pessoa. Quer dizer, um dia pode acontecer. Mas ainda não...

Tom fez uma cara feia.

— Você acha mesmo que pode vir a se casar com esse cara, que você conhece há menos de uma semana? Está louca?

— Não! — Kate choramingou. — Não vou casar com ele. Eu só disse que... Ah, esqueçam, isso é ridículo.

— Ótimo — Sal disse, cruzando os braços sobre o peito, de forma defensiva. — Então vocês se divirtam enquanto eu fico em casa, casada e entediada, está bem?

Tom se virou para Sal, preocupado.

— Sal — ele disse, de modo gentil —, acredite em mim: Kate e eu não estamos nos divertindo nem um pouco. Bem, Kate pode até estar, mas provavelmente vai durar pouco e então ela vai ficar deprimida como sempre, e você vai reinar suprema novamente, como a única de nós que tem maturidade suficiente para sustentar um relacionamento adulto decente.

Kate ergueu ambas as sobrancelhas para ele.

— *Não vai* durar pouco — disse. — Pelo menos espero que não. Mas, Sal, ele está certo: você não é a casada entediada. Você é a casada sortuda.

— Vocês dizem isso — Sal falou, dando de ombros —, mas aposto que não passaram o fim de semana em casa, sozinhos.

Bem, até as quatro da tarde de hoje, pelo menos. Aposto que esse nosso encontro não é a única coisa interessante que aconteceu para vocês no fim de semana.

Tom sorriu e levantou o cálice em direção a ela.

— Eu trabalhei durante todo o fim de semana, então na verdade é, sim.

— E eu assisti a *Sintonia de amor* sozinha, ontem à noite — Kate acrescentou, com um sorrisinho.

Sal olhou para os dois, com olhos carentes.

— Vocês achavam que seria assim? Quer dizer, quando terminei a universidade eu achava que tudo seria tão maravilhoso...

— E é — Kate disse. — Você só tem que se concentrar nas coisas boas e agradáveis ao seu redor, e assim você sempre estará de bem com a vida.

Tom e Sal pararam e olharam para Kate.

— Kate — Tom disse —, isso é a coisa mais ridícula que você disse hoje. Você está evidentemente sofrendo de um excesso de endorfina ocasionado pela impressão, aliás incorreta, de que está apaixonada por esse fulano americano. Se as coisas não melhorarem, talvez eu precise lhe prescrever uns remédios.

Os olhos de Kate se estreitaram.

— Posso muito bem estar apaixonada pelo Joe, e é mais do que uma reação química — ela disse, num tom de desprezo. — Mas a questão não é essa. A questão é que eu conheci um cara ótimo, que é bom, e gentil, e forte e com caráter, e eu gosto muito dele, tudo bem? Além disso, tenho dois amigos ótimos... — ela fitou Tom com um olhar eloquente. — Desculpem, *uma* amiga ótima e um amigo quase ótimo, mas chato, e também tenho um emprego que paga as contas e do qual às vezes gosto muito. De forma que pode falar mal da sua vida à vontade, mas deixe a minha em paz, certo? Sou feliz e, se você não gosta disso, então, francamente, não estou nem aí.

Tom olhou-a de modo divertido, então deu de ombros.

— Bem — disse —, então tomara que o homem da sua vida corresponda às suas expectativas, não é?

11

Traçando um limite romântico

Alguns anos atrás, a ideia de um cavalheiro esperar algo mais do que a mão oferecida para ser beijada era algo muito além dos limites. De fato, eram tempos mais simples, quando a afeição entre um casal que se cortejava era limitada a palavras e olhares, que, a seu modo, eram muito poderosos.

As românticas incorrigíveis de hoje, entretanto, precisam navegar em águas turvas e turbulentas, nas quais as expectativas são muito diferentes, e as decisões, muito mais difíceis. Um beijo pode ser só um beijo, mas pode levar muito rapidamente a muitas outras coisas. Quantas jovens moças não se entregaram demais, e cedo demais, apenas para serem abandonadas, com o coração em frangalhos, quando seu "pretendente" passa para a próxima conquista?

Claro, a verdadeira romântica vai escolher o pretendente com cuidado, conforme discutimos previamente, e este processo de seleção reduzirá a possibilidade de enganos e de promessas quebradas. Mas, por mais forte que seja a palavra de um homem, lembre-se de que a carne pode ser fraca e que aquilo que é revelado não pode mais ser escondido.

Por mais que você admire e confie no seu cavalheiro pretendente, sugiro as seguintes linhas de conduta. Um beijo recatado é sempre uma maneira aceitável de encerrar um encontro. Qualquer homem que espere mais do que isso nos estágios iniciais dificilmente terá intenções honradas.

À medida que o relacionamento floresce, você pode sentir a tentação de dar um passo adiante, e recentes descobertas médicas agora possibilitam que as moças assim o façam. Mas não o faça inadvertidamente, pois um coração partido é algo muito difícil de ser curado.

Antes de abraçar o mundo moderno e dizer sim a um homem que solicita suas atenções, certifique-se de responder afirmativamente às seguintes questões: este homem é o homem dos seus sonhos? Você é a mulher dos sonhos dele? Vocês conversam regularmente sobre o futuro? Ele quer ser aceito pela sua família, e implora para que você passe mais tempo com a família dele? Quando ele olha para você, é com amor, ou simplesmente com desejo? Este homem seria um bom modelo e pai para seus filhos, ou você acha que ele poderia fugir das responsabilidades?

A verdadeira romântica saberá as respostas para essas perguntas, e saberá se deseja entregar mais de si mesma do que seria tradicionalmente adequado. Casos amorosos nem sempre duram para sempre, e nem deveriam; mas, enquanto durarem, ambas as partes devem ter a expectativa de uma vida em comum, mesmo que acontecimentos possam lhes negar esse sonho. Casos sem amor, por outro lado, são algo totalmente diferente e não fornecerão belas memórias nem lhe ensinarão lições. Pois, na verdade, se você dá a alguém que não merece, isso só a deixa mais pobre.

Sarah Jones, a mulher bastante acima do peso que estava sentada à frente de Kate, brincava nervosamente com a barra do vestido e de tempos em tempos enxugava gotículas de suor do nariz e da área acima do lábio superior.

— Então — Kate disse, apanhando suas anotações. — Como você sabe, em *Futuro: perfeito*, estamos buscando um novo visual que lhe caia bem. Eu sou Kate Hetherington, e vou redecorar a casa. Bem, estive olhando suas anotações e o vídeo, que, aliás, é ótimo! — Ela lançou um rápido olhar para a Sra. Jones, para ver se esse comentário suscitara o efeito desejado de acalmá-la um pouco, talvez até mesmo fazê-la sorrir, mas não adiantou. Ela parecia aterrorizada.

"De qualquer forma — Kate continuou —, todos concordamos que o que gostaríamos de fazer é criar na sua casa um ambiente que possibilite que você viva sua ocupada vida familiar mas que, ao mesmo tempo, fortaleça a sensação de santuário, de um lugar sagrado, entende o que quero dizer?"

Sarah Jones olhou para ela, inexpressiva.

— Um lugar especial, onde você possa se sentir confortável e aconchegada — Kate disse, com um sorriso que tentava encorajar a dona de casa. — Um lugar que reforce o maravilhoso sentimento doméstico, que celebre o fato de que você é, na verdade, uma deusa do lar!

O rosto de Sarah Jones continuava impenetrável, mas Kate anotou apressadamente as próprias palavras. Falas como aquela ficavam perfeitas para a participação no programa.

Estava fazendo o possível para parecer entusiasmada, mas tinha que admitir que estava tendo um trabalhão. Joe lhe ligara na noite anterior, bem tarde, quando ela havia acabado de voltar do Bush Bar and Grill, dizendo que o turno dele terminara, que pensara nela o dia todo e que queria ir até a sua casa.

E ela dissera que não.

Claro, se arrependera imediatamente, havia ficado sem dormir a noite toda, preocupada, se perguntando se ele não se cansaria daquele jogo e pensando consigo mesma que era louca por seguir os conselhos de um manual escrito para mulheres da década de 1950. Agora ela estava seriamente irritada.

— Então — Kate continuou, o sorriso forçado começando a fatigar os músculos de suas bochechas —, eu trouxe uns tecidos ótimos para você ver, e algumas cores de tinta maravilhosas. Padronagens chamativas e algumas cores fortes e ao mesmo tempo claras, entende o que quero dizer? Meio que...

Ela entregou uma grande amostra de cores a Sarah, na qual havia a muito custo pintado umas amostras de tinta azul e verde, combinando com alguns tecidos da IKEA, que pareciam tão chamativos quanto algo que se pudesse encontrar em uma loja Cath Kidston.

Apesar de tudo, Sarah não pareceu muito estimulada pelas amostras o seu rosto continuava tenso.

— Essas são as amostras para a cozinha, mas também vamos fazer a sala de estar — Kate apressou-se em esclarecer. — Algo na mesma linha, mas um pouco mais claro...

Por favor diga algo, implorou mentalmente. Por favor, diga qualquer coisa. Tudo o que precisava era um sorriso ou uma concordância muda e um "isso é bonito" e então poderia iniciar o trabalho. Ou melhor, Phil poderia começar, orientado por ela.

Sarah limpou a garganta e levantou o olhar.

Kate sorriu da forma mais amistosa possível e moveu a cabeça, tentando encorajá-la.

— Quero um sofá de couro. Como o daquela tal Linda Barker na propaganda.

Um sofá de couro? Kate ficou séria. Como isso se enquadraria com a temática *Desperate Housewives*/Camilla-Parker-Bowles? O único tipo de sofá de couro que poderia funcionar seria um grande e fofo, e isso acabaria com o orçamento não de um episódio do programa, e sim três.

— Bem — ela replicou, sabendo que era importante nunca dizer não, mas oferecer alternativas —, não sei bem de que sofá você está falando, mas não acha que poderia ser uma boa ideia estofar o seu sofá com alguma dessas lindas cores? Pense em todas as recordações que sua família tem desse lindo sofá. E você poderá continuar a usá-lo, atualizado para combinar com um novo esquema de cores!

— O sofá era de couro preto, e cromado — Sarah declarou. — Meu vizinho tem um igualzinho. Couro e cromado, é isso que eu quero.

Kate respirou profundamente.

— A questão é, Sra. Jones, Sarah, quero dizer, o conceito que criamos para você não inclui um sofá de couro, na verdade. E você provavelmente vai concordar que o orçamento é bem apertado, de forma que um sofá absorveria quase 100% dele.

Sarah Jones olhou atônita para ela, sem titubear. Então ela se inclinou para perto e pegou a mão de Kate.

— Olhe — ela sussurrou, desesperada —, não me importo com os conceitos. Você é jovem e bonita, então não vai entender, mas sou casada há 16 anos. Tive três filhos, e dá para ver isso. Nos últimos dez anos, meu marido tem dormido com uma mulher que mora do outro lado da rua, e nem sequer me beija na bochecha. Nenhuma quantidade de maquiagem ou de conceitos vai mudar o fato de que faz anos que não transo. Então, o que eu quero é um sofá de couro. Um que seja melhor do que o dela. E ele não vai sentar a bunda nesse sofá, não se eu puder impedir. Entende?

Kate pensou durante um momento, então fez que sim. Ela entendia. Mais do que gostaria. Fechou os olhos por um momento, pensando no barulho de seus pais gritando um com o outro quando ela tinha 8 anos, lembrando-se de como ouvia cada palavra do seu esconderijo na escada. Lembrando-se de as palavras *aquela mulher* serem usadas de forma muito significativa nas conversas, apesar de Kate não entender o que significavam. Lembrando-se de dizer a si mesma que jamais teria um casamento como aquele, um casamento que parecia colado com fita adesiva, em vez de com SuperBonder.

Ela também sabia tudo sobre sentir-se frustrada e sem saída, e sobre passar tanto tempo sem transar a ponto de esquecer como era; sabia sobre esperar tanto tempo pela perfeição a ponto de correr o risco de perder absolutamente tudo. Mas também sabia que um sofá de couro não era, de modo algum, o que tinha em mente para a casa de Sarah Jones.

— Vamos voltar a falar sobre isso mais tarde, está bem? — sugeriu com uma voz gentil, e se levantou. Então ela foi até o hall de entrada e pegou o celular.

— Joe? — ela disse, quando a ligação se completou. — Sou eu. Que tal você aparecer lá em casa às sete da noite?

Ele chegou às 18h45, trazendo nas mãos uma garrafa de vinho. Uma garrafa de vinho que só foi aberta duas horas depois.

Kate estava certa quando intuíra que ele seria o tipo de cara que consegue carregar alguém nos ombros. Assim que começaram a se beijar, ele a pegou nos braços e a carregou silenciosa e solidamente até o quarto, onde devagar, mas com cuidado, a despiu.

— Você é linda — ele disse, enquanto a beijava. — Tão atraente. Tão sexy.

E Kate nem enrubesceu. Não se preocupou em encolher a barriga, nem em desligar as luzes, quando o corpo de Joe se sobrepôs ao seu, explorando cada centímetro do seu corpo. Ela se sentia linda. E atraente. Ora, ela era uma mulher sexy tendo entre as pernas o homem de seus sonhos, e nada, absolutamente nada a faria se sentir de outra forma.

E, se por acaso o *Manual para românticas incorrigíveis* foi misteriosamente coberto por um casaco para que não pudesse ver o que se passava no quarto, isso não significava nada. Ela estava apenas dando prosseguimento ao seu próprio ritual de acasalamento. Um ritual para lá de físico, sem sombra de dúvida.

12

Joe foi acordado pelo toque do telefone, e se viu numa cama vazia. Uma cama que ainda exalava deliciosos eflúvios de sexo. Ele olhou para o número que piscava no seu celular e sorriu.

— Bob! — disse, alegre, ao levar o telefone ao ouvido. — Como está? Alguma boa notícia para mim?

— Joe, oi — disse o agente britânico. — Olhe, infelizmente acho que não é a notícia que você estava esperando.

Joe ficou sério. Não era a notícia que estava esperando? A proposta de pagamento não era boa o suficiente? O quê?

Havia sido o melhor teste de elenco até então. Desde o início estava com um pressentimento bom, estava com a impressão de que as coisas começariam a dar certo para ele. *Aqui, ali* podia muito bem ter sido escrita especialmente para ele, de tão perfeita que era.

Claro, o diretor de elenco havia dito algo sobre ele ter feito o papel do "irmãozinho burro" em *Por você*, uma descrição que passara a abominar desde que começara a ser perseguido por artigos de imprensa que mencionavam que ele não era um sujeito dos mais brilhantes. Como se as pessoas não fossem capazes de diferenciar ator e personagem. Ele não era burro. Tinha conseguido uma bolsa de estudos em uma famosa universidade graças ao seu talento esportivo. E alguém alguma vez lembrava de falar nisso, por acaso?

Ainda assim, aquele papel era seu. Um americano se envolvendo com uma garota inglesa. Como apontara ao diretor de elenco, ele até mesmo tinha uma namorada inglesa. Mal precisaria atuar.

— Certo — disse, um pouco inseguro —, qual é o problema?

— Eles adoraram você — Bob disse —, mas... optaram por outra pessoa. Um ator inglês.

Joe balançou a cabeça, incrédulo. Era impossível. Aquele papel era dele. Era evidente para todo mundo, *aquele papel era dele*.

— Deram o papel para um inglês? Você está falando sério? Por que diabos fariam isso? Por que não para mim?

No peito de Joe, o coração estava se acelerando, irritado. Ele poderia ter feito o papel de olhos fechados. Mal precisava de roteiro, pelo amor de Deus. E escolheram um maldito inglês?

— Joe, me escute com atenção, tente entender. Você esteve ótimo. Eles disseram que ficaram muito impressionados com você. Mas o cara escolhido é uma estrela. Está na imprensa o tempo todo. Ficaram com receio de usar um desconhecido. Disseram...

— Um desconhecido? Eu sou desconhecido? Será que eles não me ouviram? Eu era o segundo papel masculino de *Por você*. É um seriado famoso.

— A questão é, Joe, já faz algum tempo que esse seriado acabou. E você não teve nada importante desde...

Joe sentiu uma raiva branca se erguer dentro de si, a raiva que surgiu logo após *Por você* ser cancelado. Aqueles babacas dos estúdios. Prometeram que ele teria outro papel. Ficaram dizendo como ele era importante. E então, assim que o episódio final foi para a lata, acabou. Ninguém retornava suas ligações. Ninguém lhe fez uma oferta sequer.

Não, aquilo não era bem verdade. Ele recebera uma oferta. Uma oferta para fazer o papel de um idiota em um novo seriado que era uma imitação barata de *Por você*. Queriam que Joe reprisasse o papel, mas, de acordo com seu agente, dessa vez ele não estaria fazendo piadas; ele *seria* a piada.

Mandara-os pastar, claro. E então, quando nada mais havia aparecido, acabou dizendo que pensaria no assunto, e eles disseram: "Não se preocupe, encontramos outro rostinho bonito." Filhos da puta. Bem, iria mostrar a eles. Precisava mostrar a eles. Voltaria a Los Angeles depois de conquistar Londres. Iria se transformar em um produto cobiçado.

— Eu fiz um monte de coisas.

— A questão é, Joe, apresentar um ou dois programas de carros não conta muito por aqui.

— Eu sou um ator conhecido — Joe disse, sem se abater com o comentário de Bob sobre o programa de carros. Ora, todo mundo precisa fazer algo para ganhar um dinheirinho de vez em quando, não? — A questão é: eles podiam ter escolhido um ator de Los Angeles, com grande experiência de estúdio, mas me chamam de desconhecido? Quem é esse cara? No que ele trabalhou?

Bob pigarreou.

— Ele fez uma propaganda de seguros para carros. Vestido como um gorila.

Joe ficou em silêncio por um momento. A palavra *gorila* estava fazendo ele se lembrar de algo, mas não sabia dizer exatamente o quê.

— Um gorila?

— Ele captou o imaginário do público. Ele faz aparições como celebridade. E participou da *Dança dos Artistas*.

— Desculpe, o que você disse? Do que está falando? Isso é um programa? — Joe estava se esforçando para manter baixo o tom de voz, mas não conseguia esconder seu ultraje. Ele precisava daquele papel. Eles deveriam implorar para tê-lo no elenco, e em vez disso ofereciam o papel para um gorila vulgar.

— É muito popular. Celebridades precisam aprender a dançar e vão saindo à medida que o público vota. Ele participou vestindo a fantasia de gorila...

— Você quer que eu me vista de gorila? — Joe perguntou, ríspido. — É isso o que você quer? Ou quem sabe um canguru? Acha que isso faria esses imbecis me levarem a sério? Quer dizer, me diga, sem brincadeira: o que está acontecendo aqui?

Bob suspirou.

— Eu tenho outros testes na manga. Joe, tenha paciência, essas coisas demoram.

— Demoram — Joe disse, tentando se acalmar. Não era um bom momento para gritar com o agente. — Sei disso. É que eu estava com um bom pressentimento quanto a esse seriado, sabe?

— Entendo. Eu também estava. Mas há outras coisas. Não tão importantes, mas o pessoal daquele comercial de cream cheese ligou.

Joe ficou sério.

— Cream cheese? Bob, eu disse que não vou fazer aquela porcaria. Eu sou Joe Rogers.

— Claro. Mas a grana é boa. Enquanto você espera pelo papel certo, quem sabe?

— Sem chance. Preciso pensar na minha imagem, Bob. E eu agradeceria se você pensasse nisso também.

Joe desligou com força o telefone, então suspirou. Ele não permitiria que isso o abalasse. Não deixaria que isso atrapalhasse sua autoconfiança. Ele era Joe Rogers, um ator de sucesso, muito melhor do que um gorila falante.

Lentamente ele voltou a se enfiar nos lençóis de Kate e amaldiçoou o fato de ela já ter saído para trabalhar. Ele precisava de algum consolo. Precisava que ela olhasse para ele com aqueles olhos dóceis e o lembrasse de que era talentoso e sexy.

Inquieto, se sentou mais uma vez, então apanhou o telefone celular. Kate podia estar no trabalho, mas quem sabe mais tarde?

— Não consigo acreditar que eles colocaram o gorila na minha frente de novo.

Kate levantou os olhos do celular, sorrindo. Era hora do almoço no set de filmagens de *Futuro: perfeito* e ela recebera uma mensagem de texto de Joe propondo um drinque para aquela noite.

— O gorila? — ela perguntou, vagamente.

— Sim, um cara idiota e sua fantasia de gorila. Colocaram a entrevista dele antes da minha, na página 14, dá para acreditar? E me jogaram para a página 26. Ele tem uma foto na capa, e eu só tenho uma linhazinha bem embaixo.

— Eu não diria que a sua linha de baixo é pequena — Gareth disse, com um pequeno brilho nos olhos, e Penny o fuzilou com o olhar.

— Vou ligar para o meu agente — ela rosnou, se levantando. — Cansei dessa merda.

Antes de ela sair, Magda chegou, como um furacão.

— Vocês viram essa entrevista? — ela perguntou, segurando outro exemplar da mesma revista que Penny também estava brandindo.

— Eu *sei* — Penny cantarolou. — Página 26. Dá para acreditar nisso?

Magda a encarou.

— Nenhuma menção a *Futuro: perfeito*, é disso que eu estou falando — ela vociferou, braba. — Nós tínhamos um acordo,

Penny, e o acordo era que pagamos mais do que você merece e em troca você só fala sobre o programa nessas suas entrevistazinhas em revistas de celebridades.

Penny revirou os olhos.

— Magda, não seja tão ingênua. Como se alguém fosse me entrevistar sobre o programa durante uma hora.

— Bem, se você não tomar cuidado, logo eles não terão mais como fazer isso — Magda disse, com os olhos em fogo. — Você vai ser demitida, isso se o programa não acabar antes. — Ela jogou a revista na mesa dos Jones e saiu da cozinha pisando duro, deixando Gareth e Kate olhando um para o outro em silêncio.

— Ai, que dramalhão — Penny murmurou em voz baixa. Ela pegou a revista da mesa e guardou o telefone celular, enquanto se dirigia para o jardim.

Gareth suspirou de alívio; então virou-se para Kate, em tom de conspiração.

— Você sabe que esse programa está indo por água abaixo — falou. — Quer dizer, isso se a Magda e a Penny não explodirem antes. Aparentemente o patrocinador está pensando em cair fora.

— Verdade? — Kate perguntou, preocupada. Falar mal do emprego era uma coisa, mas ainda assim ela gostava de ter um.

— Não fui eu quem falei — Gareth disse, olhando ao redor para se certificar de que ninguém estava ouvindo —, mas não me surpreenderia se encerrassem o programa depois dessa temporada. É por isso que a Magda está nessa TPM permanente.

Kate ficou séria, enquanto Penny voltava para a cozinha.

— Colocaram o gorila antes! — ela estava gritando. — Ele por acaso teve algum hit? Por acaso ele tem um reality show de reforma só dele? Não, não tem. Eu quero que você ligue para eles, e quero que diga que estou insatisfeita. Muito insatisfeita... Sim, eu sei. Sim, entendo que... Não, eu sei que a propaganda é muito famosa, e que está na televisão aberta, mas... OK. Bem, consiga um comercial para mim também, então... Sim, eu sei que disse aquilo, mas mudei de ideia. Mas tem de ser em rede nacional.

Ela fechou o telefone com força e fitou Kate, e então Gareth.

— E vocês dois podem parar de olhar, muito obrigada — disse, jogando o cabelo para trás, ou pelo menos tentando: o cabelo estava tão endurecido com produtos químicos que não saía do lugar. — Assim que eu estiver estrelando minha campanha publicitária em rede nacional, não vou mais precisar trabalhar com escória como vocês.

Enquanto ela trotava para fora da cozinha, Gareth revirou os olhos:

— E ela vai fazer propaganda do quê? — ele perguntou, malicioso. — A única maneira de ela trazer dinheiro para alguém é se as pessoas pagarem para ela ficar longe de suas casas.

Enquanto falavam, Magda voltou, de repente.

— Kate, posso falar com você?

Kate levantou os olhos, imaginando do que se trataria.

— A sua fã ligou de novo — Magda disparou. — Não disse o que queria, apenas que queria falar com você. É um mau sinal, Kate, não deixar recado. O jurídico ainda não falou com ela, mas querem saber o que você fez. Qualquer problema que você possa ter tido, dificuldades, esse tipo de coisa. Para que possam se preparar.

— Preparar? — Kate ecoou. Aquilo soava mal.

— Para que saibam o que esperar — Magda disse. — E para que saibam de quem é a culpa: do programa ou sua.

— Culpa do *quê*?

Magda balançou a cabeça, num gesto vago.

— Não sei. Pergunte ao jurídico. Só estou dando o recado.

Ela saiu, e Kate deitou a cabeça na mesa, tapando-a com as mãos.

— Não se estresse — Gareth aconselhou. — Apenas negue ter qualquer conhecimento sobre qualquer coisa que tenha saído errado. Não podem culpá-la por nada se não puderem prová-lo.

— Mas eu não sei o que é que acham que eu fiz! — ela disse, indignada. — Por que não posso simplesmente conversar com ela? Por que o jurídico tem que estar envolvido, afinal de contas? Ela foi muito legal no programa. Não estou entendendo.

— Você tem o número dela, não? — Gareth disse. — Ligue para ela, se estiver mesmo com vontade.

Kate o encarou. Claro. Eles tinham o telefone de todo mundo nos arquivos.

— Mas e se a Magda estiver certa, e ela gravar a nossa conversa?

— Apenas não diga nada incriminador. Pelo menos assim você vai saber qual é o problema.

— Você é sensacional, Gareth — Kate disse, entusiasmada. — Sim, vou ligar para ela.

— É isso aí, garota! — Gareth disse. — Agora, se não se importa em me dizer, por que é que essa Sarah Jones não para de falar sobre um sofá de couro?

13

A arte de abrir mão

Que bom seria se todos os contatos e conversas fossem doces, plenos e sem problemas. Mas, infelizmente, muito frequentemente nossas amizades são apimentadas discussões e desacordos; até mesmo brigas de namorados podem, às vezes, ser inevitáveis. Um quer ir ao teatro; o outro quer ficar em casa. Um gosta de ir para o campo nos fins de semana; o outro prefere a comodidade da cidade.

A romântica incorrigível, entretanto, sabe que a discordância não precisa levar à tristeza e à tensão. Se soubermos lidar com ele, o desacordo pode ser transformado em uma maravilhosa oportunidade de mostrar que você está disposta a abrir mão, de provar que você pode colocar os sentimentos dele em primeiro lugar. E, quando fazemos isso, muitas serão as vezes que o amante ou amigo se dará conta de que também é capaz de colocar os nossos sentimentos em primeiro lugar. E assim, de palavras irritadas nascem palavras gentis. Da desesperança nasce a esperança.

O romantismo, como se vê, não é uma ida ao teatro ou um presente pequeno porém caro. Romantismo é um estilo de vida, uma generosidade do espírito, e a alma generosa sempre terá tudo de que necessita.

Assim que Kate chegou em casa naquela noite, catou o telefone de Carole Jacobs nos seus arquivos e foi até a cozinha. Apanhou o telefone, começou a discar mas acabou desistindo. Então voltou a se sentar na cadeira, tamborilando os dedos na mesa da cozinha.

O problema era, ela pensou, nervosa, que Elizabeth Stallwood podia falar à vontade sobre abrir mão e sobre colocar os sentimentos dos outros em primeiro lugar, mas muito provavelmente nunca enfrentara ninguém ameaçando processá-la. De que forma Kate poderia mostrar a Carole Jacobs que estava disposta a pôr os sentimentos dela em primeiro lugar, se sequer sabia que sentimentos eram esses?

Na verdade, ela até suspeitava que sentimentos eram. Kate havia repassado as próprias anotações na tentativa de descobrir o que poderia ter chateado Carole Jacobs, e chegou à conclusão que poderia ser de duas, uma. Ou a pistola de grampos — nas cortinas, dessa vez, pois não houve tempo para instalar um trilho duplo. Ou então o fato de que haviam lixado o chão, mas apenas em torno dos móveis e não embaixo deles, sob instruções claras de Magda, mais uma vez em função de falta de tempo. O que significava que Carole não poderia tirar sequer uma cadeira do lugar sem que o trabalho malfeito deles ficasse evidente.

Talvez ela estivesse furiosa com ambas as coisas. Ou talvez fosse algo completamente diferente. Mas será que ela precisava mesmo processar Kate por causa daquilo? Que tipo de reação exagerada era aquela?

Lentamente, sua mão foi avançando na direção do telefone, enquanto ela olhava para a folha de cola à sua frente, na qual escrevera todos os argumentos em que conseguiu pensar para explicar como não era culpa dela se Carole Jacobs não estava feliz com a sua reforma.

Os advogados de *Futuro: perfeito* lhe disseram certa vez que o importante era nunca dizer *me desculpe* em relação a nada, porque senão você estaria admitindo a culpa e consequentemente as pessoas poderiam processar você. Em vez disso, ela deveria usar expressões como *sinto muito* e *é uma pena*, que pareciam inacreditavelmente pomposas ou absurdamente condescendentes, mas azar. Não era ela quem fazia as regras, disse a si mesma, com firmeza.

"Sinto muito que você esteja insatisfeita com a reforma."

"É uma pena que o programa não tenha conseguido preencher suas expectativas."

"Sinto muito ter destruído sua casa e ter transformado você em uma inimiga mortal que se recusa a me deixar em paz..."

Kate fez uma careta. Ela podia fazer aquilo. Sabia que sim.

Inspirando profundamente, apanhou o telefone e discou, então ouviu o toque, desejando que Carole não estivesse, que tivesse se mudado, que tivesse ido viver na Mongólia por alguns meses.

— Alô?

— Carole Jacobs?

— Sim, meu bem. E com quem tenho o prazer de falar?

Kate tomou um susto. A voz da Sra. Jacobs era agradável, exatamente como Kate se lembrava. O que era ruim, pois agora ela se sentia culpada, em vez de indignada.

— É Kate. Kate Hetherington do programa *Futuro: perfeito* — ela se ouviu dizer. — Estou apenas ligando para pedir desculpas. Seja lá o que for que tenha deixado a senhora chateada, ou irritada, ou seja lá o que eu tenha feito com sua casa que tenha sido tão horrível, me desculpe. É culpa minha e vou consertar, se puder. Tudo bem?

Carole Jacobs não disse nada, e Kate mordeu o lábio inferior, de nervosismo.

— Ahn, alô? A senhora está aí? — arriscou.

— Sim. Sim, estou. Desculpe, pensei que fosse um trote. O que você quer dizer, "chateada"? Não estou chateada com nada.

Kate ficou séria.

— Desculpe. A senhora ligou para a produção do programa. Ligou para reclamar, e eles não nos deixam... Quer dizer, eles gostam de lidar com coisas desse tipo em um departamento diferente. Mas, olhe, eu gostaria que conversássemos como pessoas sensatas, se a senhora concordar. Quer dizer, não há necessidade de envolver outras pessoas, não é mesmo?

— Não sei, querida, há?

Kate ficou ainda mais séria, enquanto voltava a olhar na direção do *Manual para românticas incorrigíveis*.

Se soubermos lidar com ele, o desacordo pode ser transformado em uma maravilhosa oportunidade de mostrar que você está disposta a abrir mão, de provar que você pode colocar os sentimentos dele em primeiro lugar.

— Quem sabe a senhora não me diz do que foi que não gostou na reforma? — ela sugeriu, com o tom de voz mais amável possível. — E então veremos o que é possível fazer. Obviamente, é a sua satisfação que importa. O que estou tentando dizer é que espero que possamos chegar a um acordo.

Houve outra pausa.

— O que eu não gostei? — Carole perguntou.

— Isso mesmo. Seja o que for.

— O batom — Carole disse, por fim. — Sei que cereja é terrivelmente antiquado, mas acho tão alegre. Aquele jovem simpático estava apenas tentando ajudar, mas não gostei daquela cor amarronzada que ele usou em mim. Tão apagada, sabe? Se vou me dar ao trabalho de usar batom, quero que seja vivo e alegre.

— O batom — Kate repetiu, perplexa. — Tudo bem, claro que vou falar com Gareth sobre isso. E quanto à casa? Quer dizer, o que a senhora não gostou na casa?

— Mas a questão é justamente essa — Carole disse. — Eu gostei da casa. Gostei muito. E achei muito esperto, também. Por que gastar dinheiro à toa lixando o chão que ninguém vai ver? Pode me contar: você realmente faz toda a reforma com no máximo 750 libras?

Os olhos de Kate estavam cheios de incompreensão. Carole só podia estar fazendo jogo duplo — talvez estivesse dizendo tudo aquilo para fazer Kate admitir que havia dado umas tapeadas, e assim ela seria atropelada por um processo judicial antes mesmo de se dar conta.

— Nós precisamos, de fato, nos ater a um orçamento — ela disse, tateando. — Então realmente nos focamos nas áreas que trarão o máximo de benefício...

— E olhando a gente não diz, não é mesmo? Quer dizer, nenhum dos meus amigos viu o chão embaixo da mobília. Ou pelo menos não haviam reparado, até que mostrei a eles. Ninguém mais faz isso, entende? Não gostam de dar um jeitinho. Não entendem que todo e qualquer centavo é importante.

Kate respirou fundo. Estava completamente confusa com aquela conversa. Ou estava sendo enganada por alguém muito astuto ou...

— Sra. Jacobs, por que a senhora ligou para a produção de *Futuro: perfeito*? — perguntou.

— Ah, para pedir sua ajuda — Carole disse, direta. — Você alegrou minha vida, querida, e pensei, bem, se você conseguiu alegrar minha vida por menos de 750 libras, talvez você possa alegrar o abrigo, também. Eu trabalho lá, sabe? Do lado do hospital. E sempre foi um lugar tão triste, que realmente não ajuda na recuperação das pessoas. Então pensei em lhe ligar. Mas você está sempre tão ocupada, minha querida. É difícil de encontrá-la.

Kate olhou para o telefone.

— A senhora não quer me processar? — perguntou.

Carole se engasgou.

— Processar você? Por que eu faria isso? Ah, minha querida, você não está tendo problemas por minha causa, está? Ah, me desculpe.

— Sim. Quer dizer, não, não estou — Kate disse, confusa. — Desculpe. A senhora estava dizendo que gostaria de falar sobre o abrigo?

— Isso, minha querida.

— Que tipo de abrigo? — Kate perguntou. Ela não fazia ideia se havia mais de um tipo. Sequer tinha certeza se sabia o que era um abrigo.

— Pacientes de câncer, na maioria. Eles são tratados no hospital, e então são entregues para nós. É como um lugar de passagem entre o hospital e a casa deles. O câncer pode ser assustador, sabe? Nem sempre as pessoas querem ir para casa. Outras precisam de cuidados médicos constantes, mas não querem ficar no hospital um segundo a mais do que o estritamente necessário. Não temos muito dinheiro, mas já faz algum tempo que estamos economizando, e pensei: se existe alguém que pode fazer o dinheiro render, é aquela jovenzinha simpática da televisão, com aquelas cores maravilhosas. Ah, é muito gentil você ter retornado a ligação, sabe? Sei que vocês têm vidas muito atribuladas. A minha sobrinha também é assim: sempre correndo, nunca tem tempo para parar e tomar uma xícara de chá, o que dirá de me fazer uma visita.

— Você gostaria de fazer uma reforma no abrigo? — Kate perguntou, já interessada.

— Ah, sim. Seria muito importante, sabe? Para tantas pessoas...

— Que tamanho... Que tamanho tem o abrigo?

— Bem, deixe-me ver, temos trinta pessoas no momento. Algumas partilham o mesmo quarto, claro. Mas acho que devem ser uns 25 quartos. E tem a sala da televisão, também. E o refeitório, embora as pessoas prefiram comer com as bandejas na sala de tevê, hoje em dia. Não sei se aprovo isso, mas é o que acontece.

Kate engoliu em seco.

— Então estamos falando de 27 cômodos?

— Mais ou menos, sim. É bastante, eu sei. Mas uma reforma, ainda que pequena, faria uma grande diferença.

Kate permaneceu séria, mas, ao mesmo tempo, já estava ficando entusiasmada. Podia ver umas pinceladas trazendo um pouco de alegria àqueles pobres pacientes de câncer, um tratamento eficiente nas janelas dando-lhes esperança e otimismo para o futuro. Mas, por outro lado, ela andava lendo Elizabeth Stallwood demais, ultimamente.

— Parece uma ideia maravilhosa! — disse, com cautela. — Eu me sinto muito honrada, sabe?, que a senhora tenha pedido a minha ajuda.

— Talvez você queira dar uma olhada no lugar — Carole Jacobs sugeriu. — Ver o que pode ser feito?

— Eu adoraria — Kate disse. — Quer dizer, é claro que trabalho o dia inteiro, então só vou poder lhe ajudar um pouco, sabe, nos fins de semana e tal. Mas eu ficaria muito feliz em participar disso. Então, qual o orçamento?

— São 1.500 libras.

Kate olhou para o telefone mais uma vez.

— Desculpe, acho que não ouvi direito. Entendi 1.500 libras.

— É isso mesmo — Carole disse, com alegria. — Sei que não é muito, mas o que você acha que conseguiria fazer com isso?

Kate engoliu em seco.

— Isso poderia... pagar a tinta... — disse. — A senhora está falando sério? Essa é toda a verba que vocês têm?

— Receio que sim — Carole disse, com um entusiasmo imbatível. — Mas tenho certeza de que todos vão arregaçar as mangas e ajudar.

Kate mordeu o lábio inferior. Não sabia o que dizer.

— Venha nos visitar — Carole disse para o silêncio. — Apenas venha e veja o abrigo, e você poderá fazer uma avaliação. Todos ficarão muito empolgados. Nunca recebemos a visita de uma celebridade antes.

— Na verdade não sou uma... — Kate começou a dizer, mas resolveu deixar para lá. Imaginou que não havia problema algum em trinta residentes de um abrigo a considerarem uma celebridade. E as verdadeiras românticas incorrigíveis não diziam sim para coisas novas, afinal de contas? — Está bem — ela disse. — Irei amanhã.

Ao colocar o telefone no gancho, não sabia se estava aliviada ou aterrorizada com a conversa que tivera com Carole. No que estava se metendo?

Mas antes que pudesse pensar mais profundamente sobre a questão, em busca de uma resposta, a campainha tocou.

14

Sal bem que gostaria de conseguir parar de pensar em Kate transando com o novo namorado. Não que estivesse de fato imaginando os dois juntos; era mais a ideia da coisa. De Kate ter a excitação de fazer sexo com um novo namorado. Sal mal conseguia se lembrar do frisson da primeira transa com alguém. Aqueles olhares intensos, o roçar de pele na pele, o *desconhecido*...

O problema era que, não importa o quanto você diga para si mesma que o sexo melhora à medida que o relacionamento amadurece, nada jamais pode substituir a febre com a qual se pula sobre alguém pela primeira vez. A maneira com que se precisa desse alguém naquele minuto, naquele instante.

O sexo dentro do casamento tinha muitas vantagens — conforto, confiança para experimentar coisas novas (o que só aconteceu nas primeiras semanas, é claro), o profundo conhecimento de como atingir o orgasmo mútuo tão rápido e de forma tão eficiente quanto possível, de modo que não se precise abrir mão de preciosas horas de sono e/ou dos últimos 15 minutos de *Prison Break*. Mas não fazia o corpo formigar, não deixava ninguém com aquele brilho que as pessoas percebem até no dia seguinte. E certamente não era algo que arrebatasse ninguém.

Ainda assim, bom para Kate. Era uma novidade ótima, ela ter um namorado e tudo o mais.

Bem, *meio* que era uma novidade ótima. Sal esperava que isso não alterasse demais as coisas. Que a nova relação de Kate não a deixasse muito enjoativamente feliz.

Ela suspirou. Ah, Deus, que tipo de amiga ela era? Deveria estar feliz por Kate. E estava. De verdade, estava. Ou pelo menos pensava que sim.

Era só que... bem, foi tudo tão súbito. Será que esse tal de Joe iria querer participar dos aconchegantes encontros deles no Bush and Bar Grill? Será que Kate começaria a dar lições de moral sobre como ter um bom relacionamento, roubando o único trunfo verdadeiro de Sal? Será que toda a dinâmica da amizade delas seria alterada? Mudança significava reacomodação, incerteza e falta de controle. Mudança significava... bem, *mudança*.

Será que Ed alguma vez dissera que ela era especial, se perguntou.

Não que fosse importante. Tom é que estava certo — ela era bem-casada.

Se bem que... como ele poderia saber? Tom não acompanhava seu casamento todos os minutos do dia, todos os dias. E ele tampouco tinha uma relação ótima com alguém, para se comparar.

Talvez ela tivesse se acomodado. Talvez, se houvesse esperado, estivesse saindo com alguém que a achasse especial. Talvez, se tivesse esperado, não sentisse esses ataques de solidão, que resultavam nos momentos desesperados em que permitia que o rígido controle sob o qual mantinha a própria vida se desfizesse; quando comia enormes quantidades de chocolate enquanto lágrimas jorravam dos seus olhos; quando permitia que todos os pensamentos que reprimia o resto do tempo viessem à tona: que ela não era uma pessoa digna de amor. Que Ed não gostava de estar com ela. Que, apesar de todas as listas e toda a organização e todos os organogramas, sua vida estava lenta mas inexoravelmente entrando em uma espiral de descontrole.

Sal resolveu parar com isso. Claro que ela não era um fracasso. Era apenas uma mulher casada e feliz, com uma casa grande e maravilhosa.

Na verdade, iria provar o quão feliz e maravilhoso tudo era. Daria um jantar. Convidaria Kate e o namorado novo. E Tom também.

Repentinamente, Sal teve uma visão dos cinco: Ed trazendo um vinho da adega, o ambiente iluminado por velas que tremeluziam, refletindo em seus rostos, enquanto falavam sobre os velhos tempos e pegavam no pé um do outro. Joe facilmente se tornaria parte do grupo e insistiria em comprar uma casa nas redondezas, e nada mudaria, exceto que eles agora teriam um membro mais glamouroso e poderiam ser convidados de vez em quando para estreias de filmes. E, num piscar de olhos, a relação de Kate e Joe seria exatamente como a dela e de Ed, e Sal então riria de si mesma por ser tão tola e paranoica e por pensar que as outras pessoas eram muito mais felizes do que ela.

Antes que pudesse voltar atrás, apanhou o telefone e ligou para Kate.

— Kate, sou eu. Vou fazer um jantar. Para você e para o Joe. E para o Tom.

— Um jantar?

— Sim — Sal disse, impaciente. — Sabe, guardanapos bonitos, um bom vinho, um ótimo bate-papo.

— Ah, que simpático! E sei que o Joe vai adorar. Só que ele trabalha às terças, quartas e quintas. E em sábados alternados.

— Então as coisas estão ficando sérias com ele, hein?

— É. Que bom, né? Ele... bem, ele é um amor. E a gente tem uma química incrível.

Sal fez uma pausa.

— Que... maravilha. Então, sexta-feira?

— Ótimo. A que horas?

— Às sete e meia?

— Combinado. Até lá.

Sal desligou o telefone e começou a escrever um e-mail para Ed. Sabia que ele não tinha nenhum compromisso na sexta-feira, mas também sabia que um happy hour inevitavelmente surgiria, pois era o que sempre acontecia. Com sorte, ele só veria o e-mail no final do dia, quando ela argumentaria que já era tarde demais para cancelar o jantar.

Penny abriu a porta de Magda sem bater e se sentou em uma cadeira.

— Você sabe que eu não trabalho de manhã cedo — disse, mal-humorada. — Se importa se eu fumar um cigarro?

— Sim, me importo, droga — Magda rosnou, tão mal-humorada quanto Penny. — E, só para constar, também não fico feliz de trabalhar de manhã cedo, mas, por outro lado, também não fico feliz em ver números despencando e nem em contemplar a perspectiva de ser tirada do ar.

Os olhos de Penny se arregalaram.

— Eles não fariam isso!

— Mas com toda a certeza, fariam. Estamos por um fio. Mas, se o programa continuar, o aluguel do seu querido apartamento também continua, entendeu?

Penny acusou o golpe:

— Eu *tenho* outras ofertas, sabia?

— Pode ser. Mas, acredite em mim, docinho, se esse programa for pelos ares, nenhum de nós vai sair da coisa com cheiro de rosas.

Penny suspirou.

— Estou fazendo o que posso. É com os outros que você deveria estar preocupada. Simplesmente não temos talentos suficientes para o programa. Os projetos de Kate são terríveis, e até Lysander anda meio caído, nos últimos tempos.

— Ninguém dá a mínima para cor de parede ou para roupas. Precisamos de divulgação — Magda disse. — Precisamos de publicidade. Se conseguirmos publicidade, então quem sabe possamos sobreviver. Se conseguirmos uma boa exposição, quem sabe, pode ser até que subamos um ou dois níveis. Conseguir um canal decente, como o Canal 3.

— Canal 3? — Penny perguntou, se interessando.

— Acho que vale uma última tentativa — Magda disse, com um suspiro. — Eles têm um monte de porcarias passando todas as noites da semana. Por que a nossa porcaria não pode estar entre elas?

— Eu apareço na revista *Hot Gossip* toda semana, ora — Penny disse, com outro suspiro. — Não sei o que mais você quer.

— Quero você na capa.

Penny levantou os olhos em direção ao céu.

— Está bem. Vou ligar para eles e pedir esse favorzinho, que tal? — perguntou.

Magda a olhou com seriedade.

— Escute aqui, você sabe como isso funciona. Vá para uma clínica de desintoxicação de novo, se arranje com algum pop star, descubra que tem uma doença terminal. Não quero saber. Você tem esse emprego porque é capaz de gerar publicidade, e é exatamente isso o que quero que faça. E se puder mencionar os pacotes de viagem da Winter Sun Holiday no meio do caminho, seria ótimo, pois eles estão pensando em nos patrocinar. Entendeu?

Penny apertou os lábios e se levantou. Era bom que Magda estivesse certa sobre o Canal 3. Senão ela iria pensar seriamente em outras alternativas. Seria capaz de apostar que o gorila dos seguros de carro não tinha que aturar desaforos como esse. E ela também não deveria.

— Um jantar? — Sal podia ver a cara feia de Tom no outro lado da linha do telefone.
— Sim, Tom. Sabe? Comida, amigos, vinho... — Ela não conseguia entender por que todos estavam reagindo como se fosse uma ideia absurda. As pessoas ofereciam jantares o tempo todo, ora.

Havia abordado a questão com Ed, também, embora não tivesse conseguido arrancar uma resposta dele. Ele havia ignorado o e-mail, de modo que ela ligara para ele. Não que com isso tivesse conseguido alguma atenção.

Sal: Sabe, eu estava pensando que deveríamos dar um jantar.
Ed: *Resmungo.*
Sal: O que você acha?
Ed: Não sei. Sim, talvez. Desculpe, Sal, estou meio ocupado aqui. Vamos falar sobre isso depois.
Sal: Mas você vai chegar tarde hoje.
Ed: Ãrrã.
Sal: E amanhã à noite você tem aquele jantar com alguns clientes, não é?
Ed: Clientes?
Sal: Você disse que tinha um jantar. Algum gerente de fundos de investimento?
Ed: Ah, é mesmo. É isso aí. Eu tinha esquecido.
Sal: Então, o que acha?

Ed: Sobre o quê?
Sal: Esquece. Tchau, Ed.
Ed: Tchau, meu bem. *Clic.*

— ...um jantar simples — Sal completou, já exasperada.
— Sim, acho que entendo o que você quer dizer — Tom disse. — É que faz tempo que não consto na lista de convidados para um jantar na casa de ninguém. Aliás, nem sei se alguma vez entrei em alguma lista. Eu não tinha me dado conta de que a gente era a favor dessa coisa de jantares. Mas agora que tive tempo de ponderar sobre a ideia, me parece ótimo, e eu não perderia por nada desse mundo.
— Convidei Kate e Joe.
— Ah, maravilhoso. O casal feliz. Mal posso esperar.
— Ela está toda entusiasmada — Sal disse, meio soturna. — Parece que está transando adoidado.

Tom ficou silencioso por um momento, então pigarreou.
— Com o homem da vida dela?
— Ela disse que eles têm uma química.
— Ah, sim, química. Eu tento evitar isso. A menos que se trate de uma farmácia de manipulação.
— E se ela se mudar para Los Angeles e for morar em alguma mansão enorme por lá?
— Sal, faz uma semana. E ele é um garçom, não uma estrela de cinema. Você está bem?
— Sim, sim, claro que estou bem — Sal disse, com a voz um pouco mais calma. — Desculpe, eu só estou... não sei. Cansada, acho.
— Muito sexo selvagem com Ed, é? — Tom perguntou, brincando.
— Quem me dera. — Sal suspirou. — Somos casados, lembra?

— Ah, é, verdade.
— Mas você, deve estar se dando bem, isso sim.

Tom riu.

— O quê, sexo selvagem? Eu? Acho que eu não poderia chamá-lo assim, se tivesse tempo de atender ao telefone.

Sal suspirou mais uma vez.

— Você sabe o que quero dizer. Será que eu sou a única que transa uma ou duas vezes por semana, com sorte, normalmente com as luzes desligadas e nunca em outro lugar que não na cama?

— Acho que isso se chama conforto — Tom disse, tentando ser gentil.

— Pode-se chamar assim, acho. Até mais, então.

Tom desligou o telefone e ficou sério.

— Você está bem?

Ele levantou os olhos e viu Lucy parada no vão da porta.

— Sim, sim, estou ótimo — ele disse. — Em que posso ajudar?

— Ouvi você falar sobre sexo selvagem — Lucy disse, fitando-o com um olhar malicioso. — Fiquei me perguntando se eu poderia lhe dar uma mãozinha.

Tom ficou surpreso, mas Lucy apenas sorriu, e piscou.

— Estou livre para tomar um drinque mais tarde, sabe? — ela disse. — Se você estiver interessado.

E, dizendo isso, ela sorriu de novo, se virou e saiu caminhando, deixando para trás Tom, que a olhava fixamente.

15

Sal nunca havia percebido os braços de Jim antes. Pareciam musculosos. Será que ele fazia musculação?, ela se perguntou.

Estavam sentados no escritório dela, e Sal tentava prestar atenção no que ele dizia, mas em vez disso estava perdendo a concentração o tempo todo, pensando em coisas sobre as quais nunca se permitira devanear. Era autoindulgente demais. Coisas como: o que teria acontecido se não tivesse se casado com Ed. O que teria acontecido se não tivesse sido sempre tão determinada a controlar tudo e, em vez disso, tivesse deixado as coisas tomarem seu curso natural. Se Ed era mesmo sua alma gêmea. Se ela estivera tão desesperada para se casar que perdera a chance de encontrar o homem de seus sonhos — que agora, por sua culpa, estava preso em algum casamento sem amor, em algum lugar. Se, se tivesse sido um pouco mais paciente, estaria fazendo sexo selvagem, em vez de ficar pensando se deveria cozinhar frango ou peixe para o jantar de sexta-feira.

— Você está bem, Sal?

Ela ficou vermelha, se dando conta de que Jim a olhava de um jeito estranho. Provavelmente ficara olhando para o nada de novo. No meio de uma conversa. Realmente precisava parar de fazer isso.

— Desculpe, Jim, eu estava apenas pensando sobre algo que você disse antes — mentiu. — Então, você não está satisfeito com o texto desse release?

Jim era o gerente de relações públicas encarregado dos comprimidos para dor de cabeça, o que não era de forma alguma a área dela, mas Sal já havia funcionado como intermediária para ele antes, convencendo os cientistas a deixá-lo usar ocasionalmente um superlativo em um release, em troca de ele divulgar algumas informações técnicas. Naquele momento, ela tivera a impressão de que tudo o que ele queria, na verdade, era reclamar para alguém sobre como aquele emprego era difícil, e ela provavelmente era mais compreensiva — ou pelo menos assim parecia — do que a sua correspondente na equipe de regulamentação da aspirina e do ibuprofen.

— Se não podemos dizer que aliviamos a dor mais rápido ou de forma mais eficiente, que chance temos? — ele perguntava, balançando a cabeça. — Quer dizer, qual o objetivo, então?

Ela o fitou com olhos sábios. O truque, gostaria de poder dizer a ele, era não se preocupar demais com o objetivo, senão você vai ficar com uma crise existencial constante e acabar falando sozinho pelos cantos como um maluco. Não, em vez disso, era preciso se concentrar em valorizar a marca, em conceitos vencedores e imaginar as próximas férias. Ou será que isso era só com ela?

— Ainda somos a maior marca de analgésicos — ela disse. — Você não pode se concentrar nisso?

Jim balançou a cabeça.

— Não posso fazer com que a imprensa mundial de saúde e beleza se interesse por uma nova embalagem de analgésico só porque somos campeões de vendas. E tenho metas de cobertura, também. Eu vou perder o bônus, não eles. A parte deles é fácil.

Sal fez que sim com a cabeça, solidária, embora não tivesse muita certeza em concordar com a ideia de que desenvolver o analgésico mais vendido no mundo fosse assim tão fácil. Seus olhos mais uma vez foram passear, de novo passando pelos braços de Jim. Na verdade, ela nunca reparara muito nos braços de Ed. Claro, já os vira. Não havia nada de errado neles. Mas nunca a atraíram particularmente. Sequer conseguia lembrar quando fora a primeira vez que os vira. Ou, melhor, que olhara para eles. Olhar de verdade, em vez de uma passada de olhos, que apenas confirmava que eles existiam e que não eram deformados.

Será que os outros se casavam com pessoas cujos braços elas mal percebiam?

— Você faz musculação, Jim? — Sal perguntou, com a cabeça longe.

Ele olhou para ela, que enrubesceu mais uma vez, ao se dar conta do que havia dito, sem falar no que havia deixado implícito.

— Não quero dizer... — ela gaguejou. — Quero dizer... Eu estava me perguntando... Parece que você faz musculação, e ando pensando em me inscrever em uma academia, então estava me perguntando...

Mas, em vez de tratá-la como uma louca de pedra, Jim sorriu.

— Bem, na verdade faço — disse. — Logo ali na outra quadra, na Holmes Place. Mostro para você, se quiser.

Sal fez que sim com a cabeça, sem saber muito bem o que dizer. Ele provavelmente deixaria aquele convite em aberto, e ela nunca o lembraria da promessa. Dentro de poucos dias eles esqueceriam tudo, ela pensou, para se animar.

— Que tal hoje à noite? Depois do trabalho, digamos, por volta das seis?

Jim havia se levantado e a olhava, os olhos azul-claros encarando os dela.

Droga, ela pensou. Acho que ele não vai esquecer tudo.

— Ótimo! — disse, eufórica. — Hoje à noite seria ótimo!

Jim sorriu novamente e saiu da sala, deixando Sal balançando a cabeça sozinha, sem acreditar no que acabara de fazer.

Ela massageou as têmporas e tentou se concentrar nos detalhes do produto que estava na sua frente. Jim, do departamento de relações públicas, ia lhe mostrar a sua academia de ginástica. Como isso tinha acontecido? Ela mal conhecia o cara, e sequer estava pensando em se inscrever em uma academia, ainda por cima. *Vou fazer ginástica, sim, com Jim*. Até parecia cantiga de ninar ou coisa do tipo. Cômico e tolo.

Mas era tolo? Não parecia algo particularmente cômico. Era o início, ela se deu conta, desapontada. O início do declínio de seu casamento com Ed. Ela sabia. Num momento ela não conseguia se lembrar como eram os braços dele, e no minuto seguinte estaria fazendo sexo tórrido com Jim, das relações públicas. Na academia de ginástica. Ele decerto tinha pena dela — a triste e entediada mulher casada de West Kensington.

Só que ele não parecera alguém que tivesse pena dela. E, diabos, o que mais ela tinha para fazer depois do trabalho? Ir para casa esperar por Ed a noite toda?

Fosse como fosse, era só uma academia, pelo amor de Deus. Seria bom para ela fazer algum exercício. Talvez, se recuperasse a forma, sua vida sexual melhorasse incomensuravelmente. Sua vida sexual com Ed, quer dizer. Não com Jim. Com certeza, não com ele. Jim estava apenas sendo simpático, e, se o convite havia inadvertidamente lançado um canhão de luz sobre as teias de aranha do seu casamento, isso não era culpa dele. A culpa era dela que as coisas tivessem chegado a esse estágio. E cabia a ela consertar a situação.

Rapidamente, como se tentando evitar mudar de ideia, ela pegou o telefone e discou o número de Ed.

— Ed Long.

— Oi, sou eu. Olha só, vou chegar tarde hoje porque vou entrar para uma academia de ginástica, a Holmes Gym!

— Você? Uma academia? — Ed estava rindo.

Sal ficou séria.

— Sim, eu. Vou com um amigo do trabalho, Jim, oras.

— OK, entendi o nome da academia. Mas como é o nome do amigo?

— Rá, rá — Sal riu. — O nome dele é Jim.

— Você vai à academia Gym com Jim — Ed estava rindo ainda mais.

— Sim, é isso aí — Sal disse, num tom irritado. — Então talvez eu não volte a tempo de fazer o jantar.

— Maravilha. Isso quer dizer que posso pedir comida pronta?

Sal suspirou. Esse era o resultado de não se casar com o homem certo, ela percebeu. Ele sequer se dá conta quando enormes rachaduras começavam a aparecer no casamento.

— Sim, Ed, pode pedir comida — ela respondeu, revirando os olhos.

— Legal. Ouça, preciso desligar. Outra ligação. Provavelmente uma dica sobre a bolsa. Tchau, meu bem.

E, em seguida, Sal ouviu o familiar *clic*. Tinha percebido, havia alguns meses, que ela nunca desligava antes de Ed. Essa constatação a atingira como um raio certa vez, quando ele desligou antes mesmo de a conversa ser encerrada, porque havia recebido um e-mail; depois disso se deu conta de que era sempre assim. Mesmo quando ela planejava encerrar a conversa, ele sempre dava um jeito de desligar antes. Ed decerto não conhecia o som oco do clique de alguém desligando, pensou, deprimida.

16

O abrigo não era como Kate havia imaginado. Por alguma razão, a palavra *abrigo* combinada com *câncer* e *paciente* conjurara em sua mente a imagem de um hospital vitoriano com grades de ferro nas janelas e administrado por matronas severas. Ela sabia que não seria daquele jeito, primeiro porque não estavam mais na Era Vitoriana, segundo porque não havia mais matronas hoje em dia, e terceiro porque Carole Jacobs lhe dissera expressamente que o lugar era mais uma casa do que um asilo.

Mas ainda assim foi um choque na manhã seguinte quando, após mentir para Magda dizendo que tinha uma consulta no dentista para que pudesse ver como era o Abrigo St. Mary, ela descobriu que este parecia, de fato, um lar — não uma instituição, mas a casa de alguém. Um lugar onde viviam pessoas. Era um prédio de linhas retas, vitoriano (Kate observara, não sem um pouco de satisfação) e bastante interessante para um imóvel londrino. De alguma forma, parecia ter sido arrancado de alguma cidadezinha e replantado no coração do sudoeste de Londres. As paredes eram cobertas por hera que, em alguns casos, entrava por janelas que aparentemente haviam sido deixadas abertas e que agora estavam para sempre imobilizadas por aquele defensor vivo e verde das correntes de ar.

Também foi um choque Carole Jacobs pensar que Kate pudesse fazer algo com aquele lugar com tão pouco dinheiro. Parecia que o prédio inteiro desabaria se um tijolo fosse tirado do meio de uma parede — e isso era só a impressão do lado de fora. Kate mal teve coragem para ver o estado das coisas no lado de dentro.

— Eles iam pôr tudo abaixo — Carole disse, com sua habitual alegria, enquanto abria a porta da frente e fazia sinal para Kate entrar. — Nós o salvamos, e olhe só para ele agora. Não é maravilhoso?

Por via das dúvidas, Kate sorriu. Carole Jacobs, ela aprendera, não era mulher de se deter no lado negativo das coisas. Tinha iniciativa e determinação suficientes para um pequeno exército, e parecia acreditar que Kate poderia fazer milagres. O que era legal, era mesmo. Mas havia limites até mesmo para a criatividade de Kate.

O interior do abrigo era ainda mais dilapidado do que a fachada. Uma camada de tinta nas paredes mal disfarçava grandes áreas de infiltração, e a fiação corria por toda a parte, grampeada às paredes ou ao chão, de modo a não oferecer perigo. O lugar precisava de uma reforma elétrica geral, Kate percebeu, assustada. A maior parte das paredes teria de ser posta abaixo e rebocada de novo. E, presumivelmente, tudo precisava ser feito com os pacientes no lugar.

Mas isso não era problema seu, Kate disse para si mesma. Ela não iria se envolver. Conselhos, havia sido tudo o que Carole pedira. E era isso que ela estava em condições de dar, não importava quanto Carole a lisonjeasse.

Respirando profundamente, seguiu Carole por um corredor curto, e juntas atravessaram uma porta.

— Esta é a sala de recreação — Carole disse, com orgulho. — Ei, pessoal, esta é a Kate. Da televisão. Ela é quem vai transformar esse lugar.

Kate olhou para ela e levantou uma sobrancelha.

— Transformar, não — corrigiu. — Dar conselhos sobre a transformação. Ajudar, sabem, como uma consultoria...

A voz enfraqueceu à medida que ela percebeu o mar de faces sorridentes à sua frente. Cinco homens e mulheres estavam sentados em poltronas em frente à televisão, três dos quais enrolados em cobertores. Havia quatro mulheres no canto jogando cartas, um senhor de idade e um garoto de uns 17 anos debruçados sobre um jogo de xadrez, uma garota que não parecia ter mais de 15 anos com o nariz enfiado em um livro, que se apressou em fechar assim que viu Kate.

Duas das mulheres que jogavam cartas estavam com lenços enrolados em torno da cabeça; os outros dois haviam claramente desistido de tentar disfarçar a própria calvície e exibiam, orgulhosos, cabelos macios, finos como os de um bebê.

— Essa é a Betty — Carole disse, conduzindo Kate pela sala. — Betty vai voltar para o Charing Cross para fazer uma cirurgia em poucas semanas, e então ela retorna para cá para fazer a quimioterapia.

Betty, uma mulher viçosa de 60 anos, estendeu a mão e sorriu para Kate, com os olhos brilhando. Não parecia doente. Parecia, isso sim, a mãe de alguém. Talvez a avó de alguém.

— Charing Cross? — Kate perguntou, sem conseguir evitar. Era o hospital do Tom.

— Sim, minha filha. Estamos bem pertinho deles. E essa é a Margareth, que vai voltar para casa no final dessa semana.

— Pode ser que não — Margareth disse rapidamente. — Quer dizer, eu poderia ficar um pouco mais. Se vamos aparecer na televisão.

Kate sorriu o tempo todo, enquanto era apresentada para os residentes. Conversou com cada um deles sobre a sua estadia no abrigo, sobre os cânceres contra os quais estavam lutando e sobre o alívio de ter um lugar onde ficar que não fosse uma prisão, um lugar que não os lembrava a cada minuto que estavam muito doentes, um lugar que lhes permitia um pequeno bocado de dignidade. Ela descobriu que as cores favoritas incluíam azul, amarelo e rosa, mas não aquele detestável rosa pêssego que fazia Margareth pensar em vômito. Eles sorriram agradecidos para Kate e pareceram muito entusiasmados ao lhe fornecer pequenos detalhes sobre si próprios — sobre suas famílias, seus amigos, os lares que precisaram abandonar. Cada um tinha uma história para contar. Uma história mais corajosa e difícil do que qualquer coisa que ela já enfrentara na vida, e Kate se sentiu ao mesmo tempo mais humilde e engrandecida. Não soubera muito bem o que esperar, mas as pessoas que lá estavam não pareciam doentes. Eram lutadoras, presas na batalha e vivendo com alegria nesse meio-tempo.

— Então — Carole disse, finalmente, após conduzir Kate por todo o prédio, mostrando os pequenos quartos de dormir, os densamente povoados quartos da equipe e os banheiros dilapidados. — Sei que há muito por fazer, mas o que você acha?

Seus olhos brilhavam de excitação, e Kate pensou, não pela primeira vez, que Carole era uma mulher perigosa.

Kate respirou fundo.

— A senhora entende que não estamos falando apenas de um trabalho de decoração? — perguntou. — Quer dizer, a senhora se dá conta de que a fiação está comprometida, de que não há tomadas suficientes em lugar nenhum, de que as paredes estão com infiltração e que os materiais dos banheiros precisam ser substituídos?

O rosto de Carole congelou-se em uma expressão preocupada.

— Ah, minha filha, é tão grave assim? Não poderíamos apenas... alegrar um pouco as coisas?

Kate fez que não com a cabeça.

— Seria muito arriscado — ela disse, realista. — E o isolamento térmico também não está bom. Metade das janelas têm hera crescendo através delas.

— Mas um pouco de ar fresco é bom, não? — Carole arriscou.

Kate fez que não mais uma vez.

— Não quando a calefação custa tão caro. Olhe, não há nenhuma maneira de levantar mais dinheiro?

Carole a olhou com tristeza.

— O problema é, minha filha, que a maior parte das pessoas que vêm para cá não têm muito dinheiro. As que têm dinheiro podem ir a outros lugares. E nós somos uma instituição tão pequena... somos apenas uma meia dúzia. Recebemos uma verba inicial do Instituto do Câncer do Reino Unido — foram eles que nos ajudaram a comprar a casa —, mas a combinação foi que, a partir disso, era tudo conosco. Poderíamos fazer uma feira para vender algumas coisas usadas, mas me parece que você não está falando de 100 libras, está?

Kate baixou o olhar. O que poderia fazer? O único conselho que podia oferecer era que esquecessem qualquer ideia de redecoração até que conseguissem levantar algum dinheiro de verdade.

Carole a estudou, então balançou a cabeça.

— Entendo, querida. Por favor, não se preocupe. Foi muito gentil de sua parte vir até nós. Todos gostaram da visita.

Kate fez uma careta. Não queria simplesmente ir embora. Na sua cabeça, já havia começado a fazer alguns esboços, a abrir o espaço, alegrar os cômodos com cores e tecidos que poderiam fazer os pacientes se sentirem mais vivos.

Mas era impossível. Sequer saberia por onde começar.

— Se tivéssemos o dinheiro, eu poderia fazer a reforma — disse, com determinação, observando o rosto de Carole se iluminar enquanto ela falava. — Eu *faria*, quero dizer. Mas estamos falando de uma grande soma de dinheiro, receio. Não há mais ninguém a quem pudesse pedir? Ninguém que estivesse disposto a pagar...?

Carole deixou cair o olhar, então se encheu de força.

— Então é só continuar poupando — afirmou, animada. — Até termos o suficiente.

Kate concordou, sentindo-se culpada. Mas não tinha uma varinha mágica; não podia, em um passe de mágica, fazer surgir dinheiro do ar.

— Vou ficar em contato — prometeu. — E se pensar em qualquer... alternativa, eu lhe falo.

Phil se aproximou, a mão coçando a barba em um gesto familiar que Kate sabia ser o prenúncio de más notícias. Ela se atrasara apenas uma hora — talvez duas —, porém recebera duas mensagens de texto de Phil e uma ligação de Magda, que não parecia sequer remotamente convencida da desculpa "estou no dentista".

— O que foi? — Kate perguntou.

— Viu o teto da cozinha? — ele perguntou, com o rosto se contorcendo na sua usual expressão de dor. — Você não pode simplesmente colocar novas luzes ali. Vai tudo vir abaixo.

Os ombros de Kate caíram. Havia pensado que a insistência de Sarah Jones em ter um sofá de couro era ruim o suficiente — não precisava mais problemas. Com um suspiro, seguiu Phil de seu posto avançado no saguão em direção à cozinha.

— Vê onde marcou as cruzes no teto? — ele perguntou.

Kate fez que sim:

— Sim, as luzes têm que ir ali — ela disse com firmeza —, porque a mesa da cozinha vai exatamente ali embaixo. Quero luminárias antigas que desçam bem em cima da mesa, criando uma iluminação aconchegante para jantares em família quando estiver frio lá fora.

Phil olhou para ela.

— Você sabe que esse pessoal nunca vai ter jantares em família, não sabe? — ele disse, balançando a cabeça. — Eles têm um filho de 16 anos que fica acordado até tarde jogando no computador, e o Sr. Jones provavelmente vai ficar no pub.

— Não vai, não, quando esta cozinha se tornar o paraíso com o qual ele sempre sonhou — Kate disse, obstinada. — Sarah fará assados deliciosos, e eles se sentarão juntos e conversarão sobre como foi o dia...

Phil ergueu uma sobrancelha.

— Não estou querendo bancar o engraçadinho nem nada, mas, pelo o que sei, Sarah Jones não quer uma mesa de cozinha com luminárias baixas. Ela quer e um sofá de couro e cromado.

— Não comece — Kate avisou, levando um susto quando pequeninos pedaços de gesso começaram a cair do teto. — Estou apenas fazendo meu trabalho, e todos nós concordamos que chintz é o visual que estamos buscando aqui. Nem mortas Bree Van De Kamp ou Camila Parker Bowles seriam vistas com um sofá de couro e metal.

O sorriso de Phil era sardônico.

— Ah, não, é? Bem, se é isso o que você quer, precisamos revestir o teto. Senão, nada vai aguentar ficar preso ali.

— Muito bem — Kate capitulou —, vá em frente. Vai nos atrasar só umas horas.

Phil fez uma cara que sugeria que "umas horas" era um tanto quanto otimista, e saiu. Kate se virou e viu Gareth entrando na cozinha. Ai, melhor, rebolando cozinha adentro.

— Ela odiou tudo! — ele disse, desesperado. — Kate, ela deu uma olhada e fez que não com a cabeça. Sequer abriu a boca. Fiz vários desenhos dela com o cabelo mais escuro, com umas luzes lindas, e ela fez cara feia. Fez cara feia! Oh, Deus, que desastre!

— É só você explicar que é para ela ficar bem sob as luminárias pendentes da cozinha — Phil disse, dando uma paradinha na porta, os cantos da boca sem resistir a um sorriso. — Aí tenho certeza de que ela vai gostar.

— Não dê bola para ele — Kate ordenou. — Ele está indo fazer alguma coisa, *não é, Phil*?

Phil sorriu e foi embora.

— E não se preocupe — Kate disse, virando-se para Gareth. — Ela fez o mesmo comigo. Como se não estivesse concordando com o conceito, ou algo assim. Ah, Magda!

Magda acabara de aparecer, a testa afundada em linhas de expressão.

— O quê? — ela perguntou.

— A Sra. Jones parece um pouco arrependida sobre o conceito do programa — Kate disse. — Será que você não poderia ter uma conversinha com ela, lembrá-la que ela concordou com tudo? Senão vamos ter problemas essa semana.

— O conceito. Sim — Magda refletiu. Na semana anterior a cada filmagem, toda a papelada já tratava da próxima vítima, delineando o conceito, o orçamento e outros detalhes. Até que a vítima tivesse assinado os papéis, incluindo toda uma carga de jargões jurídicos que basicamente diziam que ela não podia pôr a culpa no programa por qualquer coisa que desse errado, os trabalhos não começavam. Normalmente mandavam o portador esperar de modo a encorajar a(s) vítima(s) a assinar, e rápido.

— A questão é — Magda disse, olhando para nenhum lugar em especial —, na última sexta-feira eu me distraí um pouco.

Kate ficou preocupada.

— Mas eles providenciaram os contratos. Certo?

Magda mordeu o lábio inferior.

— Magda! — Kate guinchou. — Se ela não assinou os contratos, estamos em maus lençóis.

— Estou cuidando disso — Magda resmungou. — Tenho outras coisas para pensar, também, sabe? Como, por exemplo, se vamos ter um programa com o qual nos preocupar daqui a algumas semanas.

— As coisas estão tão ruins assim? — Kate perguntou. — Quer dizer, eles podem mesmo cancelar o programa?

Magda suspirou.

— Ninguém nunca chora no nosso programa. Precisamos de histórias de vida que emocionem as pessoas, dramas que deixem as pessoas grudadas na tevê, e em vez disso conseguimos donas de casa com obesidade mórbida e preguiça demais para mudar a própria vida. Às vezes acho que não merecemos continuar na grade de programação.

Kate a olhou, hesitante. Drama e histórias de vida? Era isso o que ela queria?

— Você nunca pensou na gente fazer alguma coisa... maior? — Kate arriscou a pergunta. — Como um abrigo para doentes, ou algo do tipo?

Magda deu de ombros.

— É para lá que as pessoas vão para morrer, não é? Não consigo ver isso funcionando. Queremos histórias de *vidas*, não de morte, Kate. Seja como for, é melhor eu ir embora. Não se preocupe com os contratos. Concentre-se em fazer com que aquele teto possa ser filmado, OK?

Ela saiu, apressada, e as sobrancelhas de Kate se arquearam em pensamento. Magda estava errada. O abrigo ficaria ótimo na televisão, e desse modo ela conseguiria a verba para a reforma. Precisava apenas pensar numa maneira de convencê-la da ideia.

— Certo, então, Joe, sente-se aqui. Você vai comer um biscoito salgado com cream cheese e quero que lamba os lábios em seguida. Mas certifique-se de não ter cream cheese na língua quando fizer isso. — O diretor apontou para uma cadeira de couro e Joe sentou-se, obediente.

— E depois digo a fala? — Joe perguntou.

— Não. Vamos gravar a fala separadamente e depois faremos uma edição. Não podemos correr o risco de você ficar com a boca cheia de cream cheese.

— E quando vocês acham que a minha colega de elenco vai chegar? — Joe perguntou, com um suspiro profundo. — Porque ela está demorando, afinal de contas?

O diretor ficou sério.

— Onde está Penny? — perguntou. — Por que ela está atrasada?

— Maquiagem — alguém gritou. — Estão com dificuldade em conseguir aquele visual cara-lavada que você queria.

— Bem, diga para se apressarem — o diretor gritou de volta.

— Então, Joe, por que não pratica a sua fala? Lembre-se, você precisa olhar bem dentro da câmera.

Joe limpou a garganta.

— Humm, cremoso — disse.

— Isso, está ótimo. Mas talvez com um pouco mais de sex appeal? Queremos que as donas de casa fiquem excitadas, certo?

Joe concordou e tentou de novo.

— Bem. Cremoso — disse, de forma lasciva.

— Hum. Sexy, mas não filme pornô. Queremos aquela ideia de Garoto Americano, sabe? Provocante sem ser ameaçador. Entende o que quero dizer?

— Claro — Joe disse. — Garoto Americano. Entendi.

Ele abriu a boca para dizer a fala novamente, mas, antes que pudesse fazê-lo, uma anoréxica de cabelo descolorido chegou ao set.

— Esses maquiadores são uma piada — ela esbravejou. — Eu faria um trabalho melhor do que eles. E onde está o diretor? Quero discutir as minhas falas.

O diretor foi até ela e sorriu.

— Oi, Penny, eu sou Andrew. Não se preocupe com as falas. O papel é um papel visual.

— Esse é o problema — disse a mulher, brava. — Ou você me dá uma fala, ou eu caio fora.

— Você quer uma fala? — o diretor perguntou.

A mulher sorriu.

— Isso. Não é assim tão difícil, é? E quem é esse? — ela estava olhando para Joe, que estremeceu.

— Joe Rogers — ele disse. — Meu nome é Joe Rogers.

Ela o avaliou da cabeça aos pés.

— Bem, sim, acho que você dá pro gasto.

— *Você* acha que eu dou pro gasto? — ele perguntou. — Andrew, que porcaria é essa?

Andrew sorriu, paciente.

— Penny, Joe é um ator de sucesso, então temos sorte de tê-lo aqui. Joe, Penny Pennington é como uma figura pública. Tenho certeza de que vocês dois vão se dar maravilhosamente bem.

Joe fechou a cara.

— Penny Pennington, do programa *Futuro: perfeito*? Quando foi mesmo que você fez sucesso?

Os olhos de Penny se estreitaram.

— Bem, você até que sabe das coisas. E não foi há tanto tempo assim, por favor. — Ela se aproximou de Joe e se sentou no braço da cadeira dele. — Quer dizer que você é um ator famoso, é? Por que nunca vi nenhum trabalho seu?

— Eu estava trabalhando nos Estados Unidos até pouco tempo atrás — Joe deu um sorrisinho. — Trabalhei em alguns programas muito importantes por lá.

Penny cravou os olhos nele e passou a língua nos lábios.

— E agora está por aqui. Buscando fama e glória?

— Procurando trabalhos interessantes.

— Como propagandas de cream cheese? — Penny perguntou, com uma voz sedosa.

Joe não gostou do que ouviu.

— Então, me diga, Joe — Penny continuou. — Você tem uma namorada aqui na Inglaterra?

Joe fez que sim.

— Que pena — Penny disse. — Porque daríamos um casal bem fotogênico, não acha? Já posso ver uma bela página dupla na revista *OK!*

Agora Joe gostou do que ouviu. Página dupla?

— Sim. Bem, não estou disponível, então acho que isso não vai acontecer. — Ele permitiu um toque de dúvida em sua voz.

— É, acho que não — Penny concordou, desapontada. Então ela sorriu novamente. — Então, quem é essa namorada? Ela deve ser bem interessante.

— Acho que você a conhece, na verdade — Joe disse, dando de ombros. — Kate Hetherington. Do seu programa.

Os olhos de Penny quase saltaram da órbita.

— Kate?

Joe fez que sim, e Penny riu.

— Deus, e eu pensando que a namorada poderia competir comigo. Agora passei a questionar o seu gosto. — Ela olhou para ele de modo malicioso e então se virou para Andrew. — Então, Andrew, sobre as minhas falas. Eu estava pensando:

enquanto dou o cream cheese para o rapaz aqui, eu poderia dizer: "Então, amor, gostou?"

Ela sorriu, triunfante, e Andrew, derrotado, virou-se para o assistente.

— Vamos precisar de mais café — suspirou, desanimado. — Acho que vai ser um dia longo.

17

Como manter o romance vivo

Começar um romance é fácil. Você pode achar que não, mas acredite, as pessoas começam romances o tempo todo. É fazer o romance continuar que é a parte difícil — manter desperto o interesse, vivo o romantismo. Então o que pode a romântica incorrigível fazer para garantir que seus sonhos não apenas se tornem realidade, mas também que continuem reais, dia após dia, semana após semana?

A resposta é simples: você precisa cuidar de si mesma e precisa cuidar do homem da sua vida.

O próximo capítulo tratará de como cuidar de você mesma. Trataremos da preparação necessária para parecer natural e espontaneamente linda. E cuidar do homem da sua vida é tão importante quanto. Um homem que sente que é o centro de seu mundo, que sabe que sempre terá toda a sua atenção e que pode contar com você para colocá-lo em primeiro lugar e para tratar das necessidades dele antes das suas, bem, este homem amará você, a honrará e lhe será fiel...

*

Joe estava exausto. Passara oito horas filmando um comercial que duraria menos de dois minutos. E, além de tudo, disseram que talvez precisassem dele no dia seguinte. Com aquela mulher. Deus, Penny Pennington o deixava louco. Só falava nela, na fala dela, na tomada dela.

Ele detestava mulheres egocêntricas. Era um saco conviver com elas. Muito melhor andar com mulheres que estavam interessadas nele, que queriam fazer *ele* feliz. Como Kate. Ela sempre parecia querer ouvir o que ele tinha a dizer. O que era exatamente como deveria ser, Joe pensava.

Mal podia esperar para contar a ela que estivera trabalhando com Penny, pensou, com um sorriso. De todas as pessoas do mundo. Ela não ia acreditar.

Ainda assim, era uma boa grana. E seria bom para o currículo. Seu agente lhe jurara que aquela propaganda traria coisas boas. Ontem mesmo Joe havia feito um teste para um programa sobre crimes, e estava com um bom pressentimento. Franzindo o cenho, apanhou o celular. Ele podia dar uma conferida. Dar uma olhada para ver como as coisas estavam indo.

— Bob! — disse, quando a ligação foi completada. — Sou eu. Acabei de filmar. Pensei em checar o resultado do teste de ontem, o que mais você tem para mim, esse tipo de coisa.

— Joe! Que bom que você ligou. Então as gravações correram bem? Como você se deu com a atriz?

— Um pesadelo — Joe disse. — E então, e os testes?

Bob respirou fundo.

— Joe, não vou mentir: você não conseguiu o papel. Mas não quero que fique desanimado. Algo legal está guardado para você, saiba disso.

— Certo — Joe disse, sem muita certeza. — Eles lhe deram algum retorno?

— Gostaram muito de você — Bob garantiu. — Realmente gostaram. Mas é aquela coisa do currículo, Joe. É o nosso problema. As pessoas gostam de um rosto facilmente reconhecível.

— Facilmente reconhecível. Sim.

— O comercial ajudará nisso. Só que só vai ao ar daqui a três meses...

— Três meses? E o que vou ficar fazendo durante três meses? Cara, isso é uma piada.

— Eu sei, eu sei, Joe. Estou do seu lado. Mas este mercado é muito competitivo. Se você não é uma celebridade, é difícil chamar a atenção das pessoas. Mas estou trabalhando nisso. Quando o comercial for ao ar, vamos tentar conseguir um espaçozinho para você na revista *Hot Gossip*. Fazer com que as pessoas falem em você.

— Revista *Hot Gossip*.

— Exato. Ou talvez não na *Hot Gossip*, mas pelo menos em alguma revista de anúncios. Tenho certeza de que conseguiríamos dois centímetros em alguma. Com fotografia.

— E é assim que se faz para trabalhar como ator por aqui? Aparecendo em revistas?

— Joe, vamos passar por isso juntos. Sei que é duro — Bob o encorajou. — Mas você vai conseguir. Sei que vai.

— Claro — Joe disse, com a voz morosa. — Que seja.

A campainha soou. Kate largou o livro que estava lendo e se levantou para abrir a porta.

— Oi! — ela disse, se inclinando para jogar os braços ao redor do pescoço de Joe. — Como foram as gravações?

— É, foram bem — Joe disse. — Você nunca vai adivinhar quem era a atriz do comercial.

Kate ficou séria:

— Quem?

— Uma tal de Penny Pennington.

— Não! Ah, meu Deus, coitadinho. Ela foi horrível?

— Pior do que horrível. Você tem a minha solidariedade por trabalhar com aquela mulher. — Ele foi até a cozinha e se sentou, com um suspiro. — Você já saiu alguma vez na revista *Hot Gossip*? — perguntou.

Kate olhou para ele, estranhando a pergunta.

— Eu? Não. Por quê?

— Você trabalha na televisão, certo? Quer dizer, você é tipo uma minicelebridade. Você poderia sair na revista, não poderia?

Kate caiu na gargalhada.

— Joe, eu não chego nem a ser uma minicelebridade. Trabalho em um programa ruim de um canal de tevê a cabo que ninguém assiste, e posso garantir que a revista *Hot Gossip* jamais se interessaria por mim.

— Que pena — Joe disse. — Então acha que não se interessariam em nosso namoro? Sabe? Estrela da televisão e ator de Los Angeles?

— Como Teri Hatcher e George Clooney, você quer dizer? — Kate deu risada. — Sim, tenho certeza de que vão adorar.

Joe deu um sorriso torto.

— Ei, foi só uma ideia. O que você está cozinhando? Alguma coisa boa? Estou morrendo de fome.

— Que tal lasanha seguida por uma musse de chocolate? — ela perguntou. — Tudinho feito em casa.

— Sabe, acho que estou apaixonado por você — Joe disse, com os olhos brilhando na direção de Kate.

Ela engoliu em seco.

— Está... está apaixonado?

— Claro. Por quê? Você não está apaixonada por mim?

Kate olhou para Joe com hesitação, então abriu um sorriso largo e feliz. Talvez os americanos se apaixonassem mais rapidamente, pensou. Talvez o problema com os britânicos fosse que eles demoravam demais para se decidir.

— Claro que estou — ela respondeu, lançando os braços ao redor do pescoço dele e descansando a cabeça ternamente no seu ombro. Ela encontrara o amor, percebeu. Encontrara o amor verdadeiro. E havia sido tão fácil.

— Que bom — Joe disse, simplesmente. — Então, e a comida, já está pronta? Estou faminto.

— Só mais dez minutos — Kate disse, desfazendo o abraço e indo até o fogão. — Agora me conte como foi o dia. Quero saber de tudo.

Sal pensou que fosse vomitar. Estava se sentindo mal, e estava na maldita máquina havia apenas dez minutos. Costumava conseguir correr 1.500 metros sem nem mesmo suar, e agora era dizimada por uma corridinha patética.

Saiu da máquina devagar e, ainda bem, instintivamente segurou-se na lateral; quando seus pés tocaram o chão, as pernas quase se dobraram sozinhas. Desabar no chão não causaria uma boa impressão na sua primeira ida à ginástica. Com Jim.

Ele havia sido realmente muito gentil, ajudando-a a fazer a inscrição e mostrando para ela a academia, todo sorrisos e fazendo comentariozinhos um pouco insinuantes como "Ah, tenho certeza de que vai ser moleza para você". Ela não estava acostumada a pessoas dizendo coisas legais. Não que Ed não fosse *legal*. Claro que era. Mas ele era o Ed. Já no início da relação eles haviam se sentido confortáveis o suficiente na companhia um do outro para abrir mão de cordialidades como dizer "você está bonita hoje", escolhendo, em vez disso, dedicarem-se a insultos afetuosos. Nenhum dos dois era terrivelmente romântico; não eram do tipo que envia rosas ou chama um ao outro de amor da minha vida. Então, em vez de chamar Sal de "linda" ou "querida", Ed a chamava de "anã" porque ela tinha apenas 1,60m perto do 1,85m dele; em vez de chamá-lo de "meu amor" ou "amor da minha vida", ela o chamava de "fofão", por causa da sua crescente circunferência abdominal. Eles frequentemente chamavam a si mesmos e um ao outro de "chatos de meia-idade", de um modo autodepreciativo mas indulgente. Afinal de contas, ela sempre pensara que eles eram chatos porque eram felizes. Casados. Estabelecidos.

Porém, agora a coisa toda não parecia assim tão agradável. Na noite anterior, quando Ed fizera cara feia para a ideia de tirarem duas semanas de férias, Sal começara a pensar que talvez as coisas estivessem ainda pior do que ela imaginara. Duas semanas com a mulher era demais para Ed.

A verdade era que agora a palavra *estabelecidos* soava bem diferente. *Chatos* parecia ser a descrição do casamento deles. E a meia-idade de verdade não estava muito longe.

— Você está bem? — Sal levantou os olhos e viu Jim sorrindo para ela, com um olhar preocupado.

— Sim. Ah, sim, estou bem. Eu só... bem, faz tempo que não faço ginástica — ela mentiu, esforçando-se para sorrir e torcendo para a ânsia de vômito passar.

— Bem, vou acabar logo. Talvez a gente possa tomar um suco? Eles têm um café bem legal ali embaixo.

— Ótimo! — A visão de Sal estava ficando turva, e ela precisava desesperadamente sentar e abaixar a cabeça, mas sabia que daria um jeito de ficar de pé, sorrindo de forma idiota, até Jim ir embora.

Graças a Deus, ele se virou e foi na direção dos halteres, deixando Sal livre para correr até o colchonete mais próximo e desabar, fazendo de conta que estava alongando as panturrilhas.

Um suco. Isso seria ótimo. E não havia razão nenhuma para sentir nem uma migalha de culpa que fosse. Era um suco, não uma bebida, oras! Bem, certo, era uma bebida, mas não uma bebida alcoólica. Não havia nele qualquer sugestão a qualquer coisa que não a reidratação.

Então por que ela estava sentindo um certo tremor de medo, expectativa e excitação? Por que havia enfiado um delineador e uma base na sacola de ginástica, a fim de poder se mostrar apresentável depois da chuveirada? Por que havia enrubescido — apenas de modo figurado, já que o seu rosto já estava tão vermelho do exercício que simplesmente não era possível ficar ainda mais afogueado — quando Jim encostara o braço no dela, há pouco?

Ela sabia por quê. Claro que sabia. Ela já havia cometido o crime, eis o porquê. Só uma palavrinha. Não era nem uma palavra inteira. E, ao dizê-la, ela podia muito bem ter aproveitado e tirado a aliança de casamento, colocado uma blusinha insinuante e ido a algum bar barato uma hora antes de fechar. Mesmo agora, não tinha certeza por que ou como dissera. Como pôde ser tão cruel, tão brutal, tão... honesta?

No caminho para a ginástica, Jim havia perguntado: "Você é casada, não?"

Ela respondeu: "Sim, sou."

E então ele perguntou: "E é feliz?"

E ela respondeu...

Sal se encolheu e sentiu a culpa aumentar dentro de si como um incêndio numa fábrica de papel.

Ela dissera: "Ih."

18

— A que horas Ed volta para casa?

— Só Deus sabe — Sal disse, revirando os olhos enquanto descascava legumes sobre a sua enorme pia de cuba dupla, enquanto Kate os cortava. Kate não pôde deixar de perceber que todas as superfícies brilhavam. Apenas Sal seria capaz de cozinhar uma refeição de três pratos e ainda assim manter a cozinha tão limpa que parecia pronta para ser fotografada para um catálogo.

— Você sabe como ele é — Sal continuou. — Quer dizer, disse que chegaria às oito, mas só se nada surgir no trabalho. Ou seja: sei tanto quanto você.

Kate sorriu. A falta de pontualidade de Ed era lendária. Ele se atrasara até mesmo para a própria despedida de solteiro, porque estava concluindo um negócio e não conseguira se desvencilhar do trabalho. Ela percebeu que Sal estava séria, linhas profundas marcavam a sua testa — linhas que Kate nunca vira antes.

— Está tudo bem, Sal? — ela perguntou, praguejando em pensamento ao quase cortar fora um dos dedos pela quinta vez.

— Eu? Sim, está tudo bem. Não, eu só estava me perguntando por que tinha que me casar com um corretor de ações, só isso.

— Ser corretor de ações estava na sua lista de requisitos, lembra? — Kate disse com um sorriso. — Você queria alguém que pudesse pagar o financiamento de um imóvel e a mensalidade da escola com o próprio salário. O que, basicamente, significa um corretor de ações ou um pop star, e você também queria alguém confiável, o que meio que excluía Robbie Williams...

— É, acho que sim — Sal admitiu. — Bem, mas me conte do Joe. Onde está ele?

— Pedi para ele comprar vinho — Kate disse, casualmente, e então se virou para encarar Sal. — Está tudo maravilhoso, na verdade. Isto é, não quero me precipitar, mas acho que ele pode ser o cara.

— É mesmo? Sério?

Kate sorriu.

— Talvez. Nós nos damos tão bem. O sexo é ótimo. E temos um monte de coisas em comum, também. Por exemplo, adivinhe com quem ele fez um comercial essa semana? Uma pessoa que, coincidentemente, ele odeia tanto quanto eu?

— Não sei. Aquela garota do *Big Brother*?

Kate revirou os olhos.

— Penny Pennington, claro.

— Verdade? Ah, meu Deus, coitadinho!

— É. Aparentemente foi horrível. Mas a questão é: vivemos em mundos parecidos, sabe?

— Então ele conseguiu trabalho. Que bom — Sal disse.

Kate deu de ombros.

— É só um comercial, mas o agente do Joe está bem entusiasmado com o interesse das pessoas por ele. Ele está sendo muito seletivo, sabe? Tentando pegar apenas a coisa certa.

— Que bom — Sal disse, sinceramente. — Isso é ótimo.

Kate deu um suspiro profundo e feliz.

— É, não é? É como se tivéssemos sido feitos para encontrar um ao outro, sabe? Quer dizer, eu sei que o Tom sempre fica tirando sarro, dizendo que sou uma romântica incorrigível, mas talvez isso não seja tão ruim, no final das contas. Talvez toda a minha espera tenha valido a pena, enfim.

Sal ergueu as sobrancelhas.

— Meu Deus, você está falando sério.

— Talvez sim — Kate sorriu. — Me diga... quando você conheceu o Ed, como foi? Quer dizer, como você soube que ele era o cara?

Sal ficou séria.

— Ele tinha um rosto tão bom — ela disse. — Lembro de olhar para o rosto dele e pensar que era um rosto aberto, honesto. E então passamos uma ótima noite juntos: jantamos em um restaurante novo. E conversamos sobre tantas coisas, eu lembro. Quase não comemos nada da comida, porque tínhamos tanto para falar...

— Sim, sim, sei como é — Kate disse, impaciente. — Mas como você soube? Sabe, lá no fundo? Como soube que ele era a pessoa com quem você queria se casar?

Sal ficou um pouco vermelha e se afastou um pouco de Kate, para chegar perto do fogão.

— Acho que eu soube, só isso — ela disse, mordendo o lábio. — Quer dizer, ele era um cara legal. Olha, sei que você acredita que vai ouvir fogos de artifício e tal, mas às vezes as coisas simplesmente parecem fazer sentido. Pelo menos num certo momento, quero dizer.

Kate olhou para ela, curiosa. Mas antes que pudesse aprofundar mais a análise, a campainha tocou.

— Você pode abrir? — Sal perguntou. — Preciso ficar de olho nos legumes.

Kate fez que sim e atravessou o corredor. Escancarou a porta da frente e deu de cara com Tom, trazendo na mão uma garrafa de vinho.

— Ora, ora, se não é a nossa heroína romântica — ele disse, sorrindo com ironia.

Kate retribuiu o sorriso com o mais doce disponível no seu arsenal.

— E o cínico em pessoa. Estávamos mesmo falando em você, na verdade.

Tom arqueou uma sobrancelha e seguiu Kate até a cozinha.

— Isso é ruim. Ninguém fala coisas boas sobre mim. Ah, Sal. Não sei o que é, mas o cheiro está incrível — acrescentou, plantando um beijo na bochecha da anfitriã, que estava afogueada de ficar próxima ao forno.

— Tom — Kate disse, quando ele se virou para beijá-la —, me lembre que preciso perguntar a você sobre um abrigo de doentes. É perto do seu hospital, acho.

— O Abrigo St. Mary? Conheço muito bem. Vários dos meus pacientes já estiveram lá ou estão indo para lá. O que tem esse abrigo?

Kate deu de ombros.

— Talvez eles queiram que eu faça uma reforma, só isso.

— É mesmo? Kate, que máximo. Que bela ação.

O sorriso de Kate foi um pouco constrangido.

— Na verdade, não estou fazendo nada. Ainda, quero dizer. Não há verba, para começar, e é um trabalho enorme. Mas eu estava pensando em talvez convencer a Magda a dar uma olhada. Sabe, algo para a televisão.

Tom ficou sério.

— Claro. Entendo. Bem, qualquer coisa que você precisar saber... — Ele saiu em busca de um abridor de vinho e abriu a garrafa. — Então, e Joe, não vem? — perguntou, com um sorrisinho. — Você finalmente chegou à conclusão de que a cor do cabelo dele não é legal, ou que você não gosta do sotaque dele?

— Não. Ele foi comprar vinho. — Kate revirou os olhos.

Tom entregou a ela um cálice.

— Que gentil da parte dele.

— Kate acha que está apaixonada — Sal disse, de repente. — Ela acha que Joe pode ser o cara.

Tom franziu o cenho.

— Não fale bobagem. — Ele olhou para Kate, em busca de alguma explicação. — Você não pode chegar a uma conclusão dessas depois de apenas uma semana.

— Quase *duas* — Kate disse. — E Sal, não era para sair contando para todo mundo.

— Tom não é todo mundo — Sal disse. — Eu só falei porque é bom ele saber, para a gente ter certeza de que ele vai ser educado com Joe.

— Sempre sou educado — Tom disse, empinando seu cálice de vinho e servindo-se de mais bebida. — Mas Kate, por favor: você não está falando sério, está?

Kate levantou as sobrancelhas.

— Está com sede, é? — perguntou, e então deu um suspiro. — Não sei. Acho que sim. Com Joe é diferente. Eu sou diferente. Ouço mais, e na verdade gosto de cuidar dele.

Tom, que havia começado seu segundo cálice de vinho, quase se engasgou de rir.

— Você gosta de cuidar dele? Sabe, isso é preocupante sob vários aspectos. Para começar, ele é um homem ou uma criança? E depois, Kate, você mal sabe cuidar de si mesma!

Kate lançou para Tom um olhar mortífero.

— Olhe aqui, eu gosto dele. Certo? E, depois de anos ouvindo vocês me dizendo que sou exigente demais ou uma romântica incorrigível, ou que eu deveria parar de me queixar e encontrar um marido, acho que vocês dois deveriam ser um pouco mais compreensivos.

— Desculpe, Kate — Sal disse, com um suspiro. — Você tem razão. Ele parece ser uma pessoa adorável. Tenho certeza de que é.

Kate se virou para Tom, esperando ouvir alguma coisa, mas ele só bufou.

— Ainda acho que você está se precipitando — ele disse, repentinamente muito interessado em um quadro de recados de Sal. — Ele poderia ser um assassino.

Enquanto Tom falava, ouviu-se o som de chaves na porta, e Ed chegou, apressado:

— Desculpem, desculpem, fiquei preso no trabalho. Oi, querida. Kate, Tom, bom ver vocês, como sempre. Ah, encontrei esse cara perdido lá fora. Ele disse que foi convidado.

Ed se virou e sorriu para Joe, que estava em pé atrás dele, e se afastou um pouco, para deixá-lo entrar. Joe, que parecia um pouco confuso, sorriu.

— Joe! — Kate disse, se aproximando para beijá-lo. — Esta é a Sal, e este é o Tom. Gente, esse é Joe.

— Prazer em conhecê-lo, Joe — Sal se apressou em dizer, limpando as mãos no avental para poder cumprimentá-lo. — Ouvimos falar muito sobre você.

Joe sorriu, à vontade.

— E eu de vocês — disse. — Muito obrigado pelo convite. É muito gentil.

— Ah, não é nada — Sal disse, voltando para o fogão. — Ed, pode providenciar mais vinho? E pôr a mesa? Bem, pessoal, a comida vai ficar pronta logo, então por que não vão se sentar na sala de jantar enquanto a gente prepara as coisas para servir?

Todos se dirigiram para a sala de jantar, Tom carregando a garrafa de vinho e servindo-se de mais um pouco assim que se sentou. Kate lhe deu um olhar fuzilante, mas ele pareceu não perceber.

— Certo, cá estamos — Sal disse, emergindo da cozinha após alguns minutos, quando todos já se encontravam sentados ao redor da mesa, arrumada com todo o cuidado. — Pensei em dispensar a entrada, pois vamos ter pudim de caramelo depois, e é meio pesado.

Ela pôs uma grande torta de peixe sobre a mesa, junto com um prato de legumes mistos, e se sentou, olhando com irritação para Ed, que já havia começado com o BlackBerry.

— Na mesa não, por favor — ela sussurrou, e ele revirou os olhos antes de guardar o aparelho de volta no bolso.

— Está ótimo — Tom disse, logo após a primeira bocada.

— Absolutamente delicioso. Maravilhoso — Kate concordou, virando-se para Ed. — Então, Ed, como vão as coisas? Tudo bem no trabalho?

Ed suspirou.

— Ah, sabe como é. O mercado está em alta, então estamos bem ocupados, e tudo está ficando mais competitivo. E os bancos de investimentos começarem a instituir seus próprios departamentos de análise não ajuda muito.

Ela balançou a cabeça, séria.

— Claro. — Kate nunca sabia sobre o que falar com Ed. Nunca conseguiu encontrar um assunto sobre o qual ambos tivessem algo a dizer.

— E você é ator? — Sal perguntou, voltando-se para Joe, que ria.

— Declaro-me culpado, meritíssimo — ele disse, com os olhos brilhando.

— Deve ser muito interessante — Sal continuou. — Tão cheio de emoções. Você já trabalhou com alguém famoso?

Joe fez que sim.

— Conhece Cindy Taylor? Ou Brad Anderson?

Sal fez que não, com uma expressão culpada.

— Não, lamento, não tenho muito tempo para assistir televisão, infelizmente. Mas conheço Cindy Crawford e Brad Pitt — ela acrescentou, com boa vontade.

Joe ficou sério.

— E Randy Beat e Stu Edwards? Trabalhei com eles em um programa antes de conseguir o papel em *Por você*.

Sal enrubesceu.

— Pode ser que eu conheça... Quer dizer, tenho certeza de que reconheceria os rostos, se os visse.

— Joe é muito conhecido em Los Angeles — Kate disse. — Mas ele quis vir para Londres porque aqui há mais oportunidades de trabalho interessantes. É muito fácil ficar estigmatizado em Los Angeles, não é, Joe?

Joe concordou, com seriedade.

— E você já encontrou algum? Trabalho interessante, quero dizer? — Tom perguntou. Ele estava observando Joe com toda a atenção, Kate percebeu, mas não parecia estar muito concentrado. Ela percebeu que o cálice dele estava vazio de novo e não conseguiu deixar de exibir uma expressão séria.

— Ei, não faz tanto tempo assim — Joe sorriu, de forma meio forçada. — Recebi algumas ofertas, mas nada que tenha realmente me interessado, sabe?

Tom balançou a cabeça, pensativo.

— É trabalho no teatro o que você está buscando? — perguntou.

— Teatro? — Joe olhou para ele, incrédulo. — Cruzes, não. Sou ator de televisão.

Os olhos de Tom se arregalaram de surpresa, e ele lançou um sorrisinho em direção a Kate, que o estava observando.

— Tom também não vê tevê — ela disse, revirando os olhos. — Você pode imaginar como ele e Sal ficaram entusiasmados quando consegui o emprego em *Futuro: perfeito*. Uma vez obriguei-os a assistir, e acho que até hoje foi o único episódio que viram.

— Não é verdade. Eu vi aquele em que alguém jogava tinta na Penny, também. De qualquer forma, não assistimos porque você nos fez jurar que não assistiríamos — protestou Sal.

— Televisão é uma coisa fútil — Tom disse, em voz alta. — A televisão é responsável pelos males da sociedade. Não é verdade, Joe?

Joe olhou para Tom como se este estivesse falando em uma língua estrangeira.

— Você está brincando, certo? — disse, num tom de voz hesitante. — A televisão é maior do que o cinema, nos dias de hoje. E não se trata apenas de seriados e coisas do tipo. Há também documentários...

— Claro que ele está brincando. Não é mesmo? — Kate disse, dardejando Tom com um olhar cheio de ameaças. Ela sorriu para Joe. — Acho que atuar para televisão é algo simplesmente maravilhoso. E tenho certeza de que Tom também acha.

Tom sorriu e se serviu de mais um cálice de vinho, tomando imediatamente um grande gole.

— Muito bem, estou brincando. Mas eu achei que havia menos oportunidades para atores hoje em dia. Não é tudo reality shows e câmeras escondidas? Como o seu programa, Kate?

Kate largou o garfo e a faca, fazendo bastante barulho.

— Que você, é claro, também considera fútil. Obrigada, Tom. Você está realmente adorável essa noite.

Ed apanhou a garrafa de vinho próxima a Tom e, percebendo que estava vazia, pegou outra.

— Acho que a televisão é uma invenção maravilhosa — disse. — E tenho certeza de que trabalhar como ator é muito mais interessante do que trabalhar no distrito financeiro de Londres.

— Sim — Sal disse, tensa. — Pelo menos Joe parece estar disponível às noites, de vez em quando.

Ed olhou para ela de modo estranho e lhe serviu um pouco de vinho.

— Você deve ter umas boas histórias para contar, Joe — continuou ele. — Não tem?

Kate lhe lançou um sorriso de gratidão.

— Joe, conte para o pessoal sobre aquele comercial que você fez com a Penny. Que história!

Joe sorriu e estendeu seu cálice para Ed servir mais vinho.

— Claro. Sem problemas.

Uma hora depois, Kate pediu licença para ir ao toalete. Precisava admitir: já havia participado de jantares mais divertidos. Sal passara a noite toda fuzilando Ed com o olhar toda vez que ele disfarçadamente começava a digitar no teclado do BlackBerry. Tom, ela suspeitava, estava muito bêbado — ou então num estado de ânimo muito beligerante. Fosse como fosse, estava sendo incrivelmente prepotente e não rira de nenhuma das histórias do Joe. E Joe parecia entediado, o que não era nenhuma surpresa, já que ninguém além dela parecia prestar atenção em nada do que ele dizia. De sua parte, ela rira alto e bastante cada vez que Joe tentara fazer qualquer piadinha e, sempre que o assunto da conversa passava a ser ela, fizera seu melhor para lançar a bola de novo para Joe. Mas tudo o que ele dizia parecia resultar ou em olhares incrédulos ou em longas pausas, que ela então preenchia com mais fatos "interessantes" sobre Joe ou fazendo mais perguntas sobre ele, o que apenas parecia irritar Tom ainda mais.

No caminho de volta para a sala, Kate passou na cozinha para pegar um copo d'água. Assim que ligou a luz, percebeu que havia alguém logo atrás de si.

— Você não pode me dizer que ele é o homem da sua vida — ouviu uma voz dizendo enquanto ela se voltava, irritada, para ver Tom balançando a cabeça na sua direção, em descontentamento. — Ele não tem a menor graça — continuou. — É tão fútil quanto os programas de tevê nos quais trabalha.

— Não é verdade! — Kate gritou como resposta. — Ele é adorável, e interessante, e se você não fosse tão arrogante em relação à televisão, também acharia isso. Você nunca o viu atuando. Ele é ótimo.

Tom arqueou as sobrancelhas.

— Duvido muitíssimo. Olhe, ele é bonitão: até eu vejo isso. Mas isso é tudo o que ele tem a oferecer.

— Como você ousa? — Kate explodiu. — Como ousa ser tão arrogante? Só porque ele não é médico não significa que não tenha muito a oferecer. E pelo menos ele não sai por aí julgando *fúteis* coisas que ele nunca viu. Qual é o seu problema? *Fútil* é a palavra do dia, ou algo assim? Amanhã você vai começar com palavras que começam com g?

Tom balançou a cabeça e cambaleou um pouquinho ao perder o equilíbrio.

— Está bem. Não ouça o que eu digo. Você parece gostar de ouvir o que ele diz. Você fica diferente quando está com ele, sabia? Diferente no mau sentido, se é que não dá para entender. Puxando o saco dele a cada palavra, fazendo perguntas o tempo todo, como se ele não pudesse falar sozinho. É como se ele tivesse transformado você numa das esposas de Stepford ou algo do gênero.

— Você está bêbado — Kate disse. — E não sou uma esposa de Stepford. Gentileza e atenção são consideradas qualidades, sabia?

— Consideradas por quem? — Tom perguntou, sem acreditar no que estava ouvindo. — Eu prefiro a Kate que atropela a conversa das pessoas e nos diz o que fazer. A Kate que está falando comigo agora, aliás. É a versão mais animada de você que vi durante toda a noite.

— O que estão fazendo aqui? — Sal perguntou, surgindo na soleira da porta. — Eu estava me perguntando o que vocês estavam aprontando.

Kate caminhou até ela, cruzando os braços.

— Tom estava me dizendo o quanto não gostou de Joe — ela disse, furiosa. — Daquele jeito adorável que só Tom tem.

— Vamos, vocês dois. Parem de brigar — Sal disse, fazendo cara feia. — Kate, achei Joe adorável. E Tom também achou. Ele só está sendo o pentelho mal-humorado de sempre. Não é, Tom?

Tom olhou para ela com severidade.

— Eu só não acho que ele seja bom o suficiente para você, só isso — ele protestou, caindo um pouco para o lado.

— Meu Deus, você está completamente bêbado — Sal disse, revirando os olhos. — Tudo bem, beba um pouco de água.

— Ed também não gostou do Joe — Tom acrescentou, enquanto Sal pegava um copo e o enchia com água. — Prefere ver e-mails do que ouvir as histórias *dele*.

Sal entregou o copo a Tom.

— Ed está sendo imperdoavelmente rude, e vou dizer isso para ele logo, logo — ela replicou, numa voz baixa. — Mas, agora, vamos todos voltar à sala de jantar e nos divertir, certo?

— Só estou sendo sincero, oras — Tom disse, largando o copo no balcão. — Kate tem quase 30 anos, então está tentando se convencer que esse fulano americano é o cara certo para ela, quando é óbvio que não é.

— E como diabos você saberia? — Kate perguntou, com a voz embargada pela fúria. — Você não seria capaz de reconhecer uma relação madura nem se ela lhe mordesse na bunda. E o Joe *é* o cara certo para mim. Diferentemente de você, ele não despreza o que eu faço. Diferentemente de você, ele não faz comentários maldosos pelas costas das pessoas. E, diferentemente de você, ele não é maluco e amargo, e cheio de certeza de que finais felizes não existem.

Tom balançou a cabeça.

— Muito pelo contrário, eu acho, sim, que é possível haver finais felizes. Olhe para Sal. Ela tem um final feliz, não tem? Mas ela não partiu de uma ideia preconcebida sobre o cara certo. Ela foi sensata, sabia o que estava procurando, e encontrou o Ed.

Sal olhou para Tom, pasma.

— Você acha que eu me acomodei, não? — ela disse, numa explosão acusadora. — Acha que meu casamento é só um acordo prático para pagar o financiamento da casa.

Tom ficou sério.

— Eu não disse isso.

— Mas estava pensando. Vocês dois estavam. Posso ver na cara de vocês.

— Não! — Kate protestou.

— *Sim* — Sal disse. — Bem, tudo bem, vocês estão certos. Não ouvi sininhos ou fogos de artifício. Não me ocorreu perguntar a mim mesma se Ed era o cara certo ou não. Ele estava disponível. E eu queria me casar... — A voz dela fraquejou.

— Sal, não seja boba — Tom disse, sorrindo. — Estávamos falando de Kate, não de você. Você se casou porque quis, e somos muito felizes por você. E você sabe que adoramos Ed.

— E eu? Será que eu adoro? — Sal perguntou, desesperada. — É isso o que eu não sei.

Kate engoliu em seco ao olhar para o vão da porta e ver Ed e Joe parados ali, ambos com uma expressão assustada no rosto.

— Nós... estávamos nos perguntando para onde vocês tinham ido — Ed disse. — Não sabíamos que a festa tinha sido transferida para a cozinha.

Sal olhou para ele por um segundo ou dois, então, aparentemente, conseguiu se recompor.

— Nossa, me desculpem. Sim. Eu estava só pegando a sobremesa.

Ed aquiesceu, de um jeito atrapalhado.

— Eu vou... só... — Ele se virou e se dirigiu a passos incertos para a sala de jantar.

— Na verdade, nós precisamos ir — Kate disse. — Quer dizer, está ficando tarde.

Sal concordou.

— Sim. Sim, acho que sim.

Em meio a um silêncio constrangedor, Kate apanhou o casaco, e ela e Joe se despediram dos outros. Ela mal conseguiu olhar para a cara de Ed, fez um aceno cheio de rancor para Tom e envolveu Sal em um enorme abraço.

Tom apanhou o cálice que estava próximo, sobre o balcão, jogou fora a água e o encheu com vinho, enquanto Sal levava Kate e Joe até a porta.

— Bem — ela disse, beijando Kate na bochecha —, pelo menos agora eu sei por que não dou jantares com mais frequência.

19

Tom acordou se sentindo a própria morte. Sua cabeça latejava, sua boca parecia o deserto de Gobi, e ele estava com a desagradável sensação de que fizera algo de que se arrependeria assim que conseguisse se lembrar do que se tratava.

Então suspirou. Claro. O maldito jantar na casa de Sal. Sabia desde o início que era uma má ideia.

Por outro lado, dar uma passada antes no pub para um drinque rápido — e acabar tomando todas — provavelmente não tinha sido a melhor ideia do mundo. O problema era saber quando parar. Um drinque aliviava a culpa de ter perdido uma paciente naquela tarde, conseguia diluir a escuridão que tomava conta da sua cabeça ao se dar conta de que ele não era bom o suficiente, previdente o suficiente, nem tampouco sortudo o suficiente para salvá-la. Um segundo drinque fazia o mundo parecer quase um lugar aceitável de novo para se viver, o fazia ver que as coisas não eram inteira e essencialmente inúteis, afinal de contas. Um terceiro drinque, e ele começava a se sentir capaz de socializar, de falar sem ódio, de ouvir o que os outros tinham a dizer sem querer gritar que todos estavam tão preocupados com coisas mundanas e estúpidas que não se davam conta do mundo fodido em que viviam, no qual pessoas morriam em vão o tempo todo, e não havia nada que ninguém pudesse fazer a respeito.

Um quarto drinque — duplo — fazia o jantar parecer quase divertido.

Ele abriu os olhos por um breve momento e piscou à medida que a luz do dia trouxe lembranças da noite anterior. Caíra de pau naquele tal de Joe sem nenhuma razão especial, a não ser o fato de não acreditar que, depois de toda a onda, toda a conversa sobre ele ser o cara, isso era o melhor que Kate havia conseguido arranjar. Metade dos caras que ela dispensava porque tinham o nariz muito comprido ou porque não gostavam de Billie Holiday eram melhores que ele: mais alegres, mais engraçados, mais interessantes. Só o que Joe parecia saber fazer era se olhar no espelho, sorrir, falar sobre si mesmo. E o modo com que Kate passou a noite babando em cima dele, lhe dando ouvidos como se ele fosse um maldito guru ou algo do tipo...

Nossa, como sua cabeça estava doendo.

Por outro lado, talvez fosse isso o que Kate queria. Se era esse o caso, boa sorte para ela.

— Você está bem? Não se mexeu a noite toda.

Tom deu um pulo. Abriu os olhos de novo, protegendo-os do excesso de luz com as mãos, e viu Lucy sorrindo na sua direção. Franziu o cenho. Lembrou vagamente de ter ligado para ela ao sair tropeçando da casa de Sal, após ter dividido mais uma garrafa de vinho com Ed, e de tê-la convidado para ir até a casa dele. Mas nunca pensou que ela iria. Será que eles tinham...? Não fazia ideia.

— Você não se importa se eu fumar, se importa? — ela disse, puxando conversa enquanto sentava, fazendo seus seios sur-

girem de debaixo da coberta e pousarem gentilmente sobre ela.
— Sei que eu não deveria, mas às vezes é preciso viver um pouco, não é mesmo?

— Foi horrível — Kate disse, sentando-se na sua cadeira e olhando para Gareth, desolada. — Todo mundo discutiu e Tom estava agindo como um completo imbecil, e no final eu só pensava em sair correndo de lá. Joe não disse nada, mas eu sei o que ele ficou pensando: é possível que esses sejam os melhores amigos dela? Aqueles sobre os quais ela não parava de falar, dizendo como eram legais?

Gareth balançou a cabeça, de modo compreensivo.

— Só estão com ciúmes — opinou. — Joe é mais bonito do que qualquer um deles, e isso os está deixando paranoicos.

— Você acha? — Kate perguntou, séria.

Os dois estavam na pequena e escura suíte de edição vendo como ficara a filmagem dos Moreley. Gareth acenou a cabeça de novo.

— Esse é o problema com as pessoas que julgamos amigos — disse, de forma direta. — Gostam quando você está mal. Não suportam quando as coisas começam a dar certo.

Kate olhou para Gareth, sem entender direito.

— Aconteceu comigo — ele explicou, dando de ombros. — Uns anos atrás, arranjei um cara maravilhoso, maravilhoso *mesmo*, e de repente meus amigos estavam destilando veneno e me dando um gelo. Durou um mês. Assim que ele me deixou, queriam saber tudo o que tinha acontecido.

— Hum — Kate disse. — Talvez você tenha razão. Não ajudou nem um pouco o fato de Tom estar bêbado, e Sal, furiosa com Ed por alguma razão.

Gareth deu um tapinha no ombro dela.

— Bem, vamos lá. Vamos ouvir o que Penny tem a dizer sobre os Moreley.

Ele apertou o *play*, e os créditos foram logo substituídos pela imagem de Penny no lado de fora da casa dos Moreley, com uma expressão de pena no rosto.

"O casal que vive na casa atrás de mim, Marcia e Derek Moreley, está entediado", ela dizia, como se fosse a pior coisa da qual já tivesse ouvido falar. "Tendo sucumbido à meia-idade, eles avançam celeremente em direção à velhice, com uma aparência esfarrapada, uma casa esfarrapada, e sem nenhuma perspectiva de melhora. Eles nos chamaram porque os dois querem um pouco de mágica de volta às suas vidas, mas não sabem o que fazer para consegui-la. Agora eles não precisam mais se preocupar, pois a equipe de *Futuro: perfeito* está aqui para ajudá-los. Fique conosco na próxima hora e veja com seus próprios olhos a metamorfose pela qual eles passaram, de apagados para fabulosos!"

Nesse momento, Penny deu um sorriso inexpressivo para a câmera, expressão facial que, Kate sabia, ela tentava evitar o máximo possível, devido à pressão que aplicava nos seus pés de galinha à prova de Botox. Então, a tela foi inundada pela imagem de Marcia e Derek sentados no sofá, explicando por que estavam no programa. Kate soltou uns risinhos ao lembrar de quantas tomadas a produção havia sido forçada a fazer porque Marcia não conseguia entender que eles estavam sendo filmados, e que ela não podia interromper a entrevista para fazer perguntas. Tampouco havia gostado de "porque nós dois temos narizes grandes e não podemos pagar por uma cirurgia plástica" não ser considerada uma resposta apropriada à pergunta de por que haviam contatado a equipe de *Futuro: perfeito*. "Talvez vocês queiram reviver a paixão que sentiram há tantos anos?", o produtor perguntava, e Marcia só balançava a cabeça. "Não", ela dizia, "eu só queria fazer uma plástica no nariz..." De alguma forma alguém conseguiu convencê-la, e agora ela aparecia na tela falando sobre crescimento pessoal e revivendo um entusiasmo juvenil como se tivesse nascido para participar de programas diurnos de televisão.

"E agora, vamos conhecer a equipe de *Futuro: perfeito*", Penny dizia, e de repente Kate surgiu na tela, sentada próximo a Lysander.

"Kate Hetherington é a nossa especialista em design de interiores. Então, Kate, conte-nos o que vamos fazer para alegrar a casa de Marcia e Derek!"

"Precisamos de um pouco mais de luz nessa casa", Kate ouviu a si mesma dizer, e fez uma cara de desaprovação para Gareth.

— Por que você não me disse que meu cabelo estava virado para cima desse jeito, atrás? — ela gemeu. — Ah, meu Deus, estou horrível.

— Psiu — Gareth fez ela ficar quieta. — Quero ouvir.

"E agora Lysander Timlington, nosso guru da moda. Diga-nos, Lysander, o que você está pensando em fazer?"

Kate ficou séria. Penny nunca se referia a ela como guru do design de interiores. Por que era chamada apenas de especialista?

"Quero dar um pouco mais de estrutura ao guarda-roupas deles", Lysander disse, suavemente. "Na próxima estação, só vamos ouvir falar de volumes, mas precisamos ter cuidado para que o volume fique nos lugares certos!" Ele piscou ao dizer isso, e Kate revirou os olhos.

"Obrigada, Lysander. E o cabelo e a maquiagem? Vamos perguntar ao nosso especialista do *Futuro: perfeito*, Gareth Mason."

Rá, Kate pensou. Gareth também é só um especialista.

"Marcia tem negligenciado sua pele há muito, muito tempo", o Gareth da tela falava, sobriamente. "Quero atualizar a maquiagem dela, e talvez apresentar ao Derek alguns produtos para peles masculinas que se encontram hoje no mercado e que podem rejuvenescer a aparência. Então precisamos atualizar o cabelo da Marcia, dando um fim ao velho permanente e criando um pouco mais de movimento, e, como eu disse, atualizar o visual de Derek com um penteado mais curto e descolado."

O Gareth ao lado de Kate ralhou com a tela.

— Atualizar! Atualizar! Falei isso umas cinco vezes. Por que ninguém me disse? Ah, isso é horrível demais.

Kate pôs o braço ao redor dos ombros dele em uma demonstração de solidariedade. Repetir a mesma palavra algumas vezes não era nada — uma vez ela dissera dez *absolutamente* em uma só frase. Magda nunca permitia que gravassem de novo, a menos que alguém tivesse fodido mesmo com tudo, como Marcia, ou se houvesse algo realmente ofensivo. "Está bom o suficiente", ela dizia, batendo palmas e seguindo adiante, sem perceber — ou ignorando — as caras feias ao redor.

Continuaram assistindo enquanto o Dr. Proudfoot, o cirurgião plástico de voz macia do programa, dizia para Penny em tom cordial que, para pessoas tristemente afetadas por traços que não lhes permitiam atingir todo o potencial, a cirurgia era de fato uma dádiva dos deuses.

— Esse é o novo termo para "nariz grande"? — Kate perguntou a Gareth. — Traços que não permitem que você atinja todo o potencial?

Gareth não respondeu, e Kate fez cara de poucos amigos. Ele fazia de conta que concordava quando ela falava mal do Dr. Proudfoot e suas agulhas, mas Kate sabia perfeitamente que

Gareth havia se informado sobre o preço de um Botox, e ele havia admitido uma vez que, se algum dia engordasse, faria logo uma lipoaspiração.

A câmera mostrou as tomadas de "antes" — a casa, com uma iluminação horrível e pior do que de fato parecera antes de Kate começar a trabalhar; as roupas velhas de Derek e Marcia; e, finalmente, seus rostos (com uma bela tomada de perfil dos seus narizes), bastante piorados pela expressão desolada que lhes pediram para exibir.

"Bem, agora que sabemos com o que estamos trabalhando", ouvia-se a voz de Penny dizer, "é hora de botar a mão na massa!" Ela pôs um capacete de obras e segurou um martelo, fazendo Kate revirar os olhos mais uma vez.

— Como se ela soubesse o que é trabalhar — ela disse. — Não consigo acreditar que pagam a ela todo esse dinheiro apenas para falar bobagem e posar de prima-dona.

— Por falar em trabalho, o que aconteceu com aquela mulher que estava perseguindo você?

Kate não entendeu.

— Me perseguindo?

— Carole não sei das quantas. Aquela que ia processar você. Achei que você ia ligar para ela.

Kate sorriu.

— Ah, Carole. Sim, bem, acontece que ela não vai me processar, no final das contas. Ela adorou a reforma.

Gareth a olhou, pasmo

— Adorou?

Kate balançou a cabeça, afirmativamente.

— À exceção do batom que você usou, mas ela concordou em não envolver os advogados. — Ela deu uns risinhos. — Não, ela quer minha ajuda para reformar um abrigo de doentes.

— Um abrigo? — o rosto de Gareth ainda estava indignado com o comentário sobre o batom.

— É. Um abrigo de doentes. Só que ela não tem dinheiro. Achei que a Magda podia se interessar, mas não, então...

— Você acha que isso daria um bom programa de televisão? — Gareth perguntou, interessado.

— Com certeza. Quer dizer, é comovente, não? E é uma causa tão nobre. As pessoas são incríveis, e é uma pequena instituição de caridade que se responsabiliza por tudo...

— Leve a ideia para outra produtora — Gareth interrompeu.

Kate olhou para ele sem ter certeza se estava entendendo.

— Estou falando sério — ele disse. — Alguém vai acabar comprando a ideia. Trazer esperança para os enfermos. É perfeito!

— Talvez você esteja certo — Kate ficou pensativa. — Você conhece outras produtoras?

Gareth fez que não.

— Mas você pode tentar as páginas amarelas.

Kate ouviu algo que parecia uma risada seca, e se virou.

— Tem alguém aí? — perguntou, nervosa. — Gareth, ligue as luzes.

— Não precisa — ela ouviu Penny dizer. — Já consegui o que eu queria. Agora vou embora.

Kate ficou sentada, boquiaberta, enquanto a porta da suíte de edição se abria e eles puderam ver a silhueta de Penny saindo.

— Desde quando ela estava aqui? — Kate gaguejou, olhando para Gareth, que havia ficado repentinamente branco.

— Está tudo bem — ele disse, tentando se convencer. — Não dissemos nada de ruim. Pelo menos, não eu. Você disse que ela não tem talento e que é preguiçosa, mas ela não pode pôr a culpa em mim.

— Obrigada, Gareth — Kate disse, suspirando. — Então, basicamente, Tom e Sal ficam irritados assim que as coisas começam a dar certo para mim, e você bate em retirada assim que as coisas vão mal?

Gareth se esforçou para dar um sorrisinho amarelo.

— Ninguém é perfeito — disse. — Nem mesmo eu.

20

Sal tamborilou os dedos na mesa e olhou ao redor, de forma furtiva, tentando ver se alguém percebera que ela estava um pouco afogueada. Aliviada ao descobrir que ninguém estava nem um pouco interessado nela nem na temperatura do seu corpo, virou-se de novo para o computador.

> *Depois da desintoxicação da semana passada na ginástica, quer se reintoxicar um pouco? Estou tendo um dia de merda, e não me importaria de tomar um drinque depois do trabalho, se você estiver livre. J*

O e-mail havia chegado vinte minutos atrás, e Sal estava plantada na cadeira desde então, lendo e relendo o texto, até sentir que poderia ter escrito um ensaio de 5 mil palavras com possíveis interpretações para ele.

Tratava-se apenas de um happy hour amigável com um colega de trabalho.

Ou então era o início do fim do seu casamento.

Ou nem uma coisa, nem outra.

Ela jamais imaginou que um dia se veria nessa situação. Primeiro, porque não era desse tipo... Sal nunca tivera um flerte e nunca achou que fosse especialmente atraente para os homens. Era sensata, realista. Os caras com quem saíra sempre lhe disseram o quão revigorante era conhecer alguém que não estava o tempo todo passando por altos e baixos, que não chorava à toa, que não gritava por qualquer coisinha nem insistia em ser levada para restaurantes ridiculamente caros nem exigia presentes luxuosos.

E era verdade: Sal raramente ficava histérica, não discutia a menos que houvesse uma razão muito boa para tal e preferia que o dinheiro fosse gasto com coisas sensatas, como financiamentos imobiliários e planos de aposentadoria, do que desperdiçado com coisas frívolas como comer fora e joias.

Mas isso não queria dizer que, bem de vez em quando, ela não desejasse que Ed lhe comprasse algo embalado em uma caixinha bonitinha e que fosse uma surpresa caprichosa, em vez de algo prático do qual ela precisasse ou que quisesse. Que talvez Ed um dia chegasse em casa e a sequestrasse para algum lugar, ignorando seus protestos de que não havia necessidade para tal e de que ela ainda não havia levado os ternos dele para a lavanderia.

Sal sabia, no entanto, que ele não faria isso, pois essa não era ela. Ela era prática. Pragmática. Organizada.

Chata.

Mas agora... agora não se sentia chata. Pessoas chatas e pragmáticas não recebiam e-mails de pessoas como Jim convidando-as para um drinque após o trabalho. Pessoas sem graça e conformadas não sentiam um arrepio de excitação cada vez que ele se aproximava do escritório delas e lançava um sorrisinho meio secreto — sorrisos que ela, de início, ignorara, imaginando que fossem para outra pessoa, e pelos quais agora ansiava, na ponta dos pés, cada vez que via ele se levantar.

Agora Sal estava se sentindo um pouco como a Cinderela deve ter se sentido a caminho do baile. Como se fosse uma pessoa inteiramente diferente — alguém que flertava com colegas, que fazia happy hours ilícitos, que era divertida e permissiva e...

Só que ela não era, ou era? E, diferentemente da Cinderela, já havia se casado com o seu príncipe.

Suspirando, Sal fechou o e-mail e pegou o telefone.

Penny sorriu para si mesma e segurou o telefone próximo ao ouvido.

— Joe? — ela ronronou. — É Penny. Penny Pennington. Lembra de mim?

— Penny? — Ele pareceu surpreso.

— Espero que não se importe que eu esteja ligando para você. Seu agente foi gentil e me passou o número.

— Claro. Acho — Joe disse, ainda soando um tanto quanto surpreso. — É sobre o comercial? Precisamos regravar?

— O comercial? — Penny riu. — Não, Joe. Não, não é sobre isso.

— Certo — Joe disse, meio desconfiado. — Então...

— Joe — Penny disse, em voz baixa —, sei que você está saindo com Kate. Isso é ótimo. Tenho certeza de que vocês formam um casal adorável. Mas pensei que você deveria saber que o emprego dela aqui não vai durar muito tempo. É uma história longa e chata, mas a gerência aqui cansou da... falta de profissionalismo dela. Achei que você deveria saber, pois tenho certeza de que vai querer apoiá-la, ajudá-la a passar por isso, financeiramente, emocionalmente... Imagino que ela vai passar por um período difícil, Joe.

Houve silêncio no outro lado da linha, e Penny sorriu consigo mesma.

— Ou — continuou, tentando não se precipitar — você pode querer reconsiderar minha oferta. Pode ser que queira pular fora enquanto pode, antes de ser arrastado para o fundo do poço junto com Kate. Você e eu, Joe, poderíamos fazer barulho. Pense nisso, tudo bem? Você tem o número, e eu não tenho nenhum compromisso hoje à noite.

Ela desligou e foi marchando até o escritório de Magda.

Kate olhou com orgulho ao redor, para a cozinha americana de Sarah Jones, e sorriu para Phil.

— Ficou legal, não? — ele disse, do seu posto de observação no alto da escada de madeira, enquanto pintava meticulosamente a cornija sobre a cabeça de Kate. — Você deu vida ao lugar mesmo, sabe?

Kate fez que não.

— *Você* deu vida ao lugar — ela o corrigiu. — Você é fantástico. E tudo isso só numa semana.

— Derrubei a parede — Phil concordou. — Mas a ideia foi sua. Espero que ela goste. A Sra. Jones, quero dizer.

— Bem, ela chorou, então Magda está contente. Eu não tive certeza se eram lágrimas de alegria ou desespero, para ser sincera.

— Onde está ela agora?

— Não fale para o Gareth — Kate disse, com um sorriso maldoso —, mas ela foi ao cabeleireiro. Não morreu de amores pela interpretação dele do que seria uma mistura entre Bree Van De Kamp e Camila Parker Bowles. Acho que ele levou a coisa ao pé da letra demais e deixou o cabelo dela parecido com o da Camila, só que vermelho-vivo.

Phil sorriu.

— O sofá de couro também é bonito.

Kate revirou os olhos. O sofá havia sido uma concessão de Magda para fazer Sarah Jones assinar o contrato e a declaração em que se comprometia a não fazer reclamações. Kate o colocou bem no meio da sala, atrás de onde a equipe de filmagem estava posicionada, e cobriu-o de almofadas. Mas no final das contas, acabara fazendo uma tomada olhando direto para a câmera, sentada nele. Estranhamente, apesar de estar sobrando na sala, apesar de — pelo menos aos olhos de Kate — não ser de forma alguma o móvel adequado e de, para falar francamente, ser feio, de alguma forma ele havia funcionado.

— É, acho que não é assim tão horrível — ela admitiu. — Bem, vamos terminar a última demão de tinta?

Olhou para Phil, e ele fez um sinal indicando algo atrás dela. Ela se virou e viu Magda, em pé na porta, com os braços cruzados.

— Tem um momentinho, Kate? — ela perguntou, a voz tensa e dura.

Kate fez que sim.

— Claro. Estamos só terminando a pintura. Quer ver a...

— Agora — Magda disse. — Na sala da frente.

Séria, Kate a seguiu pelo corredor. Apenas quando se encontraram na referida sala, com a porta fechada, Magda abriu a boca para falar.

— Kate — disse, andando de um lado para o outro, sem olhá-la nos olhos —, você gosta de trabalhar no *Futuro: perfeito*?

— Claro — ela respondeu, acenando cautelosamente a cabeça.

— Nossa verba não é grande — Magda continuou. — Não temos escritórios chiques nem festas badaladas. Mas sabe o que nós temos?

Kate a olhou sem fazer ideia do que ela estava falando.

— Lealdade — Magda disse. — Lealdade e trabalho de equipe. É assim que levamos ao ar um programa por semana. É assim que damos duro e seguimos em frente. Certo?

— Certo — Kate disse, confusa. — Somos uma ótima equipe. Algum problema, Magda?

Magda olhou para ela por um segundo, então desviou o olhar mais uma vez.

— Foi o que eu me perguntei — ela disse, num tom triste — quando ouvi falar que você estava abordando outras produtoras com ideias para programas. Por que razão, perguntei a mim mesma, Kate não falaria comigo? Por que ela não pensou, em nenhum momento, em lealdade?

Kate olhou pasma para Magda.

— Mas eu não fiz nada disso! — exclamou. — Eu não falei com ninguém. E não tenho nenhuma ideia para nenhum programa novo, aliás. Tenho um projeto no qual estou envolvida, que levei a você e que você recusou. Só isso.

— Você trouxe a ideia para mim? — Magda perguntou. — Não vi proposta nenhuma. Não recebi nada de você.

Kate se segurou para não revirar os olhos.

— Eu disse que havia um abrigo para doentes que precisava de reforma e você respondeu que não era um bom material para televisão — Kate replicou.

— Eu nunca disse isso. — Os olhos de Magda se estreitaram. — Um abrigo? Pessoas doentes? Parentes aos prantos? É uma porra de um material maravilhoso para a televisão.

— Mas você disse que não! — Kate gritou. — Foi na semana passada.

Magda ficou séria.

— Espera que eu acredite nisso? — perguntou. — Então você está envolvida com esse abrigo, é?

Kate sentiu o sangue começar a ferver.

— Apesar de saber que o contrato a proíbe estritamente de fazer outros trabalhos sem obter aprovação prévia do seu gerente? No caso, eu?

— Quando eu disse que estava envolvida, o que quis dizer é que fui consultada — Kate apressou-se em dizer. — Ainda não fiz nada. Foi Carole Jacobs. Sabe, a mulher que estava tentando falar comigo? Ela é membro do conselho que administra o abrigo e queria que eu ajudasse a...

Olhou para Magda, cheia de esperanças, mas o franzido na testa da chefe estava cavando uma trincheira sob as sobrancelhas.

— Você contatou uma ex-vítima? Quando eu havia claramente dito para não fazê-lo? Isso só melhora, Kate. E eu que pensei que Penny havia entendido mal alguma coisa.

Kate olhou para ela.

— Penny?

De repente a coisa toda estava fazendo mais sentido.

— Sabe que Penny quer você fora do programa, não sabe? Ela acha que pode dar conta da decoração. Provavelmente está pensando em lançar uma marca de móveis ou algo do gênero — suspirou Magda.

— Magda, você não pode... — Kate disse, indignada, com os olhos arregalados. — Estou nesse programa desde o primeiro dia. Estou aqui todos os dias, todas as semanas...

Magda olhou para ela.

— Que escolha eu tenho? — perguntou. — Você quebra o contrato. Procura outras produtoras. E Penny, que é o único argumento de venda desse programa, está solicitando que eu demita você. Você vê alguma alternativa?

— Mas eu não procurei ninguém!

— Penny ouviu você falando sobre o assunto. Se você de fato fez ou não a ligação não é a questão.

Kate engoliu em seco. Sentiu-se de repente muito afogueada e desconfortável.

— Mas... o que vou fazer?

— Isso — Magda disse — na verdade não é mais problema meu, não é mesmo? É um problema seu, no qual você devia ter pensado antes. Você vai receber até o final do mês, Kate, mas receio que não vou precisar de você no set. Você entende, não?

— Eu... — Kate começou a dizer, mas desistiu. Suas pernas estavam bambas, e ela sentia como se a sala estivesse se fechando sobre ela. Estava sendo demitida. Nunca havia sido demitida. Parecia surreal.

Magda contraiu os lábios.

— Muito bem — disse. — Vou avisar Penny.

Ela passou por Kate e abriu a porta. Então se virou.

— Então, qual produtora você procurou? — ela perguntou. — É melhor me contar de uma vez. Vou descobrir logo, de qualquer forma.

— Eu não fiz nada — Kate disse, quase implorando. — Não procurei ninguém.

Magda balançou a cabeça.

— Como preferir. — E saiu, fechando a porta atrás de si.

Kate foi até a poltrona do Sr. Jones e se sentou, inclinando-se para a frente e segurando a cabeça entre as mãos. Ficou sentada ali durante alguns minutos, talvez um pouco mais — não saberia dizer ao certo. Então a porta se abriu.

— Você está bem? — Phil arriscou, se aproximando e parando perto de Kate. — Pensei que talvez quisesse uma xícara de chá.

Ele lhe deu uma xícara de chá com leite quente, que ela recebeu, grata.

— Fui demitida — sussurrou, quase sem ousar pronunciar as palavras, com receio de que isso tornasse a situação mais real.

— Demitida? — Phil perguntou. — Como assim, demitida?

— Magda me demitiu. Por quebra de contrato. Penny disse a ela que eu estava propondo ideias para a concorrência.

— E você propôs?

— Não — Kate disse, debilmente. — Gareth sugeriu que eu fizesse. É que tem um abrigo de doentes que eu estava querendo reformar. Achei que podia funcionar para a televisão. E Penny me ouviu falando nisso e usou essa história para fazer Magda me demitir. Aparentemente ela quer cuidar da decoração, também.

Phil riu, mas parou quando viu que Kate sequer conseguia sorrir.

— E então o que nós vamos fazer? — ele perguntou.

Kate o olhou sem entender.

— Nós?

— Eu não vou ficar aqui, trabalhando para Penny — ele disse, curto e grosso.

— Mas você não foi demitido — Kate disse. — Não vá embora por minha causa.

Phil revirou os olhos.

— Não vou. Vou embora por minha causa. Se aquela mulher acha que vai poder ficar mandando em mim, está muito enganada. Seja como for, vou me aposentar em seis meses. É com você que estou preocupado.

Kate sorriu para ele.

— Obrigada, Phil. Mas vou ficar bem. Só preciso pensar, sabe? No que fazer agora.

— Parece que você está mesmo a fim de reformar esse abrigo — Phil disse. — Então sugiro que contate as produtoras que acham que você já contatou.

Kate suspirou.

— É. Talvez.

— Ou — Phil disse, um pouco mais carinhoso — você poderia ir para casa, esquecer essa história, tomar um belo banho e chamar aquele seu namorado para alegrá-la.

— *Isso* sim parece um bom plano. Obrigada, Phil. — Kate sorriu.

— De nada. Só tenho uma pergunta — Phil disse.

— O quê?

— Você foi despedida, certo? E eu não tenho contrato, de forma que estou livre para ir embora quando quiser?

Kate deu de ombros.

— Acho que sim.

— Então não faz sentido nenhum deixar minhas escadas e a tinta que eu ia usar amanhã aqui, não é mesmo?

— É... Acho que não.

— E se eu espalhar, assim sem querer, no pub, que nenhum empreiteiro de Londres iria querer esse emprego, não haveria problema, haveria?

Os olhos de Kate se arregalaram.

— E — Phil continuou, o rosto aceso de malandragem — não vai demorar *tanto assim* para Penny descobrir qual cor de tinta ela precisa para terminar as paredes, não é? Considerando que existe mais ou menos mil cores na cartela? Tenho certeza de que ela vai conseguir se virar a tempo para filmar amanhã à tarde, não é mesmo?

Um sorriso se insinuou no rosto de Kate.

— Você acha mesmo que ela vai conseguir? — ela perguntou, inocentemente.

— Ela é uma guru da decoração, ora — Phil disse, na lata.
— Tenho certeza de que ela vai tirar isso de letra.

21

Joe estava preocupado; as coisas não estavam indo de acordo com o planejado. Não que ele tivesse um plano, mas seu agente de Los Angeles assegurara que ir para Londres seria ótimo para a carreira. Disse que era ou Londres ou Tóquio — Tóquio significaria dinheiro, Londres significaria credibilidade. O que ele não podia fazer era ficar de bobeira em Los Angeles por muito mais tempo, pois estava ficando difícil para o agente convencer os produtores de que Joe estava sendo muito solicitado quando ele era visto trabalhando como garçom ou perambulando pelos bares ao longo da Sunset Boulevard.

E lá estava ele, ainda trabalhando como garçom, a única diferença sendo o aluguel mais caro, as gorjetas, mais magras, e chovia o tempo todo. Kate podia ser bonitinha, mas provara-se inútil para apresentá-lo a importantes executivos da televisão, que era o que ele tinha em mente quando a convidou para sair pela primeira vez. E aquele pavoroso comercial de cream cheese, seu único trabalho nos dois meses em que estivera em Londres, sequer fora para o ar. Por alguma razão, estavam sempre postergando o lançamento da campanha, o que significava que, além de uma conta bancária levemente mais abatida, ele não tinha nada do comercial para mostrar.

Francamente, estava tudo uma merda. Uma grande merda.

Ele olhou ao redor, para o apertado quitinete que era o seu atual lar, e suspirou. Procurou o telefone e apertou a tecla de rediscagem.

— Bob?

— Ah, Joe. Como estão as coisas?

— Você sabe como. Eu estava esperando que você tivesse alguma novidade. Algum trabalho. Algo.

Bob suspirou.

— Joe, estou trabalhando nisso. Preciso de mais um tempo, OK? Vai haver um teste na semana que vem no qual quero encaixá-lo. Uma comédia. Ligo assim que souber de alguma coisa.

— Tenho a impressão de que *eu* estou sempre ligando para *você*, sabia?

Houve uma pausa que sugeria que Bob concordava com a impressão e não tinha grandes problemas com isso.

— Joe, estamos dando duro por você aqui. Eu lhe dou a minha palavra.

Joe balançou a cabeça sem dizer nada.

— Tudo bem, então — Bob disse, parecendo aliviado. — Ligo para você em breve.

— Espere — Joe disse. — Escute, Bob, se eu... começasse a sair com uma mulher famosa, será que... faria alguma diferença?

— Uma mulher famosa?

— Meio famosa. Se eu aparecesse em revistas de celebridades, quero dizer. Esse tipo de coisa.

— Com certeza ajudaria — Bob disse, parecendo muito mais interessado. — Você está se referindo a uma modelo ou uma atriz?

Joe mordeu o lábio inferior.

— O nome Penny Pennington lhe diz alguma coisa?

— Penny Pennington? — Bob pareceu surpreso. — Achei que você tinha dito que a odiava.

— Bob, estamos falando da minha carreira. Faço o que for necessário. Precisamos nos concentrar, não é mesmo?

— Claro, claro — Bob disse. — Bem, ela com certeza sabe se promover.

— É — Joe arregalou os olhos. — Foi o que pensei.

— Joe, com certeza vale a tentativa, se você está disposto. Quer dizer, qualquer publicidade é boa. Você sabe disso, certo? As pessoas reconhecem você, fica mais fácil de conseguir papéis. Simples assim.

Joe balançou a cabeça.

— Ótimo, obrigado, Bob.

— Você vai me manter atualizado?

— Claro.

Mal ele havia se despedido de Bob, e o telefone tocou de novo. Ele franziu o cenho e atendeu.

— Joe?

— Kate. Como vai a minha garota favorita? — ele perguntou, abrindo um sorriso e imediatamente varrendo da cabeça qualquer pensamento envolvendo Penny. Afinal de contas, ele não tomara decisão alguma. Não havia nenhuma razão para alterar o andar das coisas. Ela era uma garota doce, e prestava atenção em tudo o que ele dizia, o que era muito legal, ainda que às vezes ficasse um pouco irritante. Não havia razão para queimar pontes, até que fosse absolutamente necessário.

— Tudo péssimo. Quer dizer, as coisas não estão bem. Está livre hoje à noite? Eu estava pensando se você poderia vir me visitar.

Joe ficou sério.

— Hoje à noite? — Ele fez uma pausa, prestes para dar uma desculpa, mas então sorriu. Não era o momento de dizer que tinha um compromisso. — Claro que sim. O que houve?

— Fui demitida. Na verdade ainda estou meio que em estado de choque — Kate suspirou.

Os olhos de Joe se arregalaram. Penny estava certa. Bem, isso facilitava um pouco a sua decisão.

— Você... foi demitida? — ele perguntou, tentando parecer solidário, mas já planejando uma rota de fuga. — Por quê? Como?

— Nem pergunte — Kate disse, com a voz tensa. — Vou lhe contar tudo mais tarde. Você sabe que vai ter que pegar um papel digno de um Oscar para me sustentar, não é mesmo?

A voz dela sugeria que era uma brincadeira, mas isso não impediu que gotículas de suor surgissem na testa de Joe.

— Você vai encontrar outro emprego logo — ele disse. — Não se preocupe.

— Talvez — Kate suspirou. — Ou talvez eu dê um tempo. Você lembra daquele abrigo de que falei?

— Abrigo? — Joe estava distraído, sua mente estava longe. Ela queria dar um tempo? Por quê?

— É, aquele que visitei, há uma semana? Ainda estou pensando em ajudá-los, só não sei como.

— Ótimo — Joe disse, sem entusiasmo. — Então faça isso. Escute, querida, preciso ir. Estou recebendo outra ligação. Pode ser trabalho.

— Tudo bem. Mas nos vemos depois? Por volta das sete?
— Claro. Acho que sim.
— Acha?
— Preciso resolver umas coisas, só isso. Nos vemos depois.
— Obrigada, Joe.

Joe desligou e respirou fundo. A voz dela parecia horrível. Como se estivesse mesmo precisando de um ombro amigo. Pobre Kate.

E, no entanto, será que era mesmo uma boa ideia se envolver nisso? Ele começaria consolando-a, e, num piscar de olhos, estaria sustentando Kate, exatamente como Penny previra. Naquele momento, ele precisava se concentrar na carreira. Ter autocontrole. Um agente livre, cuja prioridade número um era sua carreira.

Vasculhou os bolsos com hesitação e encontrou o cartão de visitas rosa-shocking que Penny lhe dera. Quem sabe um drinque? Ele poderia se encontrar com Kate depois. Não era nada de mais.

Lentamente pegou o telefone de novo e discou o número de Penny.

Cuidados com a beleza

A romântica incorrigível sabe que a beleza física é superficial e que o verdadeiro amor baseia-se em muito mais do que apenas em uma pele lisa ou em pernas bonitas. Mesmo assim, ela sabe que, ao cuidar da própria aparência, está demonstrando que tem a si mesma em alta estima e que deseja agradar o homem amado. E todas as mulheres se sentem melhor quando estão com as unhas manicuradas, o cabelo penteado e a aparência bem cuidada.

A romântica incorrigível também sabe que, enquanto seguir a moda é algo fácil, estar constante, casual e naturalmente chique é algo muito mais atraente e muito mais difícil. Um cabelo simples que pareça natural e que seja suave ao toque causará uma melhor impressão no homem do que um cabelo rígido e sem movimento. Uma pele fresca e imaculada é muito mais bonita do que uma pele soterrada por pó de arroz.

E assim, a romântica incorrigível sabe que investimento é tudo. A romântica incorrigível se alimenta bem — ovos, peixe e gérmen de trigo para ter um cabelo brilhante e uma pele saudável — e prefere as escadas a fim de manter as pernas firmes. Evita calcanhares ressecados passando creme hidratante nos pés todos os dias e mantém as pernas macias com o auxílio de uma gilete ou de depilação com cera. A romântica incorrigível sabe que pode ser conquistada a qualquer instante, de forma que não é possível caprichar na vestimenta apenas para ocasiões especiais; ela precisa estar radiante em todos os momentos.

Isso se aplica também para quando estamos nos sentindo cansadas ou tristes. Apesar de ser tentador combinar nosso humor com cores entediantes e apagadas e dispensar a maquiagem, isso nunca funcionará. Como curar um coração ferido se usamos nossa tristeza como emblema? Como encontrar um raio de sol se estamos vestidas para a chuva?

De fato, concentrar-se na aparência quando se está solitária ou triste com alguma coisa pode operar milagres na autoestima. Uma borrifada de perfume, um pouquinho de batom, uma riscadela de lápis cinza na pálpebra podem transformar não apenas nosso visual, mas nosso humor, bem como os humores daqueles ao redor, incluindo nosso amado ou mesmo amado em potencial! Alegre-se e abra um sorriso; diga ao mundo que você espera dele grandes coisas, e logo você esquecerá por que estava se sentindo tão deprimida.

Kate piscou os cílios, espessos de rímel, e olhou para o próprio reflexo no espelho do banheiro. Não dava para negar — Elizabeth Stallwood sabia do que estava falando. Uma hora atrás, ela estava se sentindo terrível. Enfadada de tanta ansiedade, furiosa com Penny e absolutamente perdida.

Agora ela sentia que nada disso importava muito. Pelo menos, não por enquanto. Seu rosto estava maquiado, seu cabelo estava limpo e fora secado com secador, e suas unhas exibiam um adorável esmalte rosa pálido que ela havia comprado há meses e nunca havia conseguido usar, porque suas unhas sempre acabavam arruinadas no set de filmagem. Não precisaria mais se preocupar com isso. Adeus, carreira. Olá, cuidados com a beleza.

Kate deu uma olhada no relógio: sete e meia. A qualquer minuto, Joe chegaria e a carregaria nos seus braços fortes. E então talvez conversassem um pouco, ou talvez fizessem amor apaixonadamente, ou talvez ele insistisse em levá-la para algum lugar, para arejar a cabeça. Por ela, tanto fazia; sentia-se feliz apenas em tê-lo. Afinal de contas, não tinha muito mais, naquele momento — seus amigos pareciam mais interessados em gritar um com os outro e trocar insultos, e seu emprego... bem, melhor nem falar no assunto.

Satisfeita com seus cílios, que não apresentavam grumo nenhum, Kate entrou na cozinha para esperar pelo namorado.

— Esse lugar é meio estranho — Lucy disse, sorrindo. — O que é isso, uma coisa típica do oeste de Londres? Você não pode simplesmente ir a um pub, como todo mundo?

Tom enrubesceu um pouco.

— Aqui também dá para comer — ele observou.

— Sim, se você estiver disposto a pagar 10 libras por um prato de batatas fritas. Olhe, muito obrigada. Agradeço. E por me deixar ficar com você. Sabe, acho que isso pode ser o início de algo especial. Se meu plano der certo, é claro!

Tom acenou a cabeça:

— De nada. E desse jeito não vou beber sozinho, de forma que você está ajudando a nós dois.

— Imagino — Lucy disse, com os olhos brilhando. — E, afinal de contas, você nunca chegou a me convidar para jantar. É o mínimo que uma garota espera, hoje em dia. Alguém precisa fazer alguma coisa para gastar o salário do doutor, não é mesmo?

— Está gostando do peixe? — Tom perguntou.

Lucy fez que sim.

— Está ótimo. E o vinho também. Que banquete.

Tom sorriu, mas então seus olhos viram algo, e suas sobrancelhas se encresparam.

Não podia ser. Parecia, mas ele devia estar vendo coisas.

— O que foi? — Lucy perguntou, virando-se na cadeira. Então ela voltou para a posição original, os olhos dançando, extasiados. — É aquela mulher, não é? Penny alguma coisa. Nossa! As celebridades vêm aqui no seu esconderijo. Estou impressionada, Dr. Whitson.

Ela se virou para olhar para trás mais uma vez.

— Ah... E olhe só o acompanhante dela. Bonitão, não? Eu não ficaria nem um pouco triste... — ela se virou para Tom e deu um piscar de olhos. — Não que você não seja adorável, mas puxa vida. Além disso, deve ser pelo menos dez anos mais novo que ela. Vaca sortuda. Você acha que ela é rica, Tom? Dr. Whitson? Você está bem?

Tom estava olhando para a outra mesa, cada vez mais agitado. Era ele. Era Joe. E parecia muito à vontade com aquela mulher que Kate odiava. Um espécime horroroso.

Ainda assim, talvez houvesse uma explicação. Claro que haveria.

Tom engoliu em seco, refreando a vontade de ir até lá dar um soco na cara de Joe. Sequer sabia por que queria lhe dar um soco.

— Lucy, vou fazer uma ligação e já volto, se você não se importar. Tudo bem?

Lucy balançou a cabeça negativamente.

— Claro que não me importo.

Tom foi até o bar. Então deu um jeito de ficar próximo da mesa de Joe e Penny.

— Falei com meu agente — ele a ouviu dizer, com uma voz desagradável e anasalada. — Se você fosse mais conhecido, seria o caso de negarmos a relação por algumas semanas, para atrair a atenção de todos. Mas já que não é o caso... — Penny arqueou as sobrancelhas — ...precisamos causar o máximo de impacto possível. Paguei uns fotógrafos para que tirem fotos de nós dois saindo juntos, daqui a pouco. E então vou começar a dar entrevistas falando sobre o meu novo amor.

— *Vamos* começar a dar entrevistas, você quer dizer.

Penny sorriu.

— Claro. Que bobagem minha.

Tom ficou branco e saiu.

Quando estava na calçada, ele pegou o telefone e discou o número de Kate.

— Joe? — ela disse, assim que atendeu. — É você?

Sua voz era expectante. Tão entusiasmada. Tom mordeu o lábio.

— Não, Kate, sou eu.

— Ah. Tom. Oi. Tudo bem?

— Estava esperando Joe ligar, é?

Kate riu de si mesma.

— Desculpe, foi meio ridículo, não é? Ele está vindo para cá. Já devia ter chegado há algum tempo, então achei que podia ser ele.

Tom levantou os olhos para o céu.

— Tom? Você ainda está aí?

Ele deu uma fungada.

— Kate, me diga uma coisa, Joe e Penny se conhecem?

Houve uma pausa.

— Eles fizeram um comercial juntos. Joe falou sobre isso no jantar na casa da Sal, lembra? Ou será que você estava bêbado demais?

Num piscar de olhos Tom se lembrou, e imediatamente se sentiu um otário. Era coisa de trabalho. Nada mais.

— Ah, isso explica tudo, então — ele disse. — Eu não estava entendendo por que eles estavam jantando juntos, só isso. Mas se é trabalho...

— Jantando juntos? — Kate perguntou, surpresa. — Quando?

— Bem... agora — Tom disse. — Estão aqui no Bush Bar and Grill.

— Agora? — A voz de Kate sumiu. — Tom, isso é algum tipo de piada? Alguma tentativa cruel de me irritar? Porque se é, não tem graça nenhuma.

Tom engoliu em seco.

— Não é nenhuma piada, Kate. Juro.

— Bem, tenho certeza de que deve haver alguma explicação — Kate tratou de dizer. — Seja como for, ele a odeia, então, se está aí, é a contragosto. Você está aí agora, imagino?

— Certo.

— Bem, quem sabe eu ligo para ele — Kate disse, parecendo aérea. — Descubro por quê... Bem, obrigada, Tom.

— De nada. Vou continuar aqui mais um pouco, caso você...

— Ótimo! Certo, então. Tchau!

Tom ficou sério e voltou para a mesa.

— Você terminou? — ele perguntou a Lucy, sem desgrudar os olhos de Joe e Penny, como um gavião. — Meio que perdi o apetite.

Kate sorriu para o próprio reflexo no espelho do corredor da melhor forma que pôde, mas o sorriso não durou muito. Havia ligado para Joe. Perguntado com a voz mais doce e relaxada possível se ele estava a caminho. E ele dissera que estava "no meio de uma coisa". Que talvez ele não conseguisse ir até lá aquela noite, no final das contas. Simples assim.

A questão era, ela dissera a si mesma com firmeza, que ainda assim ele podia estar falando a verdade. Ele e Penny trabalharam juntos — não havia razão para que não pudessem discutir algum projeto futuro. O fato era que ele odiava aquela mulher, de forma que não havia qualquer razão para se sentir remotamente preocupada. Tudo bem, Penny era a maior vaca do mundo e puxara o seu tapete, mas Joe não sabia disso. Talvez o comercial tivesse sido muito bem recebido e eles fossem fazer uma sequência.

Kate tornou a sorrir, e dessa vez conseguiu trazer algum brilho aos olhos. Iria até o Bush Bar and Grill, decidiu. Supostamente ela não sabia que Joe estava lá, de forma que ele não podia acusá-la de segui-lo. E, quando Joe a visse, sem dúvida ficaria aliviado de conseguir se livrar de Penny. Kate pensaria em algum comentário sarcástico para fazer para a sua arqui-inimiga, e então ela e Joe iriam embora. E com sorte Tom ainda estaria lá para testemunhar tudo. Depois da outra noite, Tom era a última pessoa que Kate queria que ficasse com pena dela.

Apanhando um casaco e começando a pensar num insulto viperino que pudesse atingir Penny, ela pegou as chaves e saiu.

Era uma noite quente, com um leve chuvisco — não a ponto de justificar um guarda-chuva, mas úmida o suficiente para sabotar qualquer tentativa de se manter um cabelo impecavelmente liso. Adeus, penteado, ela pensou, mal-humorada. Elizabeth Stallwood sem dúvida alguma teria usado uma echarpe sobre a cabeça, mas era preciso saber quando parar.

Ela chegou ao Bush Bar and Grill em menos de cinco minutos e ficou parada junto à porta de entrada por pelo menos mais cinco, tentando acalmar o coração, que estava a toda com a adrenalina. Eram só Penny e Joe, dizia a si mesma o tempo todo. O namorado dela e uma ex-celebridade decadente que decerto estava desesperadamente tentando seduzir Joe, enquanto ele com toda a certeza estava achando tudo muito ridículo. Os dois ririam daquilo mais tarde, e ela se perguntaria por que tinha ficado tão preocupada.

Não que estivesse preocupada. Não estava nem um pouco preocupada.

Jogando os cabelos para trás, deu um jeito de sorrir e caminhou pela pequena passarela que levava da Goldhawk Road ao Bush Bar and Grill e então entrou no restaurante.

Estava quente e cheio de fumaça lá dentro. Ela tirou o casaco, então foi até o bar. O truque era parecer casual, disse a si mesma, virando-se sub-repticiamente para inspecionar a sala. Não havia nem sinal de Tom em nenhum lugar, ela percebeu. E tampouco nenhum sinal de Joe e Penny...

Então ela ficou imóvel. Lá estavam eles. Sentados a uma pequena mesa à esquerda.

Voltou a se virar, rápido, com o coração aos pulos. Então pediu um drinque, pegou o copo, respirou fundo e se dirigiu para lá.

— Querido! — disse, a poucos passos da mesa deles. Nem Joe nem Penny a perceberam, e ela pigarreou. — Joe! — exclamou ao chegar perto da mesa e, para sua consternação, viu a expressão de choque no rosto de Joe. — Que surpresa!

Então ela olhou para Penny.

— Penny, que *simpático* de sua parte cuidar do Joe para mim — ela sorriu, confiante, esperando que Joe dissesse ou fizesse algo. Que lhe arranjasse uma cadeira, que dissesse que ele e Penny estavam só terminando uma conversa sobre assuntos de trabalho, que se levantasse e a beijasse e deixasse perfeitamente claro para Penny e para todos os demais que eles eram loucos um pelo outro.

Mas, em vez disso, ele apenas a olhou de um modo estranho e disse, numa voz sumida:

— Achei que você estivesse em casa.

Kate engoliu em seco.

— Estava — ela disse da melhor forma que pôde, considerando as circunstâncias —, mas decidi sair para tomar um drinque.

— Sozinha? — Penny perguntou. — Que lamentável.

Kate a fuzilou com o olhar:

— Na verdade, não. Com um amigo. Então, Joe, você vai demorar? Quer dizer, ainda tem muito trabalho para discutir com Penny? — Ela sorriu para a outra. — Quer dizer, não posso imaginar que outro assunto vocês dois teriam para discutir.

— Na verdade nós temos muitos assuntos para discutir — Penny disse, com a voz sedosa. — Aliás, Kate, fiquei muito triste hoje, ao saber que você foi demitida. Que pena.

Kate apoiou a mão na mesa. Suas pernas estavam começando a ficar fracas.

— Bem, pelo menos não precisarei mais trabalhar com você! — disse, com um sorriso glorioso. — Tudo sempre tem um lado bom.

Os olhos de Penny endureceram.

— Joe — ela disse, ainda com voz suave —, talvez seja a hora de você contar a Kate sobre nós dois.

Joe se mexeu desconfortavelmente na cadeira.

— Joe? — Kate perguntou, com o cenho franzido. — Do que Penny está falando? Vocês estão fazendo algum outro trabalho juntos ou algo assim?

Penny riu.

— Trabalho? Ah, querida, você é mesmo muito ingênua, não?

Kate olhou para Joe e engoliu em seco mais uma vez.

— Joe? — disse, com uma voz suplicante.

Ele suspirou.

— Nossa, Kate. Me desculpe. Eu... — Ele olhou para Penny, então se levantou para olhar Kate nos olhos. — Nós... Penny e eu... nós...

— Nós estamos juntos — Penny disse, fria como gelo. — Joe e eu nos apaixonamos. O pobrezinho estava com receio de lhe contar. De forma que provavelmente é melhor você ir andando agora.

Kate sentiu que suas pernas poderiam entrar em colapso a qualquer momento.

— Mas você odeia ela — Kate disse, quase que num sussurro. — Você disse que ela era arrogante e egoísta e megalomaníaca...

Joe deu de ombros, indefeso.

— Acho que eu estava errado — replicou, olhando para o chão.

— Kate, querida, tenha um pouco de dignidade, sim? — Penny disse com um suspiro. — Você perdeu seu emprego e perdeu seu homem. Talvez devesse começar a questionar suas atitudes, não?

Kate olhou para Penny.

— Sua vaca — disse, numa voz muito baixa. — Você é uma mulher horrível e má.

Penny sorriu, feliz.

— Que tem um emprego e um namorado bem bonito, não acha? Agora, Joe, acho que é hora de irmos embora. Não é mesmo? — Ela se levantou e estalou os dedos para Joe, que relutantemente lhe entregou o casaco.

— Sinto muito mesmo — ele disse para Kate. — Eu ia ligar para você. Contar tudo de outro jeito.

Kate não disse nada. Simplesmente ficou vendo Penny enganchar o braço no de Joe e começar a caminhar na direção da entrada.

Só quando chegaram lá é que ela saiu atrás deles.

— Mas você não pode... — ela gritou ao chegar à porta e ver Penny e Joe descendo a pequena passarela em direção à rua. — Joe, nós temos uma química. Você disse que eu era especial...

Enquanto falava, foi cegada por um espocar de luzes e caiu contra uma parede. Confusa, viu quando Joe pôs os braços ao redor dos ombros de Penny e ambos sorriram beatificamente para as câmeras, como se estivessem num tapete vermelho em algum lugar importante, e não apenas saindo de um bar em Shepherd's Bush.

Kate se permitiu afundar no chão.

Mas, antes que pudesse fazê-lo, alguém apareceu ao seu lado.

— Rápido, vamos dar o fora daqui — uma voz familiar disse. — Segure a minha mão. E repita comigo: os homens são uns canalhas. Todos eles.

22

— Tudo bem, você pode falar — Kate disse, infeliz.

— Falar o quê?

Estavam no sofá dela, Kate segurando uma almofada defensivamente contra o peito, sentada em cima das pernas dobradas, e Tom ao seu lado, com as pernas esticadas em cima da mesa de centro.

— Que você estava certo. Que sou uma idiota e uma romântica incorrigível e que você sabia que tudo ia acabar em lágrimas.

— Você não é idiota. Joe é um idiota.

Kate concordou:

— Penny — ela disse, num tom de voz pensativo. — Quer dizer, de todas as pessoas do mundo, por que ela?

— Deve ter sido vodu — Tom disse. — Não posso pensar em nenhuma outra razão para alguém sequer pensar em dormir com ela.

— Você acha que ele dormiu com ela? — Kate perguntou, levando a mão à boca. — Ai, meu Deus. Que horrível.

— Não, não — Tom disse, apaziguador. — Eu não quis dizer que...

— Mas ele vai, não é mesmo? Ele vai para a cama com ela e vai beijá-la e...

Lágrimas começaram a jorrar dos olhos de Kate e ela tratou de limpá-las imediatamente.

— Ele era o meu homem perfeito — sussurrou. — Estava tudo indo tão bem.

— Seu homem perfeito é alguém que sequer teve a cortesia de romper com você antes de fugir com Penny Pennington?

Kate deu de ombros:

— Ela o forçou. A questão é, me prometeram amor, e aí Joe apareceu, e agora ele está lá com aquela... aquela vadia.

Tom ergueu as sobrancelhas.

— Prometeram amor? Como assim? — ele perguntou. — Olhe, todos nós achamos que merecemos todo o tipo de coisa, mas não há garantias nessa vida...

— Há, sim! — Kate disse, indignada. — Encontre o amor ou receba seu dinheiro de volta. E agora acho que nem mesmo posso pedir o meu dinheiro de volta, pois *encontrei* o amor.

— Você tem uma garantia que lhe dá o dinheiro de volta? — Tom perguntou, estupefato.

Kate ficou um pouco pálida mas admitiu.

— É um livro que comprei. *Manual para românticas incorrigíveis*. Dizia, no eBay, que eu encontraria o amor.

Os olhos de Tom se arregalaram.

— Você está lendo um livro chamado *Manual para românticas incorrigíveis*? Você não acha que já é incorrigível o suficiente sem apelar para conselhos especializados? E não acredite em tudo o que você lê no eBay, também. Pobre Kate. Não é de estranhar que você fique abalada com tudo.

— Não fico abalada com tudo. Fico abalada por vadias manipuladoras como Penny — Kate disse, furiosa. — Meu Deus, como eu odeio aquela mulher. Odeio muito.

— Não faz sentido — Tom disse. — Você a odeia e ela sequer vai ficar sabendo disso. E isso vai fazer mal para você, vai deixar você furiosa e você vai culpá-la ainda mais, mas não faz sentido, pois ela mal vai se dar conta de que você existe.

Kate franziu o cenho.

— Será que ainda estamos falando na Penny? Pois garanto que ela sabe que eu existo.

Tom sorriu.

— Desculpe. Tem razão. Ela sabe — ele suspirou. — É que há anos ouço que deixar a raiva ir embora é a melhor coisa que se pode fazer.

Kate concordou, lembrando-se da mágoa na voz de Tom na primeira vez que ele contou que a mãe havia ido embora. Ele falara de modo casual, voltando da escola, um dia; falou *en passant*, como se fosse algo normal, como se, se ele não atribuísse ao fato importância, aquilo fosse deixar de importar. Mas será que era mesmo possível deixar a raiva ir embora quando se tratava de uma traição desse tipo?, Kate se perguntou. Ela achava que não seria capaz de tanto.

Kate estudou-o em silêncio.

— É por isso que você não acredita em finais felizes? — perguntou, com uma voz fraca.

Tom franziu o cenho.

— Acredito — ele disse, enfático — que esse assunto está encerrado. Também acredito nos poderes de cura de Billie Holiday, uísque e dança. O que me diz?

Kate não conseguiu fazer outra coisa senão sorrir.

— Espera realmente que eu dance com você? Perdi o namorado, o emprego e fui atropelada por uma vaca loira e você quer que eu dance?

— Sou médico — Tom disse. — As pessoas sempre fazem o que eu digo. Então vamos lá, fique em pé. — Ele pegou a mão de Kate, jogou longe a almofada que ela estava segurando e puxou-a até ficar em pé. Então pôs um CD no aparelho de som, pegou a mão de Kate mais uma vez e, quando a música começou, começou a cantar. Mal.

— *Stormy weather* — ele dublou.

— *'Cause my man and me ain't together* — Kate juntou-se a ele.

— *Keeps raining all the time...*

Tom sorriu e puxou-a para perto de si.

— Viu como funciona? Está se sentindo melhor, não é mesmo? — ele perguntou. — Billie compreende a sua dor, e a põe para fora. Ela faz milagres, na verdade.

À medida que eles davam voltas na sala de estar de Kate, ela sorria, um tanto nervosa. Havia dançado com Tom várias vezes antes — havia inclusive cantado músicas de Billie Holiday com ele —, mas algo parecia diferente dessa vez. Seus corpos estavam tão juntos um do outro que ela podia sentir o cheiro do pescoço dele, sentir seu coração bater. Ela teve um ímpeto quase irrefreável de puxá-lo para mais perto, de beijá-lo, de...

— Você não tinha falado em uísque? — ela perguntou rapidamente, afastando-se um pouco.

— Sim. — Os olhos de Tom encontraram os dela, e por um segundo Kate ficou aterrorizada com a possibilidade de que ele tivesse percebido no que ela estava pensando, mas então ele sorriu e foi até a cozinha. — Você ainda guarda as bebidas junto com o ketchup?

Kate respirou fundo. Aquilo tudo era uma bobagem. Era só Tom. E quaisquer sentimentos estranhos deviam-se à sua recente mágoa em relação a Joe, nada mais.

Mas quando Tom apareceu de novo na porta, carregando a garrafa de uísque e dois copos, e seus olhos se encontraram pela segunda vez e dessa vez ela não pôde desviar o olhar, ela não teve mais tanta certeza disso. De repente Tom não parecia mais Tom. Parecia um homem incrivelmente atraente que a havia resgatado do chão de paralelepípedos da calçada do Bush Bar and Grill.

Ainda sorrindo de um jeito nervoso, ela afinal conseguiu desgrudar os olhos dos dele e foi se sentar no sofá. Tom serviu um copo e o entregou a ela antes de sentar-se também. O sofá era velho e tinha meio que um buraco no centro, e assim que Tom sentou-se, as pernas de ambos se tocaram. Tom retirou a sua e mudou para outra posição, mas não adiantou: independentemente de como se sentasse, suas pernas acabavam quase que por cima das de Kate. Nenhum dos dois dissera uma palavra desde que ele fora apanhar o uísque, e o clima parecia tenso e pesado.

— Quem sabe... ligamos a tevê? — Kate sugeriu.

— Ah, a televisão — Tom disse, com um sorriso. — O remédio da vida moderna.

— OK, sem tevê, então — ela disse, calma. Tomou um gole do uísque e tossiu quando o líquido queimou a sua garganta.

— Essa é a minha menina — Tom disse. — Quando você terminar esse copo, não vai nem lembrar quem eram Joe e Penny, muito menos por que estava chateada com eles.

Kate sorriu debilmente e tomou outro gole, e mais outro, e mais outros, até esvaziar o copo.

— Que Joe?

— Muito bem! — Tom disse, sorrindo. — E agora, madame, está tarde. Hora de ir para a cama.

A palavra *cama* pareceu pairar no ar por alguns segundos, e Tom se levantou, com Kate atrás de si.

— Não quer ficar mais um pouco? — Kate disse, sem poder evitar.

— Você... quer que eu fique?

Kate fez que sim. E, à medida que ela erguia o olhar, viu Tom olhando para ela com uma expressão indecifrável. Retribuiu o olhar, desafiando-o, e eles ficaram de frente um para o outro por algo que pareceu horas, fitando-se mutuamente, cada um desafiando o outro a desviar o olhar.

E então, de repente, ela sentiu os lábios de Tom sobre os seus. Primeiro, afetuosos, então urgentes, os braços dele ao seu redor, fortes. As mãos dela subiram pelas costas de Tom, até chegar ao pescoço. A sensação era de excitação, emoção, mas também segurança. Como se ela estivesse voltando para casa. Como se tivesse finalmente encontrado o seu lugar.

Então ele se afastou.

— É melhor eu ir embora — a voz dele era áspera. — Agora não é um bom momento.

Kate concordou, sem dizer nada, sabendo que ele estava certo, mas sem querer vê-lo partir.

Ele olhou para ela por um momento, então beijou-a na testa.

— Durma bem — disse. — Ligo para você amanhã.

— Tom? — Kate chamou, enquanto ele se dirigia para a porta.

— O quê?

— Você estava errado — ela disse, com um sorrisinho nos lábios. — Nem todos os homens são canalhas.

— É — Tom concordou, num tom incerto, então sorriu. — É.

23

Sal atendeu o telefone quase que no primeiro toque. Era um reflexo: tudo que acontecesse antes das 10 horas da manhã nos fins de semana era resolvido por ela o mais silenciosamente possível. Ed sobrevivia com apenas seis horas de sono por noite de segunda a sexta mas, sem hibernar nos fins de semana ele simplesmente não funcionava. E na noite anterior ele só chegara bem tarde. Muito tarde. Sal sabia a hora exata que voltara para casa, pois ela havia chegado somente vinte minutos antes. Fora a primeira vez que ela dera graças a Deus que o trabalho de Ed o mantinha na rua com clientes até a madrugada.

E, sob vários aspectos, era culpa de Ed que ela tivesse ficado até tão tarde fora de casa. Se pensasse bastante sobre o assunto, podia até mesmo se convencer de que era tudo culpa dele. Mas sabia que não era.

A verdade era que ela não queria sair para tomar um drinque com Jim. Ou, pelo menos, Sal tinha esperanças de que algo iria surgir e impedi-la de ir. Ligara para Ed no escritório, perguntando o que ele achava de pedirem algo para comer naquela noite, mas ele pediu mil desculpas, disse que pensava ter avisado sobre um compromisso naquela noite, será que podiam fazer isso no sábado? Ela até mesmo perguntara se Ed gostaria que ela fosse junto com ele no compromisso sem graça com o tal cliente, algo que Sal nunca fizera desde a desastrosa ocasião, dois anos antes, quando o chefe de Ed não tirou os olhos do seu decote a noite toda e tentou passar a mão na sua bunda enquanto a ajudava a vestir o casaco, na hora de ir embora. Mas Ed dissera que não — já seria chato o suficiente só para ele, não havia razão para ela passar por aquilo, também. Ele até disse que ela devia sair para encontrar os amigos. Parecia que não andava saindo muito, ultimamente. Quando ela disse que não andava saindo muito *com ele* ultimamente, Ed disse para ela largar do seu pé: ele estava ocupado e a última coisa da qual precisava era ela o chateando.

Desta maneira, ela aceitou o convite de Jim. Dizendo a si mesma que ele era apenas um amigo. Que não havia nada remotamente impróprio em sair para tomar um drinque com um homem solteiro depois do trabalho, sem contar isso para ninguém, e sem ir a um bar perto do trabalho, onde algum conhecido poderia vê-los. Agora, visto sob perspectiva, parecia tudo muito claro.

Meio vulgar, até. Era praticamente ter uma placa na testa dizendo CASADA INFELIZ E TOTALMENTE DISPONÍVEL.

Provavelmente era assim que Jim a via.

Mas será que ela era mesmo? Será que era, de fato, uma casada infeliz?

Simplesmente não sabia mais nada. O que constituía um casamento feliz, afinal de contas? Tinha mais ou menos certeza de que ela e Ed gostavam um do outro. Que ainda curtiam a companhia um do outro. Mas será que era suficiente? Ed nunca a olhara nos olhos e dissera que ela era especial. Metade do tempo ele sequer parecia perceber que ela estava por ali. Ele voltava para casa, se enterrava em mais trabalho, resmungava com ela e passava horas furtivamente escrevendo e-mails no seu BlackBerry como se qualquer pessoa que estivesse do outro lado fosse mais importante e interessante do que ela. Talvez fosse. Talvez a pessoa do outro lado do e-mail fosse especial.

De forma que saíra com Jim. E vestira sua blusa brilhante — era apenas a segunda vez que a usava, sendo que a primeira vez fora naquele desastroso jantar, quando ninguém percebeu nem comentou nada, nem mesmo Ed.

Jim percebeu a blusa imediatamente. Comentou como era bonita, como era bom vê-la com outras roupas que não as de trabalho. Ou de ginástica. Ele sorriu enquanto falava isso, de forma quase sugestiva, mas Sal não estava muito segura de si, então se limitou a sorrir e mudar de assunto. No início ela estava muito nervosa — o mero fato de estar no bar parecia ser o horrível prenúncio de um terrível, doloroso divórcio e uma admissão de fracasso, no que dizia respeito ao seu casamento. Mas, depois de algumas vodcas-tônicas, ela começou a relaxar e, pouco depois, começou a curtir. Jim era um cara interessante — era jornalista, fizera grandes matérias sobre os efeitos colaterais não divulgados de vários remédios ou sobre o impacto danoso do alto custo de medicamentos em todo o mundo. Agora — Jim explicava para ela com olhos mansos —, ele havia pulado para o outro lado porque dinheiro e segurança eram muito melhor, mas podia ser que voltasse a escrever algum dia. Sal contou sobre o doutorado e sobre o quanto gostava da área de regulamentação, porque podia entender os cientistas, uma vez que era uma, mas também gostava do lado puramente business e de marketing das coisas. Jim disse que ela era de longe a melhor pessoa na equipe de regulamentação, e que todos pensavam assim. Ela engoliu o elogio, o rosto afogueando-se pelo pensamento de ser de alguma forma classificada pelas pessoas.

Conversaram sem parar, sem pausas desconfortáveis nem hesitações. Quer dizer, até o final da noite. E, de repente, as coisas ficaram muito esquisitas. Sal disse que ia chamar um táxi. Jim ofereceu-se para dividir o táxi com ela. Seguiu-se uma longa discussão sobre se valia ou não a pena dividirem um táxi, já que ela morava em West Kensington e ele, em Clapham. Por fim, Jim sorriu e colocou-a em um táxi, dizendo que outro já estava vindo, embora Sal pudesse ver perfeitamente que não havia outro táxi e que ele estava apenas sendo gentil porque estava claro que ela ficara desconfortável com a ideia de dividir um táxi, o que dizer de qualquer outra coisa. E então, instantes antes de fechar a porta do táxi, ele se inclinou e beijou-a. Na boca.

Até então, Sal conseguira se enganar, dizendo para si mesma que era apenas um programa de amigos. Que Jim era apenas um colega de trabalho — ora, eles falaram sobre trabalho a maior parte da noite.

Aquele beijo mudou tudo. No caminho para casa, Sal o reviu milhares de vezes — às vezes se imaginava repelindo-o, com horror, e dizendo para Jim que ele havia entendido as coisas errado, que ela era casada e que não estava interessada em nada mais do que pura amizade. Mas, algumas vezes, se imaginava puxando ele para dentro do carro, imaginava os lábios dele sobre os seus, no seu pescoço, ele a abraçando com uma sofreguidão que ela não havia experimentado em anos, sussurrando que ela não podia imaginar o quão sortudo ele era por tê-la conhecido, que ela era a única coisa em que ele conseguia pensar, todos os minutos do dia.

— Alô? — ela sussurrou no telefone, repentinamente aterrorizada pela ideia de que fosse Jim, sem lembrar de que nunca lhe dera o número do seu telefone fixo. Olhou para Ed e viu, para seu alívio, que ele roncava suavemente.

— Sal? É Gareth. Colega de trabalho da Kate. Precisamos ir até a casa dela.

— O quê? Por quê? — O alívio a inundava. Ela estava segura. Não era Jim.

— Você quer a versão completa ou a versão resumida?

Sal olhou para Ed, que podia acordar a qualquer minuto.

— Resumida.

— Ela foi demitida e Joe a largou para ficar com Penny Pennington.

— Você só pode estar brincando!

— Não. Fiquei sabendo pelo Will, um auxiliar do programa, que ficou sabendo pelo Adam, o câmera, que ficou sabendo pela própria Penny. Aparentemente ela está contando para todo mundo. Então, tenho uns chocolates — Gareth continuou —, mas vai ser preciso mais do que isso.

A mente de Sal estava a toda velocidade. Joe e Penny? Será que todo mundo estava tendo casos agora, até mesmo aqueles que afirmavam estar apaixonados?

— Tenho biscoitos — ela acabou por dizer. — E sorvete.

— Talvez seja cedo demais para sorvete.

— Tem razão. Certo, biscoitos e talvez alguma bebida. Onde você está agora?

— Do lado de fora da sua casa.

Sal levantou num pulo, espiou por entre as cortinas do quarto e viu Gareth em pé no meio da rua, o cabelo loiro descolorido brilhando ao sol. Acenou para ele, repentinamente aliviada por ter uma desculpa para sair de casa antes de Ed acordar.

— Me dê cinco minutos.

— Vocês realmente não precisavam ter vindo — Kate disse, sorrindo para o balcão da sua cozinha, repleto de biscoitos, chocolate, leite, pão e mais biscoitos.

— Não seja boba — Gareth disse. — Você é o que se costuma chamar de "amiga em dificuldade". Apesar de que... — ele deu uma boa olhada nela — ...você não está parecendo nem um pouco chateada. Está em negação? Ou enterrou o trauma bem no fundo de você?

Kate fez que não.

— Estou bem, de verdade.

— Ainda não entendo — Sal disse, perplexa. — Joe e Penny? De todas as pessoas possíveis? Ele estava falando mal dela no jantar da semana passada.

— Amor e ódio — Gareth disse, com autoridade, ligando a chaleira elétrica. — São muito próximos, sabe? E provavelmente ele estava protestando demais, sabe, para disfarçar seus reais sentimentos.

Sal fez uma cara séria.

— Talvez tenha sido tudo um engano — sugeriu. — Quer dizer, talvez ele tenha sido levado pelo momento. Acontece, não é mesmo? Não quer dizer que signifique algo...

Kate balançou a cabeça:

— Também não entendo — disse, com um suspiro —, mas não foi engano nenhum. Eu e Joe... bem, acabou-se.

— Gareth tem razão — Sal disse. — Você está em negação ou algo do tipo. Não parece nem um pouco chateada. Há poucos dias estava falando em se casar com esse cara.

— Eu sei — Kate falou, sem conseguir evitar um pequeno sorriso. — Mas, sabe, acho que entendi as coisas errado. Ele não era o cara para mim. É preciso seguir em frente, não é?

Os olhos de Sal se estreitaram.

— Não tão rápido. Você segue em frente após uma semana ouvindo Bette Midler e comendo sorvete. Você não apenas se levanta e diz: "Ah, está tudo bem." Isso não é normal. O que você está escondendo de nós?

Kate ficou vermelha.

— Nada! — disse, defensiva. — Não estou escondendo nada. Eu só... bem, só estou bem, só isso. — Ela aceitou de Gareth uma xícara de chá quente e sentou-se à mesa da cozinha, tentando clarear a própria mente. Estava chateada por Joe e Penny. Claro que estava. Mas tudo aquilo parecia muito distante. Fora antes de Tom beijá-la.

E agora não fazia ideia do que pensar a respeito de nada.

— Ela enlouqueceu — Gareth anunciou. — Foi demais para a pobrezinha.

— Acho que você tem razão — Sal disse, sem ter certeza. — Então, Kate, pensou alguma coisa quanto ao emprego? O que está pensando em fazer?

Kate franziu as sobrancelhas.

— Não sei. Verei alguma coisa.

— Tenho o número de algumas produtoras — Gareth disse, tirando um pedaço de papel da calça. — Quer que eu ligue para elas? Posso ser o seu staff. Você precisa ter staff para ser levada a sério.

Kate levantou uma sobrancelha.

— Você acha que se eu tivesse um staff ele seria feito de gente como você? — ela perguntou, sorrindo.

Gareth deu de ombros.

— Faça como quiser.

O telefone tocou e todos se olharam.

— E se for o Joe? — Gareth perguntou, um tanto entusiasmado.

Kate franziu o cenho mais uma vez. E se fosse Tom?

— Eu atendo — Sal disse, já com as mãos no telefone. — Alô? É a casa de Kate Hetherington. — Passou o telefone para Kate. — É uma tal de Heather.

Kate estranhou.

— Não conheço nenhuma Heather. — Suspirou e apanhou o telefone. — É a Kate — disse. — Em que posso ajudá-la?

— Kate! Oi! Aqui quem fala é Heather. Heather da revista *Hot Gossip*. Eu só queria dizer que toda essa confusão com a Penny e o Joe deve ter sido um choque para você. Como está se sentindo hoje?

Kate olhou atônita para o telefone.

— Desculpe, mas conheço você? — perguntou, ligeiramente perturbada.

— Fiquei sabendo ontem à noite. Nosso fotógrafo tirou uma foto sua, estatelada no chão. Horrível, e fiquei com tanta pena, que só queria saber o que você está pensando, sério. Sabe? Em relação a Joe e Penny. Há quanto tempo vocês estavam juntos? Você chegou a ir a Los Angeles alguma vez? Quer dizer, estava pensando em se mudar para Los Angeles com ele? Ele acabou com os seus sonhos?

— Eu... eu... preciso desligar agora — Kate disse, colocando o telefone no gancho.

Sal levantou uma sobrancelha e Gareth olhou para ela, cheio de expectativa.

— Telemarketing? — Sal perguntou, tentando ser simpática. — Ligam o tempo todo. Se não é propaganda de vidros duplos para as janelas, são cartões de crédito ou seguro contra acidentes. Será possível que alguém realmente compre algo pelo telefone?

— Era da revista *Hot Gossip* — Kate disse, ainda coordenando as ideias. — Queriam saber se Joe havia acabado com meus sonhos de me mudar para Los Angeles.

— *Hot Gossip?* — Sal repetiu, incrédula, com os olhos quase saltando das órbitas. — Por quê? Quer dizer, é mesmo?

— Mesmo — Kate disse. — Ela... ela disse que têm uma fotografia de mim estatelada no chão do lado de fora do Bush Bar and Grill.

— Estatelada no chão? Oh, meu Deus. Que dramático. Penny empurrou você? Você se machucou?

Kate olhou para Gareth com uma expressão severa.

— Eu só estava furiosa. Ninguém empurrou ninguém. Não achei que fossem *me* fotografar.

— Por que estavam fotografando alguém? — Sal perguntou, confusa.

Gareth revirou os olhos para ela.

— Publicidade. Ora, Sal. Penny chamaria os paparazzi para fotografá-la saindo do banho, se eles se interessassem. — Então ele sorriu. — Dê uma entrevista — disse, com os olhos brilhando. — Algo tipo Princesa Diana na *Panorama* e conte ao mundo quem é aquela vaca da Penny Pennington.

Kate balançou a cabeça:

— De jeito nenhum. De jeito nenhum vou dar uma entrevista. Não consigo pensar em nada pior do que aparecer numa dessas revistas.

Gareth mordeu o lábio.

— Então você não está a fim de aparecer nos tabloides?

— Claro que não — Kate fez uma cara feia. — Por quê?

— É que... eu só ia lhe mostrar isso quando, sabe?, você estivesse melhor... — Gareth disse, meio atrapalhado.

Lentamente ele puxou um exemplar de *Notícias do mundo*.

— Vi quando fui comprar chocolates — ele explicou. Abriu o periódico na página 63 e estremeceu ao virá-lo para mostrar para Kate e Sal.

Ali, numa coluna de fofocas, estava uma foto levemente desfocada de Penny e Joe com uma pequena porém nítida imagem de Kate ao fundo, sentada do lado de fora do Bush Bar and Grill, segurando a cabeça com as mãos. A legenda dizia: "Dramas diurnos: Penny Pennington, a estrela de *Futuro: perfeito*, encontrou um novo amor, o ator Joe Rogers. Nossos espiões nos informam que nem tudo são rosas no set de *Futuro: perfeito*, sobretudo para Kate Hetherington, decoradora, que era, até há pouco, namorada de Joe. Aparentemente, as coisas estão mais para *Futuro: imperfeito* para Kate. Mas o novo casal está perfeitamente feliz com a ideia!"

Kate olhou para a foto e agarrou o jornal, levando-o para longe de Gareth.

— Ai, meu Deus.

— Eu sei! — Gareth disse. — Eles ainda não sabem que você foi demitida. Não se fazem mais jornalistas como antigamente...

Penny mostrou o jornal, triunfante, para Joe, então apanhou o telefone.

— Magda? Sou eu. Viu o *Notícias do mundo*?...Sim, eu sei!... Não poderia ser melhor. Escute, tenho que desligar, só queria saber se você tinha visto... Oh, e espero que você não se importe, mas não vou trabalhar na segunda-feira... Não, umas coisas importantes de marketing... Sim, sim, vou fazer isso, não se preocupe. Tchaaau.

Ela mandou um beijo para Joe e discou outro número.

— Sou eu. O que temos? Sei. Oba. Não, não quero fazê-lo aqui, você vai ter de me conseguir outro apartamento. Algo decorado por um designer. É. Ah, é mesmo? Ah, acho que sim... — Ela se virou para Joe. — Você esquia?

Ele fez uma cara de quem não estava entendendo a pergunta e balançou a cabeça negativamente.

— Certo — Penny disse. — Esquiar não é problema. Ótimo! Tudo bem, então, mantenha-me informada. — Ela desligou o telefone e se virou para Joe, exultante.

— A *OK!* vai fazer uma entrevista conosco no nosso adorável novo lar — ela disse, lambendo os beiços. — Então precisamos encontrar uma suíte de hotel que pareça glamourosa o suficiente. E a *Tittle Tattle* vai nos levar para Verbier para a edição especial sobre feriados de celebridades. A revista *Hot Gossip* vai publicar as fotos de ontem à noite e a matéria. Você e eu, Sr. Rogers, somos pão quente!

Joe olhou para ela, incrédulo. Aquela mulher era incrível. Em menos de 24 horas ele deixara de ser um ninguém para se tornar metade de um casal de celebridades. Seu agente já lhe ligara para parabenizá-lo, dizendo que estava preparando mais alguns testes para a próxima semana. Tudo o que precisava fazer era beijar Penny na frente de umas câmeras e dizer a alguns jornalistas que estava apaixonado. Ah, e então, quando chegassem em casa ele tinha que... Na verdade não estava muito a fim de pensar no que fizera no apartamento de Penny. Afinal, só precisava fazê-lo até se tornar um pouco conhecido. Então nunca mais precisaria ver o corpo esquálido de Penny de novo.

E, nesse meio-tempo, Penny dissera que ele podia ficar ali. No seu apartamento de Chelsea. Cara, ele tirara a sorte grande dessa vez. Estava indo para algum lugar. Estava para se tornar *alguém*.

— Tudo bem, só uma pergunta — ele disse, com firmeza.

Penny sorriu.

— O quê?

— Onde fica Verbier?

24

Na segunda-feira, Kate acordou às sete e meia, com um sentimento estranho na boca do estômago. Não tinha um emprego para o qual precisasse ir. Ninguém a estava esperando em lugar nenhum. E Tom ainda não havia ligado.

Havia relutantemente ido para a cama à meia-noite na noite anterior, convencida de que, assim que sua cabeça pousasse sobre o travesseiro, o telefone começaria a tocar e ele pediria desculpas por estar tão ocupado, e perguntaria se poderia ir até lá...

E enquanto esperava, ela tentava imaginar a vida tendo Tom como namorado, tentava imaginar passeios de mãos dadas com ele, piqueniques em tardes ensolaradas de verão, ir a Paris pelo Eurostar, flutuar por Veneza em gôndolas. Era impossível. Ela podia combinar essas imagens com o Tom da outra noite, sem problemas; o Tom que ela havia beijado, o Tom que lhe provocava arrepios na coluna cada vez que pensava nele. Mas assim que essas imagens estavam salvas na sua mente, o Tom que ela conhecia muito melhor — o Tom cínico, sarcástico, melhor amigo — surgia e sabotava aquelas imagens, fazendo comentários bestas e fazendo pouco das suas pequenas fantasias. O Tom cínico seria incapaz de passear por Veneza em uma gôndola sem cair na risada, pensou. O Tom sarcástico sequer acreditava no amor.

Ela acabara por cair no sono, como um gato, com um ouvido alerta, esperando para entrar em ação caso o telefone tocasse, ou a campainha. Chegara a sonhar que ele aparecia lá no meio da noite. Ela ia abrir a porta da frente e o encontrava do lado de fora, vestindo um chapéu abaixado sobre os olhos, como o de Alec em *Breve encontro*. Estaria chovendo muito, e ele a puxaria para si, beijando-a com firmeza na boca, enquanto gotículas de chuva se precipitavam do chapéu dele para sobre a pele dela, e em seguida eles estariam em um carro, indo para o interior, sem nenhuma preocupação.

E então ela acordou, e ele não estava lá, e não havia nenhuma mensagem na secretária eletrônica. O que era... decepcionante. Mas haveria uma boa razão para tanto, tinha certeza. Fosse como fosse, ela estava bem. Fora só um beijo, afinal. E era apenas o velho Tom.

Às 7h40 Gareth ligou para saber se ela queria que ele enviasse algum recado para Magda ou para Penny, ou que contasse alguma história sobre um maravilhoso novo emprego que ele poderia inventar, mas, para sua evidente decepção, ela declinou da sua gentil oferta.

— Tem certeza? — ele perguntou. — Quer dizer, não quer que Penny pense que ganhou, quer? Posso apenas dizer que você está de férias nas ilhas Seychelles, ou algo do gênero?

Kate sorriu mas permaneceu firme.

— Não diga nada — ordenou.

— Não posso acreditar que você não vai estar lá — Gareth gemeu. — Não vou ter ninguém com quem brincar. Ninguém com quem fofocar, nada.

— Eu sei. Também estou um pouco triste por isso — Kate disse. — Mas, por outro lado, penso em vários aspectos sob os quais tudo isso pode ser positivo. Sabe, como um catalisador.

— OK — Gareth disse. — Hum... catalisador. Isso tem a ver com carros, não?

Kate sorriu.

— Não exatamente. Acho que talvez estivesse na hora de eu sair de *Futuro: perfeito*, sabe? Quer dizer, há outras produtoras, não é?

— Claro que sim. Mas vou sentir falta de você. E quanto àquela Penny... Vou simplesmente ignorá-la, decidi. Mostrar que ela não pode sair por aí prejudicando as pessoas sem sofrer as consequências.

Kate sorriu.

— Penny tem filmagem hoje, não é? — ela perguntou, com más intenções. — Na casa de Sarah Jones? Acho que ela vai ter trabalho suficiente com a finalização das pinturas e da decoração sem ter de se preocupar com o que eu estou fazendo.

— Mas Phil vai fazer isso, não?

— Phil trabalha para mim, então ele não vai aparecer hoje — Kate sorriu para si mesma. — Mas tenho certeza de que Penny vai dar um jeito. Quer dizer, ela está sempre falando o quanto entende de decoração.

— Você é uma safadinha, hein? — Gareth disse, às gargalhadas. — Talvez o dia de hoje não vá ser um total e absoluto fracasso, no final das contas.

Às 8h15 Kate já havia tomado seu café da manhã, bebido duas xícaras de chá, lido todos os spams que recebera naquela manhã — além de alguns folhetos sobre vidros duplos que foram enviados no fim de semana — e enchido a máquina de lavar louça. Também havia ligado para Phil, que estava reformando uma cozinha para a cunhada — algo que ela vinha lhe pedindo há meses —; saber que a cunhada pararia de aporrinhá-lo, ele disse a Kate, fazia a vida parecer um milhão de vezes melhor.

Às 8h45, ela ligou do telefone fixo para o próprio celular, e do celular para o telefone fixo, para se certificar de que ambos estavam funcionando.

Às nove em ponto, após discar o telefone de Tom cinco vezes, tendo, a cada vez, se forçado a desligar antes mesmo de que começasse a tocar, ela acessou a internet e procurou o número de cinco produtoras para as quais ligar.

E às nove e meia descobriu que a Footprint não era a única a ter, nas segundas-feiras, uma reunião que mantinha todos os executivos ocupados por no mínimo duas horas.

Ainda assim, disse a si mesma, Kate tinha o dia inteiro. Não havia pressa.

Tinha todo o tempo do mundo.

Em um escritório no outro lado de Londres, Sal estava sentada, olhando para a tela do seu computador.

Mal dormira na noite anterior. Como alguém poderia dormir ao se dar conta de que o marido estava mentindo? Que seu casamento estava nos estertores finais?

E o que traíra Ed fora uma coisa tão, tão pequena. O engano mais velho do mundo. Ed estivera jogando golfe com clientes, conforme fazia muitas vezes no fim de semana. Inevitável, era o que ele sempre dizia — se não jogasse, não seria indicado nas escolhas trimestrais de analistas, o que significaria que não ganharia nenhum bônus, o que significaria que não teriam dinheiro para pagar o financiamento da casa. Fazia aquilo pelo futuro deles, era o que Ed dissera repetidas vezes, até que ela acreditou, até que ela aceitou aquilo como um fato.

Até que Sal havia decidido limpar o carro. Não sabia por quê — talvez fosse seu subconsciente a manipulando, ou talvez fosse apenas o sol do início da primavera que a fazia querer ver tudo limpo e renovado. Levara o carro até um lava a jato, e perguntaram se queria que fizessem uma limpeza por dentro também, e ela pensando sobre a questão alguns segundos, disse que sim, por que não? E perguntaram se havia alguma coisa no porta-malas, e ela dissera que achava que não, mas o abrira para confirmar de qualquer forma, e lá estavam os tacos de golfe. O único conjunto que Ed tinha. O conjunto que haviam colocado no carro dela meses antes, quando precisaram encher o carro de Ed com presentes de Natal, antes de irem para a casa da família, para as festas.

Todo esse tempo ele estivera ausente nos fins de semana para jogar golfe — sem os tacos de golfe.

Ela não disse nada. Não teve coragem. Domingo às 23 horas não era, ela achava, o momento certo para confrontações. E, de todo modo, precisava pensar. Precisava de tempo para absorver a terrível verdade. Precisava se acalmar para poder confrontá-lo sem começar a chorar, sem se jogar no chão nem chorar por sua vida ter terminado.

— Ed é meu marido.

Disse as palavras em voz alta como que para se lembrar ou para verificar se a afirmação ainda tinha algum verniz de verdade, se ainda carregava alguma dose de segurança ou emoção.

Ainda lembrava a primeira vez que dissera as palavras *meu marido*. Fora no carro, bem na frente de casa logo após o casamento — estavam fazendo uma parada rápida no apartamento dos dois para trocar de roupa e pegar as malas antes de correrem para o aeroporto. Ela havia dito: "Meu marido vai pegar as malas." Não tinha havido necessidade de dizê-lo; o motorista não perguntara nada sobre as malas e tampouco parecera interessado neles, mas ela o dissera de todo modo, porque queria sentir a forma das palavras na sua boca, queria ver como elas soavam na sua voz.

Meu marido.

Meu marido, Ed.

Você conheceu o meu marido?

Ah, eu estava dizendo para o meu marido um dia desses...

Durante pelo menos um ano ela conseguira manipular toda e qualquer conversa de modo a poder falar no seu marido. Por um pouco mais tempo do que isso, fez as unhas todas as semanas porque queria chamar atenção para as próprias mãos, para a mão esquerda, para a aliança de casamento. Simbolizava algo fundamental: ela era casada, não estava mais procurando alguém, estava segura.

Engraçado, pensou, ao olhar para a aliança agora, que ela a considerasse quase como um escudo. No final das contas, a verdade era que o casamento não protegia ninguém. Apenas desviava a atenção da pessoa durante algum tempo. Dava uma ilusão de segurança de modo que não se percebesse a insatisfação se insinuando sub-repticiamente e ganhando terreno de forma lenta mas certeira, até que essa insatisfação estivesse andando lado a lado com a pessoa e que fosse tarde demais para se desvencilhar dela.

Até que o seu marido mentisse para você e você recebesse mensagens de texto inapropriadas enviadas por colegas de trabalho do sexo masculino.

Ker bbr amanha? bj

Sal se virou e examinou mais uma vez a mensagem. Jim sem querer tropeçara na questão central, ela se deu conta. Ela estava livre?

Havia pensado que não. Mas agora já não tinha tanta certeza. Talvez Ed ficasse aliviado se descobrisse que ela dera um beijo em Jim. Talvez ele percebesse aquilo como uma espécie de libertação. Ed sugeriria que dessem um tempo. Graças a Deus eles não tinham filhos com os quais se preocupar. Podiam vender a casa, dividir o dinheiro da venda...

Sal ficou pálida com a ideia. Já ouvira pessoas falando sobre divórcio, claro, mas tratava-se de algo que nunca aconteceria com ela. Ela e Ed... se amavam. Mesmo. Ficavam bem juntos.

Sal engoliu em seco ferozmente, fechou os olhos e de algum modo fez as lágrimas que ameaçavam jorrar de seus olhos voltarem para o lugar de onde haviam saído. Como Ed ousara colocá-la em tal situação? Como a vida ousava conspirar para torná-la desprotegida e sem controle da situação? Não era justo. Não era certo.

A verdade era que ela não tinha mais ninguém, e só agora se dava conta disso.

Sal se pegou sorrindo de uma maneira triste. Planejara a vida meticulosamente para nunca precisar se encontrar nessas condições. Havia sido muito cuidadosa ao organizar seus relacionamentos amorosos, suas amizades, sua casa e sua carreira profissional em compartimentos limpos e organizados, de modo a ter absoluta certeza de que ela não tinha pontos fracos, nenhum vão ou rachadura por onde as destruidoras águas do desespero pudessem abrir caminho. Sabia o que acontecia quando você se deixava à mercê do acaso — quando você de repente se vê grávida, e sozinha, e incapaz de dar conta do problema. Sua mãe não conseguira tomar as rédeas da vida que escolhera para si, e inúmeras vezes não aparecera para buscar Sal em festas porque ficara acovardada ou perdera a hora, pois os comprimidos que tomava para manter-se no prumo às vezes a deixavam esquecida ou sonolenta, ou ambos. A mãe de Sal afundara gradualmente em uma depressão medonha, que a tornara tão egoísta e autocentrada a ponto de às vezes parecer não lembrar quem

Sal era. Não comparecera à formatura de Sal em Oxford. Perguntara uma vez como estava indo a faculdade quando ela já estava cursando o doutorado havia um ano. E se matara dois dias antes do 25º aniversário da filha. Sequer deixara um bilhete.

Sal sentia falta da mãe. Sentia falta da mãe dos bons e velhos tempos, a mãe que fazia tranças no seu cabelo quando ela tinha 5 anos e que lhe cantava músicas e lia histórias sobre dragões e princesas. Sentia falta da mãe que sempre queria ouvir sobre como fora o dia, que deixaria tudo de lado para poder se concentrar inteiramente em Sal, com os olhos brilhando enquanto Sal lhe contava sobre as aulas, suas aventuras, seus amigos e seus arqui-inimigos.

E agora ela sentia falta de Ed. Tanta falta que doía. Sentia falta dele como Adão e Eva decerto sentiram falta do paraíso, pois, dava-se conta agora, era assim que parecera ser o centro do mundo de Ed, vê-lo sorrir e brincar com ela e desejá-la e fazer com que se sentisse humana novamente, e não a máquina que todo mundo achava que ela era. Ele era o único que identificara a armadura de Sal, que conseguira entrar e amar o que encontrara lá dentro, fazendo-a se sentir mais feliz do que sequer imaginava possível.

Desanimada, Sal apanhou um lenço de papel e suspirou fundo. Superaria aquilo, disse consigo mesma. Encontraria uma maneira de fazer as coisas voltarem ao normal. Seguraria a onda e estamparia um sorriso no rosto, e ela e Ed superariam as dificuldades juntos. Sal não entrava em desespero ou depressão. *Se recusaria* a entrar.

De qualquer forma, seu humor atual era muito provavelmente hormonal, disse para si mesma. Em poucos dias, ficaria menstruada e então conseguiria lidar melhor com a situação. Com certeza se perguntaria por que se permitira ser levada em direção à autopiedade por uma série de hormônios que, a essa altura, já deveria ser capaz de controlar.

Abrindo a caixa de entrada de seus e-mails, clicou no calendário. No mês passado a menstruação descera uma hora antes daquela apresentação terrível, o que significaria que a próxima menstruação seria...

Subitamente ficou séria. Não podia estar certo.

Recontou os dias, rápido: 42. Não era possível. Ninguém tinha um ciclo de 42 dias. A menos que...

Com os olhos arregalados, fitou a própria barriga. Não era possível. Tinha que estar errado. Não podia estar grávida logo agora — e não sem querer, não quando o seu marido estava tendo um caso e ela, à beira de outro. Simplesmente não podia ser verdade.

Então a ficha caiu. Passara toda a vida gerenciando as mínimas coisas para evitar acabar como a mãe, grávida e sozinha, mas mesmo assim a história se repetia. Seu pior pesadelo havia se organizado tão cuidadosamente além dos limites da possibilidade que ela não percebeu quando ele se aproximou e lhe mordeu a bunda.

Tom olhou preocupado para a Sra. Sandler. Ela ainda estava perdendo peso. Não conseguia comer, teriam de colocar o soro novamente.

— A senhora entende, Sra. Sandler — ele disse —, que, se não comer, vai ficar mais tempo aqui? Quer dizer, sei que a comida daqui é péssima, mas quanto mais conseguir comer, mais cedo vai poder comer comida que não a faça pensar em vomitar. Como um círculo virtuoso...

— Pode me chamar de Rose, por favor, doutor. Eu tento, sabe? — a Sra. Sandler disse com um sorriso fraco. — Mas simplesmente não consigo manter a comida no estômago.

Tom fez uma careta.

— Não entendo por que não — ele disse, balançando a cabeça. — A essa altura a senhora já devia estar em condições de tolerar comida.

Rose sorriu um sorriso passivo.

— São meus nervos, doutor — disse. — Nunca consigo comer quando estou nervosa. Meu Pat está sempre me pressionando para que eu coma mais. Ele é mais para fofinho, sabe? Não entende como fiquei assim tão magra.

— E ele tem razão — Tom disse. — Então vamos ver, o que podemos fazer? Que tal se eu for comprar uma sopa fresquinha no supermercado do outro lado da rua? E um pão fresco. Nós os esconderemos das enfermeiras, ignoraremos toda e qualquer regulamentação de saúde e segurança, e faremos um banquete. O que me diz?

— O senhor é muito gentil, doutor. Mas a comida do hospital é boa. De verdade. Meu filho vem me visitar hoje. Tenho certeza de que vou me sentir melhor ao vê-lo.

Tom a fitou por alguns segundos.

— Que bom. Ótimo.

— Ele é um garoto tão bom, doutor. Diz que quer ser médico, quando crescer. Alguns dias atrás ele me disse que está se esforçando com o conteúdo de ciências...

— Isso é uma ótima notícia — Tom interrompeu. Ele não queria saber sobre o filho dela. Informações pessoais levavam a envolvimento pessoal. — Mas a sua alimentação, Rose... podemos nos concentrar nisso?

— Essa semana tem o show da escola. Ele fica me perguntando se eu vou — Rose continuava, tristemente. — Eu disse que sim, mas parece que não, não é, doutor?

Tom suspirou. Por que todos sempre queriam envolvê-lo nas suas vidas? Por que achavam que peças teatrais de escola e filhos que queriam ser médicos tinham algo a ver com ele?

— Se você não comer, Rose, como pode melhorar? — perguntou, direto.

— O menino só tem 7 anos, doutor, é isso. Sete anos é muito novo para se perder a mãe, não?

Tom olhou para ela e sentiu um nó na garganta.

— Rose, ninguém vai perder ninguém — disse. — Você vai comer, então vai fazer outra cirurgia em alguns dias, e aí vai ficar boa. Falei com o seu outro médico, e estamos apenas esperando que você fique um pouco mais forte para marcarmos a cirurgia.

Rose balançou a cabeça, em concordância.

— Mas não deu para tirar tudo na última vez, não é mesmo, doutor?

Tom balançou a cabeça.

— Normalmente deixamos que a químio elimine os traços — ele disse. — É horrível, eu sei, porém menos invasivo. Mas vamos operar de novo. Vamos retirar tudo, Rose.

— Sei que o senhor vai fazer o possível, doutor — Rose disse, com um sorriso tímido. — Mas é um câncer, não um espinho. Sei quais são as minhas chances. E Liam, o meu filho, bem, ele é tão novo, e estive esse tempo todo internada em hospitais, perdendo o cabelo, vomitando... Tenho medo de que essas sejam as únicas lembranças que ele vai ter de mim. Doente. A doença é algo tão egoísta, doutor, esse é o problema. Tira você das pessoas que você ama. E eu gostaria que ele tivesse lembranças mais alegres. O senhor sabe, talvez, se eu pudesse ir ao show da escola, amanhã. Vê-lo tocar violino. Ele tem praticado tanto, sabe?...

Tom suspirou.

— Isso está fora de questão. Você não está em condições de deixar o hospital — ele disse, severo.

Ela mordeu o lábio inferior.

— Não tem garantia alguma, não é? A cirurgia, quero dizer. Pode ser que não funcione.

— Nada nesse mundo tem garantia — Tom disse, em voz baixa. — Exceto...

— O quê, doutor?

Tom enrubesceu um pouco.

— Nada. Desculpe. É um livro que... uma amiga minha comprou. Prometia que ela encontraria o amor, ou então seu dinheiro seria devolvido. Uma bobagem. Esqueça.

— Que sortuda! — Rose disse, com outro sorrisinho. — Funcionou?

Tom parecia desconfortável.

— Não. Bem... não, não funcionou.

— Que pena — Rose disse. — Sim, é uma pena. É tudo o que todo mundo quer, não? Amor, quero dizer. É disso que mais tenho medo. Que, se eu morrer, Pat e Liam se esquecerão do quanto os amo. Amava.

Lágrimas começaram a escorrer pelo seu rosto, e Tom sentiu um aperto na garganta. Seria uma tolice deixá-la ir àquele maldito show na escola. Contra todas as normas.

— Quando é a apresentação? — ele se ouviu perguntar.

Os olhos de Rose se acenderam.

— Às cinco da tarde, amanhã, doutor. Só vai ter uma hora e meia de duração.

— Você vai direto para lá e volta direto para cá. Sem desvios. Sem paradas para ver vizinho nenhum. Vai, vê seu filho e volta.

— Sim, doutor — Rose disse, com os olhos brilhando.

Tom acenou com a cabeça e fez menção de ir embora. Então ele parou e se virou.

— Não vai acontecer nada, Rose — afirmou. — Você vai ficar boa. A cirurgia vai dar certo. E o seu filho... Liam, não é?

Rose fez que sim.

— Ele tem muita sorte de ter uma mãe como você — Tom disse. — Muita sorte mesmo.

Enquanto saía da ala, passou por Lucy.

— Lucy, a Sra. Sandler precisa ir a um show na escola do filho amanhã — disse, no tom mais sério que conseguiu.

— Show na escola do filho?

— É isso mesmo. É às 17 horas, e ela vai ficar fora do hospital por umas duas horas, não mais. Quero que você se certifique de que ela leve anabolizantes com ela e que faça uma refeição decente antes de ir.

— Você vai liberá-la para ir a um show da escola?

Tom arqueou as sobrancelhas.

— É isso mesmo, Lucy.

Lucy sorriu, irônica.

— É aquela mesma Sra. Sandler cujos problemas pessoais você não queria ouvir?

Tom encarou-a, com dureza.

— Você vai providenciar tudo ou não, Lucy?

— Sim, doutor — Lucy disse, sorrindo. — Ah, por que você não voltou, na outra noite? Pensei que só ia comprar uma caixa de leite.

Tom ficou um pouco confuso.

— Trabalho — disse, imediatamente. — Eu... eu me dei conta de que tinha esquecido que tinha uns formulários para preencher. Precisava estar aqui às oito para liberar uns documentos do convênio de um paciente...

— Tudo bem — Lucy não parecia muito convencida da história, mas deu de ombros. — Então, vai fazer algo hoje à noite? Tem mais papelada para preencher, é? Porque me dei conta que nós dois saímos às quatro hoje. E tem um certo alguém com quem eu gostaria de encontrar, de braços dados com você, se não se importa.

Tom hesitou por um instante, então fez que sim com a cabeça:

— O ex-namorado, imagino? — perguntou. — Tudo bem. Não tenho nenhum outro programa, mesmo. Sou todo seu.

25

— Será que você poderia tentar parecer um pouco mais romântico, Joe? Se pudesse olhar para Penny com adoração, seria ótimo... Sim, está melhor. Certo, agora, Penny, você olha na minha direção... Tente parecer um pouco mais meiga, minha querida. Isso, é disso mesmo que precisamos...

O fotógrafo começou a tirar as fotos, e Joe se perguntou se alguém algum dia morrera congelado ao fazer aquilo. Estava em Verbier. No topo de uma montanha. Morrendo de frio. E, além disso, uma coisa estava perturbando a mente: em um determinado momento, ele teria de descer aquela encosta, e a única maneira que aparentemente havia de se fazer isso era com os esquis. Pensar que estavam na chamada trilha vermelha, que Joe descobriu que significava "difícil", e pensar que ele nunca sequer vestira um par de esquis antes não o fazia ansiar muito pela experiência. Na verdade, estava aterrorizado. E queriam que parecesse romântico?

Lá pelas tantas o fotógrafo da *Tittle Tattle* terminou o trabalho, e a repórter, Miranda Ridgeway, juntou-se a eles.

— Então — ela disse, simpática —, essa é a primeira viagem de vocês para uma estação de esqui? Vocês dois gostam de contato com a natureza?

— Na verdade não — Penny disse, irritada. — Achei que você fosse perguntar sobre a minha carreira. O Canal 3 está interessado no programa *Futuro: perfeito*, sabe? O programa está prestes a fazer muito sucesso.

Miranda sorriu, ligeiramente menos simpática.

— Claro — disse. — Mas tenho certeza de que os nossos leitores gostariam de saber um pouco sobre vocês como casal. Então, Joe, quando foi que você se deu conta de que Penny era a mulher da sua vida? Quando foi que você, permita-me dizer, se apaixonou?

Joe olhou pasmo para ela. Porcaria, ele tinha mesmo que responder àquilo?

A verdade era que Penny era um pesadelo completo. Fazia fofoca e falava mal das pessoas do minuto em que acordava até a hora de dormir. Sem a maquiagem, parecia a própria morte — esbarrara com ela no banheiro sem querer e, meu Deus, nunca faria aquilo de novo — e sequer parecia se dar conta da existência de outras pessoas, quanto menos levá-las em consideração. A julgar pelo modo como ela agia, parecia que era o produto mais cobiçado de Los Angeles, concorrendo a todas as categorias do Oscar, e não que apresentava um programete vespertino na televisão britânica. Se Bob, o agente britânico de Joe, não tivesse ficado tão entusiasmado com a ideia de uma divulgação na revista *Tittle Tattle*, ele já teria caído fora. Era o trabalho mais ingrato que já fizera na vida. E tinha que beijá-la o tempo todo para as câmeras. E também longe das câmeras.

— Bem — ele começou, engolindo em seco —, acho que foi quando a vi pela primeira vez.

— Ele me viu no programa — Penny acrescentou, imediatamente — e se apaixonou por mim. Pensou que dou vida à tela e que demonstro muita empatia pelos participantes. Ele é de Los Angeles, então sabe mesmo reconhecer um talento.

Miranda franziu o cenho e tomou algumas notas no bloco.

— E quando você conheceu Penny — continuou —, o que pensou?

Joe teve de se esforçar. Jesus, como estava frio. Não estava mais sentindo os pés.

— Acho que, sabe como é, pensei "uau" — disse, quebrando a cabeça. — Quer dizer, ela é sexy, não é? E engraçada, e inteligente...

Ainda bem que sou um ótimo ator, ele pensou, enquanto falava. Se um diretor de elenco me visse agora...

— Está ótimo, Joe, muito obrigada — Miranda disse, entusiasmada. — E você é ator, é isso?

— Exatamente. Estrelei o seriado *Por você*, muito conhecido nos Estados Unidos. Agora quero construir uma carreira em Londres, sabe? Quero aproveitar as oportunidades que estão surgindo...

Miranda concordou.

— Bem, ótimo. Certo, então, Penny, você viu Joe em *Com você*? Também pensou que Joe dava vida à tela?

— *Por você* — Joe tratou de corrigir. — É *Por você*.

— Ah, é, desculpe — Miranda disse. — Então, Penny?

— Não tenho tempo para assistir televisão — Penny disse com um suspiro profundo. — Sou ocupada demais aparecendo nela.

Miranda pareceu ligeiramente chocada.

— Claro. Ah, tudo bem. Então me conte sobre a primeira vez que você viu Joe. Foi amor à primeira vista?

Penny olhou para Joe de modo lascivo.

— Luxúria, você quer dizer? — ela perguntou, sorrindo, mas então, é claro, pensou melhor. — Me senti atraída por Joe da forma mais profunda — disse, repentinamente toda comovida. — E vi que ele não era feliz com a namorada. Que ela estava impedindo o sucesso dele. E quando nossos olhos se encontraram, bem...

Joe olhou-a, chocado, enquanto ela limpava os olhos com um lenço surgido do nada, como que enxugando lágrimas. Seriam lágrimas de verdade?

— Acho que de repente percebi que a vida tinha um sentido, finalmente. Que eu havia encontrado minha alma gêmea.

Miranda fungou.

— Que lindo — ela disse, concordando. — Bem, talvez a gente possa se encontrar de novo no hotel. Eu adoraria saber mais sobre como vocês se conheceram, e sobre os planos para o futuro, Penny. E sobre o programa americano, Joe. *Com você*. Que tipo de programa era mesmo?

Joe sorriu, sem graça.

— *Por você* — ele disse, entredentes. — O nome é *Por você*.

— Ótimo! — Miranda disse. — Então agora vou deixar vocês dois esquiarem, talvez fazer algumas fotos bem emocionantes para a página dupla, e nos encontramos depois para conversar um pouco mais.

Ela saiu, e o fotógrafo reapareceu.

— Então, vocês podem descer, tá? Meu assistente, Jon, vai esquiar atrás de vocês com a câmera e tirar umas fotos. Beleza?

Joe olhou para Penny, esperando que ela explicasse que ele não sabia esquiar, que não fazia absolutamente a menor ideia de como descer o que parecia ser uma rampa íngreme sem quebrar o pescoço. Mas ela se limitou a sorrir:

— Quem chegar por último paga os drinques! — ela desafiou, fixando as botas nos esquis e jogando a cabeça para trás assim que viu que Jon começara a fazer as fotos.

Joe caminhou meio desengonçado até ela. Aquelas botas eram inacreditavelmente desconfortáveis. Agora não só ele não podia esquiar, como mal podia caminhar.

— Não sei esquiar — sussurrou quando estava perto o suficiente para que Penny ouvisse e os outros não.

— Você vai se sair bem! — ela disse, revirando os olhos. — Sinceramente, não é assim tão difícil, Joe. Veja só, até as crianças estão esquiando. Não seja tão medroso.

Joe engoliu em seco.

— Talvez aquelas crianças tenham tido uma aula ou duas — disse, tentando manter a calma e sorrindo, caso Jon decidisse bater fotos naquele momento.

Penny suspirou:

— Tudo bem, veja. Pernas juntas, você vai rápido. Faça assim com os pés, aí você vai devagar. Vá ziguezagueando de um lado para o outro para não pegar velocidade demais. Está vendo? É fácil. Veja, olhe como eu faço.

E, para seu espanto, Penny se virou e imediatamente zuniu por entre os montes de neve como se tivesse feito aquilo desde que nascera. Jon tratou de segui-la, deslizando elegantemente na neve.

Na verdade, parecia bem divertido.

Usando toda a sua concentração, Joe encaixou as botas nos esquis como Penny fizera, perguntando-se vagamente por que pareciam não encaixar direito, e foi caminhando até o topo de um dos montes de neve. Parecia um declive respeitável. E ele não sabia como faria para parar. Mas, ora, se Penny e Jon conseguiam fazer aquilo, se crianças podiam fazê-lo, seria moleza para Joe Rogers.

Segurando a respiração, forçou-se a sair do topo da montanha e sentiu a incrível excitação de esquiar a toda velocidade pelo meio da trilha.

Magda olhou para os rolos e mais rolos de veludo rosa que haviam sido encomendados segundo instruções de Penny e que estavam atravancando a casa de Maggie e Charles Kitchin. Por várias vezes um dos dois olhara para alguém da equipe, sorrira um pouco ansioso e perguntara para que serviria aquilo. Cada vez Magda sorrira debilmente e respondera que Penny tinha uns planos maravilhosos que ela, Magda, não saberia explicar.

Pois ela simplesmente não fazia a menor ideia de que planos eram esses.

O que significava que Magda tinha um problemão nas mãos. Seguindo orientações do consultor de publicidade de Penny, conseguira marcar reuniões com dois executivos do Canal 3 para falar sobre levar o programa para uma brecha do horário nobre, à noite. Prometera a eles que *Futuro: perfeito* estava se tornando um tipo diferente de programa, que apelaria ao grande público, que teria muitos pontos de audiência. E, em vez disso, ela não tinha programa nenhum. A filmagem ainda não fora terminada na casa dos Jones porque as malditas paredes não haviam sido pintadas e ninguém conseguia encontrar um pintor ou decorador disponível, de jeito nenhum — a própria Magda ligara para alguns e recebera respostas diretas dizendo que ninguém estava disponível, ponto final — e os Kitchin já deveriam estar assinando o contrato que previa o conceito da reforma, e o maldito conceito sequer existia. Ela faria papel de idiota. Aquelas pessoas do Canal 3 iam expulsá-la da reunião às gargalhadas.

E Penny, apesar de todas as promessas feitas nesse sentido, ainda não chegara.

Magda respirou fundo e tentou se acalmar. Ainda era terça-feira. Lysander mantivera os Kitchin ocupados, comprando roupas que agradariam aos mais velhos ao mesmo tempo que os faria parecer mais jovens, tarefa que Magda percebia muito bem que ele odiava, pela maneira como não parava de ranger os dentes e lançar olhares para o nada. Penny poderia filmar sua parte no dia seguinte, e ela conseguiria fazer algo com o lugar até o final da semana, Magda tinha certeza. Nenhuma parede ia cair, no final das contas. Nada de muito vultoso tinha de ser feito.

Quanto aos Jones, Magda pensaria em algo. Nenhum problema era irremediável. Ela mesma pintaria o lugar, se necessário.

Não, tudo ficaria bem. Penny sabia o que estava fazendo. E ela com certeza resolveria as coisas dessa vez. Se Magda havia duvidado dela por alguns instantes, não o faria de novo. Entrevistas, fotografias — o telefone de Magda não parara de tocar. Holiday Choice havia assinado um contrato de patrocínio com um ano de duração, e o próprio diretor executivo fora até lá para vê-la. Ele nunca havia feito isso antes.

Claro, ele queria ver Penny, mas Magda dera um jeito de lidar com a situação. Penny tinha uma hora marcada com a revista *Tittle Tattle*, dissera, e viu os olhos dele se acenderem de ganância. Não mencionara que o compromisso era na porcaria da Suíça.

O importante, porém, era ter perspectiva. O programa dessa semana sairia, de um jeito ou de outro; o que importava era como Magda manejaria a virada positiva dos acontecimentos. Era a hora de cair fora, de começar a conversar com outras produtoras.

Não, não era. As outras produtoras é que tinham que ir até ela. Se ela começasse a ligar para as pessoas seria descarado demais e ela perderia todo poder de barganha. Melhor ficar a postos e esperar até que os níveis de audiência subissem à estratosfera, então se reclinar e esperar pelo telefone começar a tocar.

Nessa semana, *Futuro: perfeito*; na semana seguinte, *Panorama*. E, na pior das hipóteses, *Extreme Makeover*, onde a produção pelo menos contava com orçamentos decentes e carros próprios.

— Aceitaria um chocolate quente? Talvez algo mais forte? Talvez alguma comida? — Sarah Ridgeway estava olhando para Joe com um olhar preocupado estampado no rosto.

Ele balançou a cabeça.

— Você desceu bem rápido — ela disse, alegre. — Pena que houve aquele tropeção no final. Acho você muito corajoso por ter ido esquiar, para começar. Quer dizer, é algo normal para Jon e Penny, que esquiaram a vida toda, mas acho que não tem neve em Los Angeles, não é?

Joe se virou para Penny.

— Você esquiou a vida inteira? — ele perguntou, com a voz tensa.

Penny arqueou as sobrancelhas.

— Claro que sim. Cresci na Suíça, ora. Aprendi a esquiar antes de aprender a andar. Por quê?

— Por nada — ele respirou fundo. — Vocês me dariam licença? Preciso fazer uma ligação.

Ele se pôs de pé todo duro, com todos os ossos e músculos do corpo doendo. Até mesmo os músculos do pescoço estavam contraídos, da mera e aterrorizante tensão dos instantes em que ele deslizou pista abaixo. Mas nenhuma outra parte do seu corpo sofrera tanto quanto o orgulho. Como é que ele iria adivinhar que há uma maneira certa de se colocar os esquis? Pensara que talvez os esquis fossem desemparelhados, quando viu que um parecia mais curto do que o outro na frente, mas na verdade ele tinha posto um esqui ao contrário. O que contribuiu para fazer com que ele acabasse esquiando de costas na parte final da pista daquela montanha terrível. Não ajudou muito o fato de Penny não parar de rir sobre o acontecido depois que ela e Jon o encontraram, estatelado lá embaixo. E ela contou para todo mundo, também. Era a mais recente piadinha dela.

Deus, estava começando a odiar aquela mulher.

Lentamente, ele foi até uma mesa e sentou-se como pôde, pegando o telefone celular. Assim que colocasse os pés na Grã-Bretanha acabaria de vez com aquela relação farsesca. Só queria se certificar de que havia conseguido uma boa publicidade com ela.

— Bob — disse —, sou eu, Joe.

— Joe! Que bom ter notícias suas! Como está o esqui?

Joe preferiu não responder à pergunta.

— Tem algum teste de elenco para mim? Não sei por quanto tempo mais consigo levar esse negócio com Penny. Então, eu estava pensando: talvez nós pudéssemos romper e conseguir alguma atenção da mídia com isso?

Bob assoviou.

— Joe, no momento você está pegando carona na fama de Penny. Não tenho tanta certeza de que romper com ela seja uma boa ideia, sabe? Se conseguíssemos pôr você no *Celebridades cantam por seis centavos* ou talvez no *Celebrity Big Brother* do próximo ano, aí você seria conhecido, mas, por enquanto, acho que isso tudo está sendo ótimo para você...

— Próximo *ano*? Não posso continuar com isso por um ano!

— Tenho certeza de que não vai demorar tanto. Estamos fazendo alguns contatos, e quando você voltar tenho certeza de que vamos ter algumas coisas interessantes engatilhadas. Certo?

— Tudo bem. Até mais.

Mal-humorado, Joe pôs o telefone no bolso e suspirou, olhando de longe para Penny e para a equipe da *Tittle Tattle*.

Então ele se levantou, morrendo de dor, e voltou para a entrevista.

Às cinco da tarde, Tim, da NorthWest Productions, finalmente atendeu a ligação de Kate.

— Oi! — ela disse, tentando parecer simpática. — Sou Kate Hetherington. A ex-designer de interiores do programa *Futuro: perfeito*, talvez você tenha ouvido falar no...

— Sei quem você é — Tim atalhou. — Você é aquela que apareceu nos tabloides. Penny Pennington roubou seu namorado, né?

Kate ficou pálida.

— Eu não diria *roubou*, exatamente — disse. — Quer dizer, eu não estava assim tão na dele, de todo modo.

— Sei. A assistente falou que você tem uma ideia para oferecer?

— Sim — Kate disse. — Um projeto de reforma diferente. É um abrigo de doentes, sabe? Um abrigo para pacientes de câncer administrado por uma fundação beneficente, e o lugar precisa de uma reforma...

— Um abrigo.

— Sim, com pacientes muito legais, com histórias de vida bem bacanas...

— Alguma celebridade na proposta?

Kate franziu o cenho.

— Celebridade?

— Podíamos conseguir um punhado — ele disse, com um entusiasmo crescente. — Cada um poderia decorar um quarto, e seria uma competição. Os pacientes votariam. O telespectador também. Talvez as celebridades pudessem ser eliminadas pelo voto, uma a cada semana?

Kate limpou a garganta.

— É, na verdade eu não estava pensando tanto em celebridades, mas mais em conseguir pedreiros, sabe? Mais um programa emocionante para a família, em vez de um programa de celebridades, se entende o que quero dizer.

— Você, Penny e aquele cara. Se vocês três pudessem participar, seria ótimo — Tim continuou, sem prestar atenção no que ela dizia. — Poderiam encenar uma briga? Discutir sobre alguma coisa?

— Tem uma paciente, seu nome é Betty — Kate tentou. — Acho que ela ficaria muito bem na televisão. É alegre, engraçada, e corajosa, e...

— Kate, adorei a ideia. Mande uma proposta. Sugira alguns famosos, e nós vamos fazer um brainstorming aqui, também. Penny e aquele fulano são fundamentais. Mas vamos precisar de outros nomes. Talvez pudessem ser todos casais em briga. Ou novos casais. Peter e Jordan, talvez. É, isso é bom. Muito obrigado por pensar na gente. Você consegue nos entregar algo até o final do dia?

Kate ficou séria, sem acreditar que estiveram falando sobre a mesma coisa. Então deu de ombros.

— Claro — disse. — Parece ótimo.

Jane, da Panther Productions, foi menos entusiástica.

— É, acho que já fizemos algo com hospitais — disse. — Mas muito obrigada, e se você tiver outras ideias...

— Não é um hospital — Kate disse. — Um abrigo. É como um lar para onde os pacientes vão depois de receber tratamento, onde são cuidados, e...

— É, acho que todo o conceito de programa médico está um pouco defasado — Jane disse de um jeito arrastado típico do sul de Londres. — O negócio agora são os esportes. Como os Jogos Olímpicos estão se aproximando, todo mundo está louco por esportes. Você tem alguma ideia envolvendo esportes?

Kate mordeu o lábio inferior.

— Não — disse —, nada com esportes. Apenas o abrigo, receio.

— Que pena — Jane disse, com um suspiro. — Bem, me avise se pensar em outra coisa, OK?

— Claro — Kate prometeu. — Você será a primeira a saber.

Indignada, desligou o telefone. Dos cinco produtores que contatara, Tim parecia ser o único que estava remotamente interessado, e mesmo assim a versão dele da ideia não tinha a menor semelhança com a sua. Preferiria passar um ano reformando ela própria o abrigo do que envolver Penny e Joe no projeto.

E Tom ainda não havia ligado.

Será que ele estava bravo com ela por causa de alguma coisa? Será que ela deveria ter ligado para ele, talvez? Não, ele disse que ligaria. A regra principal era que não se liga para alguém que disse que ligaria para você. Mesmo se aquela pessoa fosse Tom. Mesmo se, até aquele beijo, ligar para Tom fosse a coisa mais natural do mundo.

Talvez ela pudesse simplesmente ligar para ele e dizer que tudo havia sido um mal-entendido, pensou. Isso traria o equilíbrio de volta. Traria tudo de volta ao normal.

Mas será que fora um mal-entendido? Ou será que eles tinham entendido tudo muito bem?

Talvez ela devesse ligar e descobrir o que ele pensava a respeito. Talvez ele estivesse esperando junto ao telefone naquele exato momento, torcendo para que ela ligasse...

A mão de Kate se estendeu na direção do telefone, mas ela se refreou. Em vez disso iria comprar comida, decidiu. Compraria alguma coisa para o jantar, cozinharia, comeria e, se até lá Tom não ligasse, até, digamos, as 22 horas, então ela ligaria.

Apanhou a bolsa e as chaves, e saiu do apartamento.

Depois de uma breve caminhada, Kate abriu a porta do supermercado e se dirigiu para a seção de comidas prontas. Decidira comprar uma pizza, que ela comeria na frente da tevê, antes de tomar um longo banho quente. Desse jeito, se Tom ligasse, não estaria esperando ao lado do telefone. Desse jeito, era mais difícil que ela cedesse e acabasse ligando para ele antes.

Olhou para o painel sobre o balcão das pizzas, tentando inutilmente decidir qual sabor queria, pois sua cabeça estava cansada demais para se concentrar.

Então ficou séria. Acreditou ter visto um rosto familiar no espelho que ficava abaixo do painel com os sabores de pizza. Virando-se, sorriu, ao mesmo tempo que se perguntava por que, de repente, se sentia tão desconfortável.

— Tom! — disse. — Você está aqui!

Tom olhou para ela por um segundo, então abriu um grande sorriso.

— Kate — disse, se aproximando e a abraçando. — Me desculpe por não ter conseguido ligar. Como estão as coisas?

— Tudo bem. Tudo ótimo — Kate disse, rapidamente. — Só vim comprar pizza. Você está com fome?

Tom lhe lançou um olhar impenetrável.

— Na verdade — ele disse —, tenho que voltar para o hospital daqui a pouquinho. Só vim comprar umas coisas, sabe como é.

— Ah — Kate acenou com a cabeça, um pouco hesitante. — E mais tarde?

Tom deu de ombros.

— Kate, não sei, desculpe. Essa paciente... — Os olhos dele fugiram dos dela, e ela sentiu o estômago embrulhar, como se tivesse levado um soco. Conhecia aquele olhar — já o vira em outras pessoas, sem dúvida o estampara ela própria no rosto algumas vezes ao longo dos anos. Só que nunca imaginara vê-lo no rosto de Tom.

— Certo — ela disse. — Claro. Bem, até uma hora dessas, então.

— Mas você está bem? — Tom perguntou, interessado. — Quer dizer, está tudo bem?

Kate se forçou a dar um sorriso. Talvez tivesse entendido mal aquele olhar. Tom era médico, afinal de contas. Claro que ele estava ocupado.

— Está tudo bem, Tom. Mesmo. Não se preocupe.

Tom baixou a cabeça.

— Ah. Você está comprando pizza, Tom? Será que tem de pepperoni?

Kate ficou séria e olhou para a estranha que havia surgido ao lado de Tom.

— Como? — perguntou, com a voz um pouco mais grosseira do que era a intenção.

A moça olhou para ela, surpresa.

— Conheço você? — ela perguntou, então se virou para Tom. — Não esqueça de pegar uma de pepperoni — disse, dando um beliscão no traseiro de Tom. — Estou com vontade de comer um pouco de carne hoje!

Tom olhou para ela, então para Kate, e engoliu em seco.

— Kate. Essa é... a Lucy.

— Lucy — Kate disse, atônita.

— Oi! — a moça disse, estendendo a mão, então exclamou: — Ei, você é aquela dos jornais, não é mesmo? Ah, pobrezinha, não? Que pena.

De repente, Kate se sentiu enjoada. Tentou sorrir.

— Lucy é enfermeira do hospital — Tom disse.

— É isso mesmo — Lucy tratou de completar. — Eu estava escolhendo um vinho. Pizza sem vinho não dá, não é?

Kate balançou a cabeça, anestesiada.

— Não. Acho que não dá. Bem, Tom, fico feliz em saber que você vai comer alguma coisa. Não dá para trabalhar tanto a ponto de parar de comer, não é?

— Não... não é o que você está pensando — Tom disse, olhando intensamente para Kate. — Não é...

— Não estou pensando nada, Tom — Kate disse, com a voz calma. — Nunca pensei nada.

Ela se virou para Lucy com um sorriso adorável.

— Aproveite a pizza — disse, então deu meia-volta e saiu correndo do mercado. De repente, a mera ideia de uma pizza lhe dava enjoo. Na verdade, a mera ideia de comer qualquer coisa lhe dava vontade de vomitar.

Caminhou um pouco e dobrou na sua rua, dirigindo-se em passos rápidos para o seu prédio. A cada passo que dava, o sorriso no seu rosto se desfazia um pouco. E, no momento em que abriu a porta do apartamento, tudo o que pôde fazer foi entrar correndo, antes que as lágrimas começassem a jorrar. Aquele beijo não significara nada. Tom tinha uma namorada loira e peituda. Sem dúvida amanhã teria outra.

E ela não podia suportar aquilo. Não podia suportar a ideia de ele estar com qualquer outra pessoa que não ela. O que era ridículo. Era Tom, afinal de contas. Tom, seu velho amigo. Eles só se beijaram uma vez, não significara nada de mais.

Só que significara alguma coisa, sim, Kate agora se dava conta. Tudo naquela noite significara algo importante. Só que não para ele.

De repente, Kate entendeu por que se sentira tão perturbada pelo beijo, por que havia superado a traição de Joe tão rápido. Estava apaixonada por Tom. E odiava ele, também. Porque a fizera se apaixonar por ele sem estar verdadeiramente interessado. Porque ela percebia que precisava dele, e ele não precisava de ninguém; ele achava que o amor era uma fraqueza. Quanto ao beijo, ele decerto só a beijara para fazê-la parar de chorar. Não significara nada. Ela tremeu só de pensar o quão próxima estivera de ligar para ele, de perguntar o que ele pensava a respeito de toda a história. *A boba da Kate e suas tolas fantasias românticas,* ele teria pensado. *Quando é que ela vai crescer e cair na real?*

Bem, caíra na real agora. Agora ela esqueceria suas fantasias românticas e seus sonhos de um final feliz. Lentamente foi até a cozinha e pegou o *Manual para românticas incorrigíveis*, que estava sobre a mesa.

— É tudo culpa sua — grunhiu. — Dando a entender que tudo sempre está bem. Mas você está errada. As coisas não estão sempre bem. Não existe Príncipe Encantado. Não existe amor da vida com um chapéu estiloso e modos gentis para fazer com que tudo fique bem. — Ela olhou para o livro por um instante, folheando-o descuidadamente e vendo os capítulos que ainda não havia lido: "Espalhe o romantismo e faça do mundo um lugar melhor" e "Seguindo os seus sonhos".

Então ela foi até a porta da frente, abriu-a e jogou o livro no contêiner de lixo do corredor.

— Você arruinou minha vida — disse, amarga. — Tom tinha razão: não *existe* final feliz.

E, com isso, correu até o banheiro para vomitar.

26

Magda franziu o cenho e bateu o fone na base com força. Era demais. Aquilo não era aceitável. Nem um pouco.

Já era quarta-feira. Quarta-feira à tarde e Penny ainda não havia dado as caras no set de filmagem de *Futuro: perfeito*. Sequer ligara para atualizar Magda ou para pedir desculpas. E quando Magda ligou para ela pela enésima vez na semana, uma assistente ou algo do gênero respondeu e disse, pedindo desculpas, que Penny não estava disponível naquele momento.

Não estava disponível? Será que ela sabia quem pagava o salário de Penny?

— Desculpe, Magda, lamento incomodar, mas os pedreiros que você escolheu para a casa dos Jones estão na linha. O trabalho que eles estão fazendo agora atrasou, e só vão poder começar os Jones na próxima semana.

Magda olhou fixo para o produtor à sua frente. Era quase como se toda a comunidade de pedreiros e empreiteiros de Londres estivesse conspirando para dificultar as coisas para ela. Já tivera bastante dificuldade para achar uma firma que concordasse em fazer o trabalho, e agora até mesmo eles a estavam deixando na mão.

— Na próxima semana? Mas precisamos deles agora. Precisamos acabar aquele lugar *agora*.

O produtor deu de ombros.

— Empreiteiros são assim — disse, sorrindo, mas tratou de tirar o sorriso do rosto quando viu que Magda não estava a fim de piadinhas. — Bem, vou tentar encontrar outras pessoas, OK? — sugeriu.

Magda concordou sem dar muita trela, esperou até que ele desaparecesse e então deixou a cabeça cair para a frente, sobre a mesa, num gesto de desânimo.

Tudo estava uma bagunça. A casa dos Kitchin era um buraco, o veludo rosa era horrível e, sem a apresentadora, eles não tinham as cenas de transição filmadas, nem a sequência introdutória, nada — e agora a casa dos Jones também não poderia ser aproveitada.

Maldita Penny Pennington. Magda confiara quando ela disse "Deixe a decoração comigo". Confiara quando ela disse que a viagem para uma estação de esqui duraria um dia só, ou no máximo um dia e meio. Confiara que ela voltaria para trabalhar e resolver aquela bagunça antes que custasse o emprego de Magda, por um rotundo mau gerenciamento.

E agora ela recebia um e-mail de alguém na NorthWest Productions pedindo referências de Kate, dizendo o quão entusiasmados estavam em trabalhar com ela. Séria, Magda apanhou o fone e discou um número.

— Alô?

— Kate. É a Magda.

Silêncio no outro lado.

— Eu estava me perguntando como você estava. Vi que você andou contatando a NorthWest. Uma produtorazinha bem bacana. Não têm dinheiro, claro, mas imagino que você já sabia disso...

Kate limpou a garganta.

— Magda, o que você quer?

Magda franziu o cenho. A voz de Kate parecia diferente. Impaciente. Triste. Talvez a moça fosse fazer carreira na televisão, no final das contas.

— Sem problema — Magda disse. — Cartas na mesa. Talvez eu tenha sido um pouco precipitada com aquele negócio da demissão. Fiquei me perguntando se você estaria interessada em voltar.

— Voltar? — Kate bufou. — Está brincando. De jeito nenhum.

Magda respirou fundo.

— Só por alguns dias, Kate. Pago em dobro. Só precisamos que você termine a casa dos Jones. E a dos Kitchin também. Faça isso, e então poderemos falar do futuro. Aumento de salário, esse tipo de coisa.

— Terminar a casa dos Kitchin? O que foi feito até agora?

Magda suspirou.

— Certo. *Fazer* a casa dos Kitchin. Por favor, Kate?

Houve uma pausa. Uma pausa significava que ela estava pensando a respeito. Isso era bom.

— Lamento, Magda, mas é uma questão de lealdade, entende? Simplesmente não sei se ainda consigo trabalhar com você.

Magda franziu o cenho. A maldita moça estava ficando espertinha demais para o seu gosto.

— O pessoal na NorthWest Productions é carniceiro. Sabe disso, não?

— Obrigada, Magda. Se eu quiser seus conselhos profissionais, eu peço, OK?

Magda arqueou as sobrancelhas. Aquela ali era a mesma Kate de sempre?

— Tudo bem — ela disse, brusca. — A questão é que talvez eu tenha me precipitado. Talvez a conversinha que nós tivemos tenha sido exagerada.

— Talvez você esteja arrependida?

— Não abuse da sorte. Bem, me fale sobre essa ideia do abrigo.

— Agora você quer saber sobre o abrigo?

Magda agarrou com força o fone.

— Sim, Kate, quero saber sobre o maldito abrigo.

Kate suspirou.

— Está bem. Basicamente, é um abrigo ligado à unidade de tratamento de câncer do Hospital Charing Cross. Vão para lá as pessoas que passaram por uma cirurgia mas que ainda estão fazendo químio. É como uma casa de passagem. Está em péssimas condições, então a ideia é fazer uma reforma completa.

— Câncer — Magda disse, pegando uma caneta e tomando notas de modo automático. — E há pacientes com histórias de vida interessantes?

— Claro que sim. Uns dois em especial cujas histórias o programa poderia acompanhar da cirurgia até o restabelecimento.

Magda pensou por um momento. Era o tipo de coisa que o Canal 3 adoraria.

— Olhe — ela disse. — Pode ser que estejamos interessados. Tenho uma reunião com um pessoal do Canal 3 hoje mais tarde, e pode ser que a ideia funcione. Estão querendo pegar uma parte dos subsídios da BBC e portanto estão procurando programas de cunho mais social.

— Canal 3? — Kate perguntou, subitamente esquecendo de se fazer de morta.

Magda sorriu com satisfação. Conseguira atrair a atenção de Kate.

— É isso mesmo — Magda disse, positiva. — Então, o que me diz?

Houve mais uma pausa.

— Digo que, se eu souber mais detalhes, algumas certezas, alguma previsão de orçamento, pode ser que eu pense na proposta — Kate disse. — Até então, sugiro que você fale com Penny e espero que ela possa dar seu toque especial para a decoração da casa dos Kitchin. Porque, receio, estou bem ocupada.

Kate desligou, e Magda balançou a cabeça, sorrindo. Estava começando a gostar dela.

— E, se tudo der certo, nós vamos aparecer na televisão? — Beth perguntou.

Kate balançou a cabeça, afirmativamente. Ela fora até o abrigo assim que acabara de falar com Magda, para se certificar de que todos estariam confortáveis com a ideia e para começar a montar a proposta. Queria ter aparecido lá antes de começar a contatar produtoras a respeito, mas só quando jogou aquele livro fora — aquele livro arrematadamente idiota para casos arrematadamente perdidos — ela percebeu que às vezes é preciso pegar o touro pelos chifres.

— Mas só se der tudo certo — avisou. — Pode ser que não dê. Os executivos de televisão podem ser... — procurou a palavra certa — volúveis — acabou por dizer.

Olhou ao redor, para o cômodo, escuro em plena luz do dia. A tinta estava descascando, uma confusão de canos subia as paredes, desaparecendo teto adentro, sem indicação de para que serviam e para onde conduziam. Os radiadores em ambos os lados do quarto emitiam uma série de rangidos desbragados, e dava para sentir o cheiro de mofo. As pessoas da televisão podiam ser volúveis, mas eram também a melhor alternativa que os residentes tinham para a transformação daquele lugar.

Talvez também fossem a melhor alternativa de Kate para manter a sanidade. Por bem ou por mal, ela iria ver aquele abrigo transformado no lar fora do lar que os residentes merecem. E, ao fazê-lo, ninguém abusaria de ninguém. Ninguém nunca mais a faria de boba.

Betty balançou a cabeça, concordando.

— Mas vai ter câmeras aqui? Precisaremos responder perguntas?

Kate fez que sim mais uma vez.

— E é por isso que vocês precisam estar totalmente confortáveis com isso. É um grande compromisso, e as câmeras podem ser bastante intrusivas, na verdade...

— Como *Big Brother* — Margareth disse, mostrando que estava entendendo.

— Vai haver câmeras atrás dos espelhos? Até mesmo quando estivermos no banheiro? — Betty perguntou, preocupada.

Kate sorriu.

— Não, Betty. Só câmeras que vocês poderão ver claramente. E só estarão aqui de vez em quando.

Carole sorriu.

— Então, o que me dizem? Gostam da ideia?

Betty fez que sim, com todo o vigor.

— Claro que gostamos — disse. — Desde que eu não precise aparecer na televisão sem maquiagem. E também não quero aquelas Trinny e Susannah* mexendo comigo.

Kate manteve a compostura.

— Sem problemas, vou providenciar para que elas sejam barradas. Na verdade, ninguém da equipe de *What not to wear* vai se aproximar de nós. Mais alguma coisa?

---

*Trinny Woodall e Susanah Constantine: consultoras de moda britânicas que ficaram famosas com o programa de tevê *What not to wear* (*Esquadrão da moda*, no Brasil) com dicas de estilo. (*N. da T.*)

Edward, um senhor de meia-idade que passava a maior parte do tempo jogando xadrez contra uma máquina, levantou a mão.

— Sim, Ed? — Carole perguntou.

— Quando vamos aparecer na tevê? — ele perguntou, com a respiração chiando.

Carole olhou para Kate, que franziu as sobrancelhas enquanto pensava.

— É difícil ter certeza — disse. — Provavelmente três ou quatro meses depois que a filmagem acabar. Então, se começarmos no mês que vem e fizermos tudo em dois meses, estaremos falando de dezembro, ou talvez no início do ano que vem.

Ed aquiesceu, sério.

— Preciso dar um jeito de ainda estar por aqui, então — disse, voltando para o xadrez.

Carole fez uma careta.

— Claro que você vai estar por aqui, Ed. Não seja bobo. Agora, alguém tem alguma pergunta? Alguma questão a ser levantada?

Os residentes do Abrigo St. Mary olharam uns para os outros e balançaram a cabeça.

— Então eu gostaria de agradecer a Kate por ter vindo aqui mais uma vez — Carole disse, com um sorriso. — E desejar sorte para ela, nas negociações com esse pessoal volúvel da televisão.

A primeira coisa que Magda fez no dia seguinte foi ligar para Kate.

— Alô?

— Kate, sou eu, Magda.

— Magda! — Kate fez o possível para soar casual e surpresa. — Como vão as coisas?

— As coisas? — Magda perguntou. — Quem se importa com as coisas. Tive a reunião com os executivos do Canal 3, e eles estão interessados.

Kate não disse nada.

— Eu disse que eles estão interessados. Acham que pode dar certo.

— Certo — Kate disse, sem demonstrar muito entusiasmo.

— Bem, imagino que você queira saber quais são as minhas condições?

— Condições?

— Exatamente — Kate disse. — Tem papel e caneta à mão?

— Claro — Magda disse, a contragosto.

— Vamos lá, então. Primeiro, não é coisa para se fazer em uma semana. Estamos falando de várias semanas no mínimo, provavelmente três meses. Não vamos fazer nada às pressas e não quero absolutamente nenhuma pistola de grampos à vista. Em segundo lugar, ninguém chama ninguém de "vítima", as câmeras não serão intrusivas, e não quero ninguém tentando fazer os residentes chorarem, em nenhum momento. Em terceiro lugar, os residentes precisarão de acomodações individuais enquanto a reforma elétrica e o encanamento são refeitos. E quarto, quero um compromisso por escrito quanto à liberação da verba para os trabalhos. Estamos falando de um orçamento de 200 mil libras só para a reforma.

Estava esperando que Magda a mandasse passear, ou que gritasse com ela por ser tão exigente. Mas, para sua surpresa, ela não fez nenhum dos dois.

— Mão de obra ou material? — Magda perguntou, em vez disso.

— Como? — Kate disse, confusa.

— Os 200 mil. São para mão de obra ou material?

— Hum, cerca de meio a meio.

— Conseguiremos material por meio de patrocínio. Mão de obra provavelmente conseguiremos de graça, também, se creditarmos os empreiteiros.

— Você não vai fazer Phil trabalhar de graça. E ele será o empreiteiro.

Magda reviu as anotações que havia acabado de fazer.

— Então é isso? — ela disse, de forma dúbia, depois de uma pausa. — Trataremos os residentes com respeito. E usaremos câmeras não intrusivas. Seremos legais. Fechado?

Kate hesitou mas resolveu pedir mais.

— Ainda não. Não quero a Penny. Não quero que ela participe do programa da menor forma que seja. Não vou permitir que ela explore essa gente para obter publicidade. Ela não pode nem mesmo fazer a narração em off depois que tudo estiver pronto.

— Está bem — Magda disse. — Agora, eis as *minhas* condições. Você me entregará a proposta em 24 horas, com aprovação do abrigo, com destaque para os principais personagens e seus apelos televisivos, cronograma, orçamentos — me dê apenas o tempo do seu trabalho e do Phil, eu faço o resto — e uns dois parágrafos que vendam a ideia. Eu vou falar com as pessoas aqui e pôr as engrenagens para funcionar. Fechado?

— Fechado — Kate disse, um tanto quanto pasma.

— E você termina as casas dos Jones e dos Kitchin. Depois disso, só Deus sabe se continuaremos no ar, mas só sei que tenho cinquenta metros de veludo pink e, por mais que eu gostaria de mandar Penny enfiá-los no..., não consigo encontrá-la e, em vez disso, vamos ter de dar um jeito de utilizá-los. Certo?

— Certo.

— Ótimo. Vejo você amanhã.

Kate desligou o telefone quase anestesiada e discou o telefone de Phil.

— Magda deu o sinal verde para a ideia do abrigo — ela disse. — Com um orçamento de 200 mil libras. E o Canal 3 quer o programa.

— Canal 3 — Phil disse, como se fosse a coisa mais normal do mundo. — Então um monte de gente vai ver.

— Ela quer que a gente termine a casa dos Kitchin — Kate continuou. — E a dos Jones.

— Ora, tudo bem — Phil disse, desencanado. — Já acabei o trabalho na minha cunhada, de qualquer forma. A mulher daria um banho em Penny Pennington no quesito chateação.

— Canal 3! — Kate sussurrou, animada.

— Duzentos mil mangos — Phil disse, e assoviou. — Boas notícias, hein?

— Bem boas — Kate concordou. — Então, vejo você amanhã?

Para ir ao trabalho, Tom fez um caminho alternativo. Um caminho que passava pelo apartamento de Kate. Apenas para verificar se ela estava OK. Não ia entrar nem nada.

Subiu até chegar à porta do apartamento dela e ficou ali parado por alguns segundos. O apartamento de Kate. O apartamento de Kate onde ele estivera um milhão de vezes, até mais, conversando até de madrugada, pegando no sono no sofá dela, comendo pratos caseiros enquanto a chuva caía lá fora. Era como sua segunda casa, um lugar sagrado.

Ou pelo menos era isso.

Agora era um lugar perigoso. Um lugar onde fora incapaz de se controlar, incapaz de manter intacta a sua rígida armadura. Jesus, quase confessara o que sentia por ela, quase se ajoelhara na sua frente, constrangendo-a de forma inacreditável com juras de amor.

Talvez ela não pensasse assim, mas, nas circunstâncias, ele não lhe ligar era o que de melhor podia acontecer a Kate. Agora ela estava furiosa, mas mais tarde lhe agradeceria por isso. Pelo menos é o que faria se descobrisse por que ele o fizera, o que não aconteceria, pois ele jamais lhe contaria. Ela encontraria algum outro astro queixudo e, num piscar de olhos, se casaria e teria filhos. E assim ele poderia colocar de lado essa lembrança excruciante e fingir, mais uma vez, que vivia uma vida perfeitamente normal. Ele era bastante bom nisso, na verdade. Vinha fazendo isso há bastante tempo.

O truque era nunca baixar a guarda. E isso não dizia respeito só às coisas importantes; valia para as coisas pequenas, também. Tom sabia que, quando um sujeito estabelece um vínculo com alguém, por menor que seja, está ferrado. Judiariam dele, tirariam toda a sua proteção, até que ele ficasse um trapo inofensivo e carente. E então o abandonariam. Deixá-lo-iam sozinho, sem ninguém em quem confiar e sem conseguir entender como é que se lida com esse mundo cão e malvado.

E, por falar nisso, Tom pensou, já era hora de voltar ao hospital.

Parou, então franziu o cenho quando seus olhos fisgaram algo na lata de lixo do lado de fora do apartamento de Kate. *Manual para românticas* não sei o quê.

Foi até lá e tirou-o do meio do lixo, então engoliu em seco. *Manual para românticas incorrigíveis*. O livro sobre o qual Kate falara. Que lhe prometera amor. Com garantia, até.

E agora ela o jogara no lixo.

O coração de Tom começou a se acelerar enquanto ele lutava contra a tentação de abrir a porta, colocar o livro de volta na prateleira, encontrar Kate e dizer que a amava, para além de qualquer esperança, loucamente, completamente, mesmo ela sendo uma romântica incorrigível.

Mas isso seria estúpido. Seria errado. Tom já tivera o coração despedaçado uma vez e não correria o risco de isso acontecer de novo.

Olhou para o livro mais uma vez e sentiu o coração afundar, dolorosamente. Era fácil para ele evitar confusões emocionais, manter uma abordagem desapaixonada no que diz respeito a relacionamentos e à vida. Mas para Kate não era. Será que ele fizera aquilo com ela? Será que ela jogara o livro fora por causa dele?

Sem saber o que fazer, Tom espanou o livro e o colocou no bolso. Românticos incorrigíveis como Kate eram criaturas perigosas, irresponsáveis, ingênuas e estupidamente otimistas. Mas, sem elas, ele temia que o mundo seria sempre e tão somente o campo de batalha cinzento e deprimente com o qual ele se deparava, todos os dias.

27

Romantismo no dia a dia

Para muitos, romantismo é uma coisa específica, que diz respeito ao amor entre um homem e uma mulher, a dar flores e à expectativa de um compromisso para o jantar.

Mas o romantismo não precisa ser tão limitado. Pode haver romantismo no canto matinal de um passarinho ou num passeio até o rio com os amigos. Pode haver romantismo no sorriso de um familiar ou numa experiência compartilhada.

Para trazer o verdadeiro romantismo a nossas vidas, precisamos tentar ao máximo vivê-lo todos os dias. Uma vez que nos acostumarmos a ter romantismo ao nosso redor, estaremos mais abertas e preparadas para comprometimentos românticos mais sérios.

Então, Leitora, faça algo romântico hoje! Visite um amigo, aceite fazer algo que você normalmente recusaria. Lembre seus pais do seu profundo amor por eles. Use um lenço de cores fortes. Alegre um conhecido tristonho com alguma história engraçada. Encha a casa com flores coloridas. E compre para si mesma *óculos de lentes cor-de-rosa, pois quando vemos o mundo em tons rosados, ele é muito mais agradável...*

Tom ergueu as sobrancelhas e se perguntou se aquele livro existia mesmo ou se era algum tipo de pegadinha. Aquele era, de verdade, o tipo de leitura que Kate havia escolhido para si?

Fazer o mundo cor-de-rosa ou azul-bebê. Genial. Essa mulher tinha mais visão do que o próprio Einstein.

Balançou a cabeça e sorriu, com tristeza. Não era de espantar que Kate fosse um caso tão irremediável. Adorável e tola Kate. Talvez ele levasse o livro para o hospital. Tentaria dizer aos seus pacientes que tudo o que precisavam fazer era escolher ver o mundo em tons de rosa e tudo ficaria bem de novo.

As pessoas podiam ser tão tolas. Tão... emocionais. Rose Sandler, por exemplo. Saíra havia algumas horas para ir à apresentação do filho, toda arrumada e vestida como se estivesse indo a uma ópera. O marido trouxera várias combinações de roupas para ela experimentar; Tom fora forçado a fazer vista grossa para o fato de que Lucy passara mais de uma hora maquiando a Sra. Sandler, e tudo isso para ela se sentar num salão e ouvir o filho tocar violino. Ele provavelmente nem perceberia que ela estava lá.

O âmago da questão era que o mundo é um lugar arbitrário. Um lugar injusto. Diagnostique um câncer precocemente e você pode conseguir derrotá-lo, matar o maldito com quimioterapia. E, quando as pessoas eram consideradas curadas, era como os finais de um milhão de livros maravilhosos, tudo junto: lágrimas, alegria, alívio, maravilhamento e um repentino sentimento de que tudo valia a pena. Que o Bem venceria o Mal, que a felicidade era mais do que um slogan de propaganda. Ver as pessoas se abraçarem, o olhar nos seus olhos quando percebiam que não iriam perder o marido/a mulher/o filho/

o pai/a mãe, no final das contas, era... bem, era legal. Mas nunca durava. Porque cinco minutos depois havia algum infeliz com menos sorte a quem ele deveria dar as más notícias. Algum outro marido/mulher/filho/pai/mãe a ser destruído com a notícia de que era tarde demais, que a cirurgia não havia adiantado, que o hospital fizera tudo o que podia, mas...

Ele odiava aquela palavra. *Mas*. Você podia dizer as coisas mais agradáveis, e assim que dissesse a palavra *mas*, todo mundo entendia que era o fim do jogo. "Eu te amo, mas..." "A cirurgia foi um sucesso, mas..." "Não quero abandoná-lo, mas..."

Mas fazia com que todo o resto fosse uma mentira. Por que não dizer de uma vez "eu não te amo"? "A cirurgia foi em vão, pois, apesar de termos removido o tumor, o câncer já se espalhou para além do nosso controle"? "Vou abandoná-lo porque outra pessoa está me oferecendo uma vida melhor e não tenho certeza de que eu algum dia quis você de qualquer forma, e por favor não perca seu tempo tentando me contatar porque vou ter filhos melhores com meu novo marido..."

O bipe de Tom começou a tocar e ele o tirou de dentro do bolso. Sra. Sandler, ele leu, com a curiosidade aguçada. Talvez ela estivesse de volta, arrependida da excursão. Bem, seria uma boa lição para ela, e ele lhe diria isso de forma bastante severa.

Colocando o bipe de novo no bolso, Tom fechou o *Manual para românticas incorrigíveis* e saiu do escritório.

Lucy estava esperando por Tom na ala de pacientes quando ele chegou lá.

— Tom... Doutor. Ela... — Lucy mordeu o lábio inferior e pôs a mão no braço dele. — Ela disse que queria vê-lo e pensei que você... bem...

Tom encarou-a.

— O quê?

— Tom... — Com os olhos arregalados, Lucy lhe devolveu o olhar. — ...Ela teve uma convulsão.

Tom tratou de tirar a mão de Lucy do seu braço.

— Uma convulsão? Onde ela está? — Ele correu até a cama dela. — Rose, o que aconteceu?

Rose sorriu debilmente.

— Foi lindo — sussurrou. — Eu estava na fileira da frente, sabe, e ele tocou tão bem. E... — Respirou com dificuldade. — Ele sabe que eu o amo — disse, alguns momentos depois. — Obrigada, doutor. Não tenho como agradecer ao senhor.

— Você não deveria ter ido — Tom disse. — Olhe para você. Foi estresse demais. Eu não devia ter permitido...

Rose balançou a cabeça gentilmente para os lados, contraindo os olhos de dor.

— Eu precisava ir — ela disse, em voz baixa. — Eu precisava ter um momento, dar a Liam alguma lembrança que não envolvesse uma cama de hospital.

Tom olhou para ela, furioso.

— Pare de falar de memórias, Rose. Você vai melhorar. Você *vai* melhorar. Assim que estiver forte o suficiente, vamos fazer a cirurgia e vamos tirar o resto do tumor...

Lucy apareceu ao lado de Tom e apertou a sua mão, e Tom silenciosamente estudou as máquinas ao redor de Rose, desejando que as informações indicadas fossem diferentes, suplicando para que contassem outra história.

— Você só precisa comer — ele sussurrou, com a voz falhando. — Precisa ter mais energia.

Lucy apertou de novo seu braço e conduziu Tom para longe da cama.

— Tom, descobriram essa tarde que ela tem uma infecção no fígado. Além do tumor.

— E você deixou que ela saísse do hospital.

Ele caminhou até a cama de Rose e pegou sua mão.

— Sinto muito — disse. Sentiu lágrimas surgirem no canto dos olhos, lágrimas que durante vinte anos não haviam sido permitidas.

— Não sinta — Rose disse, sorrindo serenamente. — Hoje vi como meus meninos, Liam e Pat, se aproximaram. Ele e o pai nunca tiveram muito em comum, mas agora... bem, estão bem juntos. A questão é, doutor, agora sei que vão ficar bem. Não estou mais preocupada.

— Mas e você? — Tom disse, com a voz apertada. — Você não pode simplesmente...

Rose levantou a mão e pôs o dedo indicador sobre os lábios.

— Eles vão chegar logo. Liam e Pat. Vou ter os meus rapazes perto de mim. Não se pode querer mais do que isso, não é? Morrer cercado pelas pessoas que a gente ama. Que nos amam.

Tom engoliu em seco, fazendo o possível para ignorar o enorme nó que se formara na sua garganta.

— E eu gostaria de agradecer ao senhor — Rose continuou. — O senhor é um homem bom, doutor, um homem muito bom.

Tom balançou a cabeça, e em seguida o marido e o filho de Rose apareceram à porta no extremo da ala, com rostos preocupados e pálidos.

Rose os viu e sorriu.

— Adeus, doutor — disse. — Cuide-se, viu.

— Adeus, Rose — Tom conseguiu dizer. Sustentou o olhar dela por um instante, então se virou e saiu da ala de pacientes, fazendo um cumprimento mudo para o Sr. Sandler quando se cruzaram, mas sem conseguir olhá-lo no rosto. Não teve coragem para tanto.

28

Kate decidiu voltar a pé do abrigo. Nos últimos dias, fora até lá várias vezes e, quando não estava lá, estava ao telefone, tratando com fornecedores, organizando cronogramas e fazendo pedidos. Tudo parecia surreal, como se tivesse pego o elevador para subir um andar e, em vez disso, ele decolava como o Grande Elevador de Vidro, e então ela se via num lugar que parecia vagamente familiar mas que diferia do seu mundo sob vários e significativos aspectos. O Canal 3 agarrara a chance no ar. Magda a estava tratando como alguém importante. Fornecedores estavam se dividindo em dois para dar a ela tudo o que precisava, e de graça. Tinha uma equipe de produtores trabalhando só para ela. Pela primeira vez em muito, muito tempo, estava entusiasmada e animada pelo seu trabalho. E cada dia que passava amenizava um pouco a dor de Tom não ter ligado, fazia do mundo um lugar um pouco mais suportável.

Enquanto caminhava, viu que estava passando pelo lado de fora do Hospital Charing Cross, e ao lançar um olhar para o grande prédio cinza, se perguntou se Tom estaria lá. Ele provavelmente estaria estudando os exames de alguém, pensou. Ou talvez estivesse conversando com um paciente. Preenchendo alguma papelada.

Sem saber exatamente por quê, ela se dirigiu à entrada do hospital, atravessou as portas e se viu na recepção. Havia anos que não entrava — Tom estudara medicina ali, e ela lembrava de ter ido até o hospital com Sal para uma festa, no fim do primeiro ano de faculdade. Havia espaço para dançar e, em algum ponto da noite em que tocaram várias músicas dos anos 1950, Tom a fizera rodopiar por toda a pista de dança, até ela achar que fosse vomitar. E então os três brincaram nos elevadores-sem-porta-que-provavelmente-tinham-alguma-função-médica-importante mas com os quais se divertiram muito, pulando para dentro e para fora com um alegre abandono até que uma mulher furiosa os mandou embora. Eram tempos diferentes, aqueles. Tempos em que tudo o que importava era o aqui e o agora, e ter o máximo de diversão possível.

Mas nos últimos anos não tinha havido nenhuma razão para ela ir até o hospital. Era estranho que aquele lugar, tão importante na vida de Tom, fosse tão pouco familiar para ela.

Um pouco como o próprio Tom.

Ela olhou para o mapa do hospital e, distraída, se perguntou onde Tom estaria. A unidade de tratamento de câncer ficava no quarto andar. Será que era lá que Tom estava? Ou será que ele tinha um consultório em outro lugar? Ela arqueou as sobrancelhas: na televisão, os médicos sempre estavam correndo por longos corredores com medidores de pressão nas mãos. Ou será que aquilo era só no *Plantão médico*?

Não que tivesse alguma importância.

Ela se virou para ir embora.

— Posso ajudá-la? — Uma mulher de azul sorria para ela, com certa expectativa.

Kate abriu um sorriso.

— Hum, não, obrigada. — Então ficou séria. Precisava, sim, de ajuda. Tinha que organizar um programa de televisão; no início imaginara que simplesmente falaria com Tom para obter a permissão para filmar, mas aquilo parecia, cada vez mais, uma possibilidade distante. — Na verdade, estou fazendo um programa de tevê para o Canal 3 — disse. — Estamos reformando um abrigo aqui perto para pacientes de câncer, que foram operados no hospital. Eu só estava dando uma olhada. Sabe com quem preciso falar para obter uma autorização para filmagem?

— Você terá de falar com a assessoria de imprensa — a mulher disse. — Tem hora marcada?

Kate fez que não.

— Quem sabe você não liga para lá e não marca uma hora para conversar? — a mulher sugeriu.

— Sim, claro — Kate concordou rapidamente.

Saiu correndo do hospital. Fora um erro entrar lá. De alguma forma, ainda estava esperando que as coisas com Tom dessem certo. Que ele se desse conta de que estava apaixonado por ela. E isso não iria acontecer.

Quando chegou à porta, seu telefone tocou furiosamente, e ela o tirou do bolso.

— Alô?

— Oi, Kate! É Heather, da *Hot Gossip*. Escute, eu só estava imaginando se você já não estaria com vontade de falar conosco. Quer dizer, sabe, se tem algo que você gostaria de dizer...

Kate suspirou.

— Não, Heather — disse, com firmeza. — Não tenho nada a dizer para os leitores da *Hot Gossip*. Absolutamente nada.

Então uma ideia lhe passou pela cabeça.

— Espere — ela disse. — Pode ser que sim. Vocês teriam algum interesse em um projeto que tenho em andamento? A reforma de um abrigo para pacientes com câncer?

— Caridade? — Heather disse, cautelosa. — Talvez...
— Televisão — Kate disse. — Vai ser um programa de tevê.
— E você nos dá a sua versão da história de Penny e Joe?

Kate suspirou.

— Na verdade, não há nada para contar... — começou.

— É que não sei se essa história de caridade vai ser o suficiente — Heather interrompeu.

— Está bem — Kate concordou, relutante. Afinal de contas, disse para si mesma, ela também sabia jogar o jogo da publicidade. Se Penny e Joe iriam usá-la para aparecer nos tabloides, então ela iria usá-los para promover o abrigo. — Você vai ter a minha versão da história.

— Maravilha! — Heather disse. — Quer dizer, que bom. Que tal marcarmos um encontro em algum lugar?

— Claro — Kate disse. — Por que não?

Ed parecia preocupado, ao chegar em casa naquela noite. Resultado, Sal reconhecia, do telefonema que ela dera à tarde, insistindo que ele chegasse em casa às sete, dizendo que ela precisava urgentemente falar com ele. Ela estava esperando por ele sentada na mesa alta que usavam para tomar café da manhã na cozinha, com as mãos pousadas nos joelhos, onde podia enxugar de tempos em tempos o suor que saía delas.

Ed olhou para ela, curioso, então se serviu de um cálice de vinho. Ofereceu um a Sal, que recusou.

— E então? — ele disse, com um suspiro. — Para que essa conferência urgente, afinal?

Sal olhou para o chão, e de novo para Ed.

— Sabe onde estão os tacos de golfe? — perguntou.

Ed achou aquilo estranho.

— Os tacos de golfe? Você me faz vir cedo para casa para falar sobre os meus tacos de golfe?

— Responda à pergunta, Ed — Sal disse, sem se deixar perturbar.

— No meu carro — Ed respondeu. — Qual a próxima pergunta?

— No seu carro — Sal disse. — Bem, isso até que faria sentido, já que você foi com o seu carro, jogar golfe no fim de semana passado. E no fim de semana anterior.

— Aonde você quer chegar? — Ed perguntou, ficando nervoso.

Sal o olhou bem nos olhos.

— Fiquei curiosa, sabe? — ela disse, com a voz calma. — Pois eu também pensava que eles estavam no seu carro. Mas aí, mandei lavar o meu carro. E encontrei os tacos no meu porta-malas. Onde os colocamos, no Natal.

A cor desapareceu do rosto de Ed.

— E fiquei me perguntando como você estava jogando golfe sem eles — Sal continuou, olhando para Ed direto nos olhos.

— Eu… peguei uns tacos emprestados — ele disse, hesitante. — Preciso comprar uns novos, mesmo, então eu estava experimentando outros tacos… — Ed perdeu o fio da meada e fechou os olhos por um momento. — Merda, Sal — disse, com um suspiro. — Sinto muito, sinto muito mesmo…

— Quem é ela? — Sal cuspiu. — Quem é a mulher por quem você tem me trocado todos os fins de semana? Quem exaure você e o deixa sem energia até para me tocar? Ou será que é só falta de tesão? Eu não sirvo mais para você?

O rosto de Ed se desfez.

— Você acha que estou tendo um caso?

— O que eu deveria achar? — Sal gritou. — Diga você, Ed. O que devo pensar do nosso casamento? Nunca nos vemos e, quando isso acontece, você é grosso comigo. Diz que está jogando golfe, mas não leva os tacos…

Ela balançou a cabeça.

— Vou embora, Ed. Eu vou. E você não é o único que pode galinhar por aí. Mas, diferentemente de você, eu sei me controlar. Diferentemente de você, eu valorizo nosso casamento. Fui beijada, Ed. Fui beijada por alguém. E isso me deixou com uma culpa tão grande que sequer conseguia me olhar no espelho. Mas agora... Agora me pergunto por que estava tão preocupada.

Enquanto falava, Sal percebeu que lágrimas se formavam no canto dos seus olhos e piscou furiosamente para fazê-las desaparecer.

Ed estava estupefato.

— Você... você beijou alguém?

Sal deu de ombros, as lágrimas jorrando livremente agora.

— Ele me beijou. Eu não retribuí. E agora vou ser uma mãe solteira e não sei o que fazer, Ed. Não sei o que fazer.

— Mãe? Como assim? — Ed perguntou.

— Estou grávida, Ed.

— Você está grávida? Você beijou um cara e agora está grávida?

Sal lhe lançou um olhar fulminante, com os olhos turvos e cheios de lágrimas.

— Se não me engano, a sequência dos acontecimentos foi que você e eu encontramos algum tempo para transar, há umas sete ou oito semanas, e agora estou grávida. Acho que o beijo não teve papel algum nisso, na verdade.

— Você vai ter um bebê? Nós vamos ter um bebê? — Ed parecia imbecilizado.

— Sim, seu idiota. E você não precisa se envolver, se não quiser. Quero dizer, vou precisar de algum dinheiro, mas não quero que você fique comigo só porque estou grávida. Tenho o meu orgulho, sabe?

— Ah, meu Deus — Ed se levantou. — Ah, meu Deus. — Ele enlaçou Sal com os braços e a abraçou com toda a força. —

Minha garota. Vamos ter um filho. Nós vamos ter um filho, puxa vida. Meu Deus, não consigo acreditar. Acho que é a coisa mais maravilhosa que eu já ouvi.

— Mas... — Sal disse, confusa. — E o caso? E o estado deplorável do nosso casamento?

Ed puxou o banco em que estava sentado para a frente e olhou para ela. Então suspirou.

— Sal, você precisa acreditar quando digo que, desde que conheci você, nunca mais olhei para nenhuma mulher. Exceto pela Helena Christensen, mas isso foi numa revista, então não conta.

Sal olhou para ele, indignada.

— Os tacos de golfe, Ed. O que exatamente você tem feito todos os fins de semana dos últimos quatro meses?

Ed se sentou e tomou as mãos dela nas suas. Então olhou para o chão.

— O quê, Ed? — Sal sussurrou. — O que é?

Ele engoliu com dificuldade e tomou um grande gole de vinho. Então encarou Sal.

— Sal, estou sendo investigado. Pela Agência de Serviços Financeiros.

— O quê? O que você quer dizer?

Ed suspirou.

— Quero dizer que, nos últimos cinco meses, a ASF tem ouvido todo e qualquer telefonema que eu fiz, tem examinado todos e-mails que mandei, e falou com todos os meus clientes de investimentos. Pensam que estive envolvido em algum negócio escuso.

— E você esteve? — Sal perguntou, chocada.

— Claro que não — Ed disse, desolado. — Mas, se concluírem que sim, perco a minha licença. Nunca mais poderei trabalhar em Londres. Perderemos a casa. Perderemos tudo.

— E por que eles suspeitam de você?

Ed balançou a cabeça.

— Não tem importância.

Sal arqueou as sobrancelhas:

— Claro que tem importância. Pode me falar.

Ed piscou.

— Vários clientes meus compraram ações da companhia onde você trabalha, um dia antes de ser anunciado que o último teste com os adesivos de nicotina havia sido um sucesso. Eles somaram dois mais dois e...

— Acham que eu passei informação confidencial a você? — Sal disse, engasgada.

— Eles acham que você pode ter me dito alguma coisa inadvertidamente. Não é esse o crime. O crime é fazer alguma coisa com essa informação.

— Mas eu nem estive envolvida nesse teste. Eu não fazia ideia...

Ed deu de ombros.

— Mas eles não sabem disso.

— Vou dizer a eles. Ed, era impossível que eu soubesse qualquer coisa sobre esse teste. Só recebo os registros aprovados quando a embalagem do produto já está sendo desenvolvida. Por que você não pediu para eles falarem comigo?

Ed não conseguia olhá-la nos olhos.

— Eu não queria envolver você. Queria protegê-la. É por isso que eles estão vasculhando todas as minhas coisas.

Sal respirou fundo.

— Por que você não me contou? — ela perguntou, numa voz sumida. — Por que não me contou tudo no início?

Ed mordeu o lábio.

— Fiquei com receio de que você também perdesse o emprego. Tive medo de que ficasse furiosa. E então, quando não me isentaram de saída, não consegui contar para você. Eu... fiquei com medo de perdê-la, Sal, e pensei que, se eu enfrentasse o problema, tudo se resolveria.

— Me perder? — Sal perguntou, incrédula. — Mas eu te amo.

— Você me ama por aquilo que sou, Sal — Ed disse, com um suspiro. — Sou bem-sucedido, comprei a casa que você sempre quis, dei a você estabilidade. Tudo o que eu sempre quis foi lhe dar o que você queria. E pensei que, se as coisas dessem errado, nós... você...

— Que eu abandonaria você? — Sal perguntou, o tom de voz se erguendo. — Por você ter perdido o emprego? Como você se atreve, Ed? Como se atreve a pensar isso de mim?

— Você sempre disse que era algo que estava na sua lista de "coisas a fazer". Casar com um corretor de ações — Ed disse, numa voz estrangulada.

— Eu me casei com o homem que eu amo — Sal disse, colocando os braços ao redor do pescoço do marido e enterrando a cabeça no ombro dele, sabendo que estava falando a verdade, que ela amava Ed mais profundamente do que jamais percebera. — O homem que adoro. E o homem que vou continuar a amar, aconteça o que acontecer. Ah, Deus, Ed, eu queria que você tivesse me contado. Você não faz ideia do que tenho passado. Achei que você estava apaixonado por outra pessoa. Pensei...

— Nunca — Ed disse, apertando Sal contra si. — Ora, Sal, nunca houve ninguém além de você. Você é tudo para mim. Se não fosse por você, não sei como eu poderia passar por tudo isso.

— Então confie em mim, Ed — Sal disse, abraçando-o também. — Temos que ser uma equipe, você e eu. Vamos ser pais, pelo amor de Deus. Você precisa me envolver mais nas coisas. E quero que me coloque em contato com esses investigadores. Vou provar que você não sabia de nada. Prometo.

Ed concordou, então se afastou um pouco e olhou para Sal com intensidade.

— Tudo bem — disse —, mas, se é para eu confiar em você, que história é essa de beijo?

Sal mordeu o lábio.

— *Ele* me beijou — ela disse, de forma débil. — Por um segundo...

— Vou matar esse cara — Ed disse. — É só dizer quem é que vou lá dar um soco nele.

Sal o fitou, preocupada, mas os olhos dele estavam brilhando.

— Não, Ed, é sério — ela disse, brava. — Eu beijei outro homem e foi errado. Errado mesmo.

— Não importa — Ed disse, passando a mão no cabelo dela.

— Não? Mas... você devia me odiar.

Ed sorriu.

— Eu jamais poderia odiar você, Sal. Amo você mais do que a própria vida.

Sal abraçou Ed e apoiou a cabeça no seu pescoço.

— Eu também te amo tanto — ela sussurrou, apaixonada, agarrando-se a ele como à vida. — E senti muito sua falta. Senti falta de *nós*... Comecei a pensar que nosso casamento não era romântico, só prático, e que não significava nada...

— Então o beijo foi culpa minha — Ed disse. — Sinto muito. Vou levar você para sair, e mimar você e ouvir o que você tem a dizer. Tudo o que você quiser. Foda-se, Sal, eu vou ser papai!

Sal ergueu de novo as sobrancelhas.

— Não fale assim na frente do Júnior — ela brigou, severa, então olhou ele bem nos olhos, com um sorrisinho dançando nos lábios. — Na verdade, você bem que poderia fazer isso, se quisesse — ela disse, com os olhos cintilando, marotos.

— Poderia o quê? — Ed perguntou, sem saber do que ela estava falando. Ela o olhou de forma atrevida, e lentamente um brilho de entendimento surgiu no rosto dele. — Está falando sério? Podemos fazer isso? Com o... com o Júnior aí?

Sal fez que sim e pôs as pernas ao redor dele.

— Pode apostar — ela respondeu, sorrindo. — Aparentemente, mulheres grávidas ficam muito excitadas. De forma que você precisa começar a se exercitar.

— Então você desistiu da ideia de ser mãe solteira, imagino? — Ed perguntou, com um sorriso matreiro no rosto.

— Por enquanto — Sal disse —, mas não vá pensando que pode se deitar sobre os louros.

— Nem pensar — Ed disse, pegando-a no colo e levando-a para o andar de cima.

Lucy estava parada na porta, olhando para Tom de um modo estranho.

— O quê? — ele perguntou, com um suspiro. — O que aconteceu?

Lucy entrou, devagar.

— Ela... Bem, a Sra. Sandler acabou de falecer, só isso. Eu... pensei que você gostaria de saber.

Tom olhou para Lucy, seus olhos procurando nos dela algo que ela não podia lhe dar, e então balançou a cabeça, para sinalizar que ouvira o recado.

— Obrigado — disse.

— Só isso? — Lucy perguntou.

Tom ergueu as sobrancelhas.

— Tem mais alguma coisa?

Lucy fez que não e fez menção de ir embora. Então voltou, e caminhou direto até a escrivaninha de Tom. Pôs a mão no ombro dele e disse, séria:

— Não há nada de errado em ficar chateado, sabe? Ninguém vai achar que você é menos competente por isso.

Tom olhou para baixo, para o tampo da escrivaninha.

— Eu sou um médico. Se ficasse chateado cada vez que um paciente morresse, não teria condições de desempenhar devidamente a minha profissão.

— Você gostava dela, não é mesmo?

— Ela era minha paciente — Tom disse. — E eu a decepcionei. Só isso.

Lucy balançou a cabeça, em sinal de compreensão.

— A questão é, Tom — ela disse, em voz baixa —, que as pessoas morrem. É o que acontece aqui. Mas ela morreu tranquila, com a família. E não parava de falar sobre como você tinha sido maravilhoso, como a fez se sentir um ser humano, e não só uma paciente. Como havia dado esperanças a ela. Então, veja, você não decepcionou ninguém.

— Eu me deixei vê-la como uma pessoa — Tom disse. — Baixei a guarda e priorizei as vontades dela, e não a orientação clínica...

Lucy fez cara de quem não concordava.

— Ela é uma pessoa. Era, quero dizer.

Tom olhou para cima, em direção ao teto, e respirou fundo.

— Não importa — disse. — Todo mundo acaba indo embora, de uma maneira ou de outra.

Lucy lhe dirigiu um olhar interrogador.

— O que quer dizer?

Tom suspirou.

— Quero dizer que nos apegamos aos outros e sempre acabamos decepcionados quando a pessoa vai embora, ou morre, ou se apaixona por alguém, mas é a vida, não é mesmo?

Lucy fez uma cara séria.

— Você acha que a vida é cheia de desilusões? Bem, você está errado.

Tom balançou a cabeça.

— Lucy, nas últimas noites você dormiu lá em casa para tentar provocar ciúmes no seu namorado, para que ele finalmente peça você em casamento. Se não percebe que vai acabar se decepcionando, então você é mais tola do que parece.

Lucy o encarou fixamente.

— Ah, sou, é? — ela disse, irritada. — Bem, então talvez você fique surpreso ao saber que não tenho mais namorado.

Tom fez uma careta.

— Desculpe. Eu não sabia. Mas está vendo? Estou certo.

— Eu tenho um noivo — Lucy continuou. — Que, por acaso, não sabe que eu estava dormindo no quarto de hóspedes. Então não conte para ele. Sabe, se um dia vocês se encontrarem.

— Ele acha...

— Que nós transamos? Sim, ele acha. Eu falei que você era péssimo — Lucy disse, pragmática.

Tom ficou olhando para ela, ligeiramente pasmo. Então abriu um sorriso.

— Está certo. Bom. Um julgamento justo, eu diria. Então, nós não fizemos nada? Nunca, quero dizer? É que quando acordei e você estava na minha cama, na noite em que liguei para você...

Lucy riu.

— No estado em que você estava? Por favor. Precisei arrastá-lo para a cama. Não tive coragem de deixá-lo, você podia parar de respirar ou algo do gênero.

Tom balançou a cabeça.

— Bem, parabéns. E espero que você esteja certa. Sobre as coisas darem certo, quero dizer.

— Claro que vão dar certo. Connor só precisava se dar conta de como nós dois nos damos bem. Os homens geralmente só percebem o que tinham quando o perdem — Lucy disse. — Todo mundo sabe disso. Agora que ele me tem de volta, não vai mais me deixar. Agora ele sabe o que quer.

— Sei — Tom disse, pensativo. — E você não está preocupada com o que pode acontecer no futuro? Daqui a alguns anos?

Lucy revirou os olhos.

— É, estou muito preocupada — ela disse, sarcástica. — Claro que não. Você não pode se preocupar com o futuro, senão nunca vai fazer nada, não é mesmo? Apenas ficaríamos sentados, sem coragem de sair na rua, com medo de que um carro fosse nos atropelar ou algo do tipo. Neste momento, nos amamos, e isso basta para mim.

— Mas e se ele deixar de amar você? — Tom insistiu. — O que você faria, nesse caso?

Lucy olhou para ele, totalmente incrédula.

— Eu quebraria os faróis do carro dele — ela disse. — Atearia fogo nas roupas dele, arranharia a pintura do carro e o faria pagar.

Tom tamborilou os dedos sobre a mesa.

— Talvez você tenha razão.

— Sobre mim e o Connor? — Lucy perguntou. — Claro que tenho razão. Nós fomos feitos um para o outro, fomos mesmo.

— Não — Tom disse. — Sobre quebrar os faróis do carro dele. — Ele se levantou e olhou para o relógio. — Olhe — disse, distraído —, talvez eu precise ir a um lugar. Você pode... pode avisar ao pessoal que vou me ausentar por algumas horas?

Lucy balançou a cabeça, sem entender muito bem do que ele estava falando.

— Tudo bem — disse. — Se eu fosse você, me ausentaria por mais tempo. Acho que você precisa de uma folga. Está destruído, sabia?

Tom sorriu.

— Destruído não, Lucy. Pela primeira vez em muito tempo, talvez eu esteja bem.

Então ele apanhou o telefone e discou um número.

— Pai? — ele disse. — Escute, preciso que você me consiga um endereço.

29

Lute ou fuja

Há um momento na vida de quase todos em que nos deparamos com a escolha entre encarar um problema ou fugir correndo. Pode ser um rival que esteja atrapalhando sua vida amorosa; pode ser a desaprovação de seus pais em relação ao seu casamento ou a outra decisão importante; ou pode ser que outra coisa com a qual você esteja envolvida seja desfavorável.

Românticas incorrigíveis, porém, não conhecem tal escolha. Muito embora entendam dificuldades e não sejam em absoluto estranhas a potenciais perdas, elas tampouco desistem. Românticas incorrigíveis entendem que desistir de algo em que acreditam significa abrir mão de uma parte da própria alma. Abrir mão de seus desejos as enfraquece. Uma vez que desistimos de algo, torna-se muito fácil desistir de outras coisas, até não termos mais nada a não ser memórias de sonhos e ambições não realizados.

As sufragistas eram verdadeiras românticas incorrigíveis, aferrando-se a manifestações públicas em vez de desistirem em silêncio. Todas as grandes heroínas também foram românticas *incorrigíveis — seja ao recusarem a inabilidade dos próprios maridos de se aperfeiçoar ou se recusarem a perder o homem para uma rival, enfrentando a invasora sem descanso, até que a batalha estivesse ganha.*

Seja qual for a batalha, pense bem na sua estratégia. Gestos grandiosos são, no geral, melhores se deixados para os cavalheiros, que têm resistência para demonstrações mais físicas. Mas isso não significa que uma dama não possa demonstrar seus sentimentos. Conflitos não precisam necessariamente ser vencidos no campo de batalha, nem tampouco com armas e bombas. Conflitos podem ser vencidos em festas, com um comentário certeiro ou um piscar de olhos.

A romântica incorrigível que suspeita do interesse de outra mulher no seu bem-amado deve encontrar uma maneira de demonstrar sua generosidade de espírito, de forma a fazer a rival passar por tola sem deixar ninguém perceber que esse era o objetivo (veja abaixo algumas dicas, colhidas com suas companheiras, românticas incorrigíveis). A romântica incorrigível também precisa dominar a arte da persuasão, e se o amado, ou os pais, ou alguma outra pessoa com influência sobre ela, estiver decidido a impedi-la de perseguir algum sonho, deve rapidamente pensar numa maneira de fazer essa pessoa pensar do mesmo modo que ela: talvez possa demonstrar as vantagens do seu modo de pensar, ou talvez deva pintar uma imagem sóbria e convincente das terríveis consequências de se dizer não. Seja qual for o método que ela escolher, o objetivo deve ser fazer a pessoa em dissonância não apenas mudar de opinião, mas também pensar que o modo de ver da romântica incorrigível era, na verdade, o que ela pensava desde o início.

Coragem, românticas incorrigíveis. Encarem o medo, e não temam a disputa. Pois, se nos importamos muito e verdadeira-

mente com algo, não devemos permitir que isso escape por nossos dedos sem fazer tudo ao nosso alcance para impedi-lo.

Gabrielle Price abriu a porta da frente com uma expressão preocupada. Então franziu o cenho.

— Sim, posso ajudá-lo?

Tom rapidamente enfiou o livro no bolso. Não sabia ao certo por que o trouxera, a não ser pelo fato de que o lembrava por que ele estava ali. E isso tornava ainda menos possível ele ir embora. Mesmo se fosse uma total perda de tempo.

— Não sei — ele disse, diretamente. — Mas acho que vale tentar. Meu nome é Tom, aliás. Sou seu filho. Aquele que você abandonou, vinte anos atrás. Aliás, como você está? Está ótima...

— Tom? É mesmo você? — Gabrielle interrompeu, olhando-o fixamente.

Tom deu de ombros.

— Não, sou um impostor — respondeu. — Claro que sou eu.

— Claro — Gabrielle disse, parecendo confusa. — Bem, é melhor você entrar, então. Sabe, podia ter ligado antes. Aparecer assim... Bem, é uma surpresa e tanto.

— Como quando você foi embora — Tom disse. — Também foi uma surpresa e tanto.

— Eu... vou fazer chá para nós — Gabrielle disse. — Por que não se senta na sala, hein?

Tom caminhou distraidamente até a sala de estar, que era grande e bagunçada, cheia de evidências da vida familiar: uma tevê bem grande, sofás fofos com almofadas desiguais, DVDs espalhados pelo chão. Sentiu-se desconfortável. Era a sala de estar de outra família. Ele não tinha nada a ver com ela.

Sempre pensara que sua mãe vivia em uma casa imaculada, onde nada jamais estivesse fora do lugar. Convencera a si próprio que essa fora uma das razões pelas quais ela partira: porque ele era bagunceiro demais, pois sempre deixava o prato na mesa em vez de colocá-lo na pia, não importava o quanto ela ralhasse com ele.

Mas não era por isso que ela fora embora. Senão, não estaria morando naquela casa.

— Aqui está — Gabrielle disse, surgindo agitada e entregando a Tom uma xícara de chá. — Eu... não sabia se você tomava com açúcar.

— Está bem assim — Tom disse, frio, pegando a xícara das mãos dela. Porcelana, ele percebeu. — Tanto faz. — Ele bebericou o chá, então pôs a xícara sobre a mesa. — Você parece diferente — disse. — Mais loira.

Gabrielle deu de ombros.

— Disfarça melhor os cabelos brancos.

Tom aquiesceu. Então se reclinou no sofá.

— Eu só precisava saber por quê — disse, fazendo um esforço para olhar para ela. — Preciso saber por que você foi embora. Por que você nunca sequer disse adeus. Por que não houve nenhum aviso, nenhuma briga, nada... — Ele respirou fundo. — Sabe, estou tendo alguns problemas atualmente. É difícil acreditar que, se eu amar alguém, se eu admitir a possibilidade de que amo alguém, essa pessoa não vai me abandonar. Não faz sentido, eu sei. Entendo isso. Mas você ir embora também era algo que não fazia nenhum sentido, e no entanto foi o que aconteceu...

Gabrielle concordou. Então ela se levantou.

— Se importa se eu fumar um cigarro? — perguntou, apanhando o maço.

— Na verdade me importo, sim — Tom disse. — Sabe que vão lhe causar câncer?

Gabrielle ergueu uma das sobrancelhas e acendeu um cigarro de todo modo. Inalou com força; então se virou e olhou para Tom.

— A questão é — disse, pensativa — que eu simplesmente acordei um dia e pensei: essa não sou eu. E me refiro a tudo: seu pai, você, aquela casinha com uma varanda. Quando o conheci, ele me pareceu uma pessoa diferente. Tinha dinheiro, me levava para restaurantes caros. Mas depois que nos casamos, ele só sabia falar sobre mensalidades da escola e economias. Você era só o que importava para ele, você e "a família" — não eu, não as férias, ou, sabe... Não era eu, Tom. Eu não estava pronta para aquilo. E precisei dar o fora.

— Precisou dar o fora? — Tom perguntou.

Gabrielle concordou com um acesso de cabeça.

— Não foi *você* — ela disse, tentando confortá-lo. — Quer dizer, não você pessoalmente. Era todo o pacote. Ser a Sra. Whitson. Me dei conta de que não era o que eu queria.

— E é isso? — Tom perguntou. — Você simplesmente foi embora porque nós não éramos o que você queria?

Gabrielle ficou séria.

— Não foi fácil, sabe? Eu não sabia o que fazer. Mas então conheci Al no trabalho, e de repente me dei conta de que havia uma saída.

— Deixar o filho e o marido para trás?

— Não acabei de falar que não foi fácil? — Gabrielle disse. — Al achou que o melhor era um rompimento rápido e definitivo. E você estaria melhor com seu pai. Nós dois sabíamos disso.

Tom olhou para ela, pasmo.

— Você mora com Al agora? — perguntou. — Quer dizer, essa casa, essa família, são dele?

Gabrielle fez que sim.

— Sou a Sra. Price. E gosto bastante disso, agora. Sabe, filhos e tal. Eu apenas... bem, estou mais madura, não é mesmo? O mais velho vai fazer 18 anos em breve. Engraçado como o tempo passa rápido, não?

— Muito engraçado — Tom concordou.

— Você entende, não? — Gabrielle perguntou, esmagando o cigarro. — Quer dizer, consegue ver as coisas pelo meu lado, não?

Tom sorriu.

— Na verdade, consigo. — ele disse, se levantando. — E quero lhe agradecer por ser tão franca. E agora acho que vou embora, se não houver problema.

Gabrielle olhou para ele, preocupada.

— Já? — suspirou. — Bem, talvez seja mesmo melhor — disse, por fim. — Mas não precisa agradecer. É bom vê-lo. Você é um sujeito bonito, sabe? Seu pai acertou com você.

Tom acenou com a cabeça.

— Acertou, sim — disse, caminhando em direção à porta. Então parou. — Sabe — ele disse —, meu pai sempre dizia que estávamos melhor sem você, que você só pensava em si mesma. E nunca acreditei nele. Tinha certeza de que você tinha ido embora por algo que eu havia feito. Que eu havia arruinado o casamento, a família. E fiquei absolutamente convencido de que o amor não existia. Ou, se existia, que era algo que poderia desaparecer de um dia para o outro...

Ele fez uma pausa, e respirou fundo.

— ...Mas agora... Agora sei que ele estava certo. Você foi egoísta. Nada mais, nada menos. Continua sem ter o mínimo interesse em mim. Não perguntou o que faço, se tenho filhos. Na verdade, você não se importa, não é?

Gabrielle recuou um passo, então olhou para Tom de forma curiosa. Ele exibiu um amplo sorriso.

— Não se preocupe, não vou lhe dar um sermão por isso — ele disse. — Acho que é ótimo. Porque você nunca sequer o amou. Nunca me amou. Na verdade, nunca perdi você, entende? Eu nunca a tive...

Gabrielle olhou para ele com olhos tristes, então os baixou.

— Eu achava que amava o seu pai — ela disse. — No início, quero dizer. Mas não amava. E você era tão parecido com ele... Eu não via nada de mim em você. Absolutamente nada.

Tom balançou a cabeça.

— Obrigado, mãe. Sabe, essa foi a melhor notícia que tive o dia inteiro.

E com isso, ele saiu da casa de sua mãe e caminhou decidido em direção ao carro.

Sal leu e releu o e-mail que acabara de escrever.

Olá, Jim,
Obrigada pela mensagem. Se não se importa, vou dizer não.
Adoraria tomar um drinque com você. Realmente adoraria.
Mas agora não é um bom momento. Preciso resolver
algumas coisas com Ed. Espero que entenda.
Sal

Suspirando, ela marcou o texto e apertou a tecla "delete". "Preciso resolver algumas coisas com Ed" parecia tão clichê, tão deprimente, como um personagem de novela decidindo salvar o próprio casamento. Queria escrever "Amo meu marido mais do que tudo no mundo e sequer consigo acreditar que beijei você", mas tampouco podia fazer isso — Jim era tão legal, havia lhe enviado um e-mail há alguns dias dizendo que não conseguia parar de pensar nela, e ela estava prestes a partir seu coração. Sal não estava habituada a partir o coração dos outros, mas tinha quase certeza de que havia uma maneira certa de fazê-lo.

Não. Se daria o fora no Jim, o faria cara a cara. Não se esconderia atrás de lugares-comuns e mensagens impenetráveis. Não era uma covarde. Se iria desapontar Jim, fazê-lo se sentir sozinho e horrível por sua causa, então o mínimo que ela podia fazer era conversar com ele cara a cara.

Sal se levantou e lentamente se dirigiu até a escrivaninha de Jim. Ele estava sozinho entre quatro outras mesas — seus colegas decerto estavam em reuniões ou fazendo café.

— Oi — ela disse, atrapalhada.

Ele sorriu.

— Oi!

— É sobre aquele drinque — Sal começou. — Lamento, mas acho que não vou poder.

Jim fez um aceno solene com a cabeça.

— Tudo bem, não precisa se preocupar.

Sal ficou séria. Estava esperando um pouco mais do que aquilo.

— É pelo Ed — disse. — Nosso casamento, quero dizer. Sabe, eu amo meu marido, e...

— Certo, entendi. Marido. Investindo no casamento. Tudo bem.

Sal olhou fixo para ele.

— Na verdade, não está tudo bem — ela disse, afogueada. — Você me beijou. Você me transformou em alguém que é infiel ao marido. E eu gostaria de dizer, categoricamente, que não sou esse tipo de pessoa.

— Tudo bem. Olhe, para ser honesto, eu meio que já havia entendido a mensagem. E meio que comecei a sair com Stacey, do departamento financeiro.

Sal olhou para ele, incrédula.

— Mas nós saímos juntos há poucas semanas! Achei que você havia dito que não conseguia parar de pensar em mim.

Joe sorriu.

— Eu não conseguia. Mas então conheci a Stacey um pouco melhor e...

Sal balançou a cabeça, sem acreditar no que estava ouvindo, e voltou para a mesa. Não sabia se estava se sentindo aliviada ou insultada. Provavelmente, ambos.

Mas, sobretudo, aliviada. Porque ela sabia *categoricamente* que ninguém jamais a amaria como Ed. Ninguém poderia fazê-la sorrir, ou sofrer, ou rir como ele fazia, porque ninguém a conhecia tão bem quanto ele. E se Jim a ajudara a se lembrar disso, então ela desejava tudo de bom para ele e Stacey.

Muito embora provavelmente ela não fosse contar nada daquilo para Ed. Agora ele tinha essa ideia de que Sal era uma *femme fatale*, e ela concluiu que não havia necessidade de acabar com aquela fantasia.

— Você viu isso? O que estou dizendo? Claro que você viu. Mas você leu? Viu que ótimo espaço eles nos deram?

Magda, que nunca deixava a sua voz trair um traço de entusiasmo a menos que fosse absolutamente necessário, veio correndo para o abrigo, exibindo um sorriso de orelha a orelha e agarrada à última edição da revista *Hot Gossip*.

— "Estrela de televisão dispensada pelo namorado, Kate Hetherington salva abrigo da destruição e diz 'Estou mais forte agora, e desejo boa sorte a Penny e Joe'" — ela leu. — Eles mencionaram o abrigo na capa! E essa fotografia!

Kate se encolheu. Ainda não conseguia acreditar que a pequena entrevista havia sido estampada na capa da revista daquele jeito, mas era obrigada a admitir que a fotografia estava boa. E, bem diferente da matéria inventada que esperava que Heather fizesse, ela até que se saíra bem. Talvez um pouco mais melodramática sobre toda a questão Joe-Penny do que seria necessário, mas nada que não fosse tolerável. Um motorista de ônibus sorriu para ela e disse que ela tinha que conhecer um bom rapaz inglês, como seu filho.

A verdade era que ela estava feliz. Realmente, verdadeiramente feliz, e fora ela quem conquistara essa felicidade. Nenhum príncipe a havia beijado e ninguém a havia resgatado em um cavalo branco, e o mais estranho de tudo é que ela não estava mais procurando por isso.

— Acabei de falar ao telefone com o editor no Canal 3 — Magda continuou. — Adivinhe?

Como resposta, Kate ergueu uma sobrancelha.

— Eles querem que você seja a apresentadora!

Kate balançou a cabeça.

— De jeito nenhum!

— Claro que sim! Você é a cara do programa agora!

Carole, que estivera acompanhando a discussão com entusiasmo, concordou.

— Ah, você se sairia tão bem! Que ideia maravilhosa!

Kate continuou recusando.

— Eu *não* sou uma apresentadora — disse. — E, de qualquer modo, estou ocupada demais preparando layouts e combinações de cores, e aprovando tecidos e outros materiais.

— Essa é a questão — Magda disse, imediatamente. — Você é um novo tipo de apresentadora. Uma apresentadora que sabe do que está falando, e por isso pode até mesmo apresentar um programa sobre o assunto.

Kate suspirou.

— Não vou fazer isso — ela disse, exasperada. — Nem gosto de aparecer na tevê.

— É uma pena, pois o Canal 3 está argumentando que isso configuraria quebra de contrato — Magda disse, balançando a cabeça. — E eu detestaria ter de cancelar tudo. Especialmente agora que a Cidade dos Móveis disse que vai fornecer camas e sofás novos para todos os cômodos.

— Quebra de contrato? — Kate estreitou os olhos. — Mesmo?

— E a Casa dos Carpetes está nos dando carpete e laminado para os banheiros.

— Tem que haver outra pessoa para fazer isso — Kate implorava.

— Acabamentos de banheiro novinhos em folha da Seu Banheiro.

Kate suspirou.

— Está bem — disse, desistindo de argumentar. — Eu apresento. Mas quando você receber as cartas de reclamação, lembre-se de que a culpa é sua.

— Vou lá dar as boas-novas para eles — Magda disse, alegre. — Também disseram que queriam que você aparecesse no *Conversa matinal*, e respondi que não teria problema. Tudo bem?

— *Conversa matinal*?

— Você vai se sair superbem! — Magda sorriu, e Kate esboçou um sorriso débil. — Agora, está tudo direitinho por aqui? — Magda continuou, enquanto saía da sala. — Tudo certo para começarmos a filmar na quinta?

Kate concordou. Na quinta-feira eles começariam a filmar o abrigo como ele estava, entrevistando alguns dos residentes, e também filmariam Betty no hospital logo antes de ela entrar na sala de cirurgias, para a remoção de um caroço no seio. Seria um longo dia, mas Kate tinha certeza de que tudo correria bem. Ela teve algumas dúvidas a respeito da filmagem da cirurgia, mas a própria Betty adorou a ideia e se recusou terminantemente a dizer não.

Os residentes também estavam muito entusiasmados. Gareth estava fazendo testes com perucas, lenços e chapéus, enquanto Lysander estava experimentando tecidos que fossem macios, para não agredir peles sensíveis, fáceis de lavar e que pudessem se ajustar à flutuação de peso. Phil tinha uma equipe de pedreiros trabalhando para ele, e todo o projeto devia ficar pronto em dez semanas. Kate inclusive providenciara para que, durante a parte mais pesada do trabalho de reformas, os residentes fossem colocados em um hotel local, de graça, onde seriam mimados com tratamentos de beleza para as mulheres e tratamentos estéticos para homens — os procedimentos eram exatamente iguais, mas os masculinos soavam um pouco mais sérios.

— Você deveria estar muito orgulhosa — Carole disse, com um sorrisinho, ao verificar o planejamento mais uma vez. — Você fez tudo isso sozinha, afinal?

Kate olhou para ela e ficou séria.

— Não — disse. — Não fiz quase nada.

— Ora, não é verdade. — Carole esboçou uma careta de repreensão. — Você fez quase tudo. E também deu esperança aos residentes. Algo para deixá-los animados. É um feito e tanto, sabe?

Kate sorriu e enrubesceu.

— É gentil da sua parte dizer isso — disse. — Mas acho que, na verdade, tudo isso deu esperanças foi para mim. Eu costumava pensar que estava apenas esperando alguém que me salvasse, que fizesse tudo ficar bem. Nas últimas semanas, porém, me dei conta de que posso fazer isso sozinha, sabe? Ser a heroína da minha própria vida.

— Claro que pode — Carole disse, então sorriu, com os olhos brilhando. — Além disso, você vai ser uma estrela de tevê agora. E não tem vingança melhor do que o sucesso, não é, querida?

Kate olhou para ela, atônita.

— Isso não é uma vingança! — exclamou, mas depois riu, em tom conspiratório. — Mas você tem razão. Penny não vai gostar. Não vai gostar nem um pouco.

Magda viu Penny antes de Penny vê-la. Magda tinha um sexto sentido para esse tipo de coisa; sempre percebia quando algum problema ia aparecer. Sabia quando um programa de tevê estava para ser tirado do ar, quando o diretor executivo estava prestes a ligar para ela, e sabia até mesmo quando um cheque estava para voltar por não ter fundos. As pessoas no geral achavam que Magda não era muito boa no que dizia respeito a confiar nos outros, mas ela considerava seu sexto sentido um verdadeiro mecanismo de sobrevivência. Em momentos como esse, vinha bem a calhar.

Precipitando-se pelo corredor até a porta do abrigo, Magda bloqueou Penny antes que ela pudesse irromper prédio adentro e causar problemas.

— Penny — disse, com o entusiasmo comedido que reservava para encontros como esse. Como encontrar em uma festa alguém que a tratara mal ou o contrário. Ambos sorririam, trocariam um ou dois comentários insignificantes sobre o vinho ou os anfitriões, então seguiriam adiante e falariam mal um do outro pelo resto da noite. — Que bom ver você. Como tem passado?

Penny a fitou bem nos olhos.

— Foda-se como eu tenho passado. Que porcaria é essa? Não tem ninguém no escritório, e encontrei isso aqui na minha mesa.

Ela mostrou para Magda uma carta que informava que o atual programa de tevê *Futuro: perfeito* havia sido tirado do ar antes do previsto devido a questões de produção e que o conselho ainda estava avaliando sua viabilidade a médio e longo prazo. Nesse meio-tempo, Magda e os diretores da Footprint Productions agradeciam pela contribuição de Penny e desejavam-lhe toda a sorte no futuro.

— E demorei um tempão até descobrir onde vocês todos estavam, também — ela continuou, numa voz gélida. — Se não fosse pelo meu motorista e pela entrevista nojenta de Kate na *Hot Gossip*, eu provavelmente nunca encontraria vocês.

— Ah, sim — Magda disse. — Sabe o que é? Você sumiu por tanto tempo que o programa se tornou insustentável, então tivemos de encerrá-lo.

— Encerraram um programa assim, sem mais nem menos? Não seja ridícula. De qualquer forma, você disse que o Canal 3 estava interessado. Interessado em mim, no caso. Eu sou o programa, Magda, e você sabe disso.

Magda sorriu.

— Na verdade, eles disseram que não queriam chegar nem perto de *Futuro: perfeito*. Disseram que você não se encaixa nos valores familiares prezados pelo canal. Mas adoraram a ideia de Kate sobre o abrigo. Compraram o programa para ser exibido sábado à noite.

Então ela observou, não sem satisfação, o sangue desaparecer do rosto de Penny, e sorriu, na tentativa de consolá-la.

— Bem, meu chefe ficou um pouco chateado com sua ausência, e começou a falar sobre contatar advogados e tal, mas expliquei que você estava com problemas pessoais e que precisava de uma folga — ela continuou —, de forma que não terá problemas nesse sentido. Claro, *Futuro: perfeito* foi tirado do ar, mas os números da audiência já estavam baixos, então lançamos mão de reprises para terminar a série. As reprises estão indo superbem. Meio como Mozart, não? Só ficou famoso depois de morrer.

Penny a encarou.

— Mozart era muito famoso — disse, com desdém.

— Ah, acho que confundi com Van Gogh — Magda disse, sem se deixar abater.

— Então esse é o programinha de doentes da Kate, é? — Penny perguntou, com a voz ainda amarga, mas sem o tom belicoso de antes.

— Exatamente — Magda disse, alegre.

— No Canal 3?

— Maravilha, não?

— E você não precisa de uma apresentadora? Uma celebridade com um verdadeiro apelo junto aos telespectadores?

Magda sorriu.

— Na verdade, precisamos — ela disse, com crueldade, observando o rosto de Penny se iluminar. — E, por sorte, temos uma. Kate é uma apresentadora nata, sabe. Todo mundo concorda. E o melhor de tudo é que ela realmente sabe do que está falando. De qualquer forma, foi ótimo ver você, Penny, mas preciso voltar ao trabalho. A gente se vê, certo? — Magda se levantou, olhando para Penny e deixando claro que a única direção que ela poderia tomar seria sair por onde havia entrado.

— Veremos — Penny disse, com faíscas saindo dos olhos. — Com certeza, veremos.

Assim que ela saiu, Magda tirou o celular do bolso e ligou para o escritório.

— Louis, cancele o motorista da Penny, por favor? Não, agora mesmo. Obrigada.

30

Joe estava assistindo televisão quando Penny voltou ao apartamento. Ali, bem na frente dele, em algum programa matinal, estava Kate, falando sobre seu novo programa, como se tivesse feito aquilo a vida toda. Kate, a apagada Kate, estava num programa de entrevistas — um programa que se recusara a convidar ele e Penny, mesmo depois que o agente de Penny ligara para lá um milhão de vezes. E lá estava ele, sentado no sofá de Penny, vendo Kate na tela. O mundo estava virado de pernas pro ar.

Ele havia pensado que se tratava de uma desforra quando a vira na capa de uma revista. Imaginara que ela havia decidido ter seus cinco minutos de glória e ficara até mesmo aliviado por ela não ter saído contando histórias terríveis sobre ele nem inventando que ele tinha problemas na cama. Era isso o que as mulheres normalmente faziam quando falavam publicamente sobre seus relacionamentos com celebridades.

Penny tivera um pequeno ataque em relação àquilo, ligara para a revista e exigira saber por que Kate estava na capa enquanto eles haviam sido relegados à página 45, mas ela logo superaria o revés.

O mais irritante era que, na semana passada, ele e Penny receberam cada vez menos espaço na mídia, ao passo que Kate parecia estar em toda parte. E ela sequer precisava fingir que estava saindo com uma bruxa de cabelos cor de palha para chamar atenção; tudo o que precisava fazer era falar sobre um abrigo e pacientes de câncer. Cara, por que ele não pensara naquilo?

Por falar nisso, por que ele havia fugido com Penny? E por que Kate, de quem, afinal de contas, ele gostava, estava lenta mas positivamente eclipsando os dois?

— Os filhos da puta encerraram o contrato — Penny disse, furiosa, antes mesmo de passar pela porta. — Até o motorista foi embora. Tive que voltar para casa no maldito metrô, dá para acreditar? A maldita da Kate roubou meu contrato com o Canal 3. Ela me sacaneou.

Joe revirou os olhos para ela, ignorando-a. Essa havia se tornado a reação-padrão para os ataques de Penny. Se a ignorasse por tempo suficiente, ele meio que sonhava que ela deixaria de existir, como as árvores que caem na floresta quando não há ninguém para ouvir.

Por outro lado, Kate tinha um contrato com o Canal 3? Isso era interessante.

Os saltos de Penny ressoaram no chão de madeira até a cozinha e Joe a ouviu apanhando o telefone.

— Sou eu. *Futuro: perfeito* foi encerrado... Eu sei... Não, não posso processar, eles estão me ameaçando... Eu sei, eu sei... Ouça, você consegue um espaço na *Hot Gossip*? Vou abrir meu coração sobre ser mandada embora de um programa de televisão que deu tanta esperança para tantos... Tá. Me ligue.

Mais uma vez Joe ouviu o *claque-claque* dos saltos, na familiar rotina que ele conhecia tão bem. *Claque-claque* até o armário de bebidas, *claque-claque* até o armário de copos. Barulho de líquido sendo vertido. *Claque-claque* até a mesa alta de café da manhã da cozinha, e logo Penny estava acendendo um cigarro, cujas cinzas não se restringiam ao cinzeiro, mas caíam também no balcão e no chão, para o aspirador de pó limpar na manhã seguinte. Penny era uma pessoa nojenta, Joe pensou, com desgosto. Penny era um pesadelo.

Alguns minutos depois, o telefone tocou. Penny atendeu.

— Sim, sou eu. E então? Você está de brincadeira... Disseram isso? E alguma outra?... Deus, Michael, que tipo de agente você é? Ouça. Quero sair na capa da *Hot Gossip*, e quero acabar com Kate e aquele programinha de merda, e quero que você resolva isso para mim. Entendeu?

Houve uma pausa, e Joe imaginou que o telefonema tivesse sido encerrado, mas evidentemente não fora o que acontecera.

— Está falando sério? — ele ouviu Penny dizer. — Olhe, se me garantir a capa, então eu faço. Mas quero isso por escrito.

Houve outra pausa, e então o *claque-claque* recomeçou, dessa vez vindo na sua direção.

— Precisamos ficar noivos — Penny disse sem mais nem menos, dando uma tragada no cigarro. — Só assim vamos roubar os holofotes da maldita Kate Hetherington e conseguir uma foto na capa. Meu agente vai pegar um anel da Tiffany's emprestado. Vamos conseguir algo bem grande para que você não pareça um miserável *completo*.

Joe olhou para ela.

— Você está *brincando*.

— Receio que não, docinho. Guerra é guerra, e precisamos jogar sujo.

Joe olhou para ela, chupando a boca enrugada, cheia de vincos de fumar o tempo todo, seu cabelo loiro ressecado e seus traços angulosos, e deu de ombros.

— Não poderíamos pensar em outra coisa?

Penny revirou os olhos com impaciência.

— Novo amor, casamentos, bebês e rompimentos são as únicas coisas que recebem atenção nesse mundo. Então, não podemos pensar em mais nada.

Ela claque-claqueou de volta até a cozinha, e Joe se concentrou. Rompimentos. Um novo amor. Na verdade, ele já havia pensado em outra coisa.

— As cicatrizes estão indo muito bem, e posso ver que seu cabelo está crescendo. Como está se sentindo?

Tom sorriu, tentando incentivar a jovem mulher que estava à sua frente. Jovem demais para ter câncer, ele pensou, amargo. Então se recompôs. Sem mais amarguras, pensou consigo mesmo. Aquela mulher tinha sorte. Haviam retirado o tumor a tempo e tudo indicava que ela iria se curar. O que aquele livro ridículo dizia mesmo? *Procure a beleza em todas as coisas e mostre-as aos outros. Lembre-se do milagre da natureza e da vida...*

— Ótima. Quer dizer, está tudo muito bem, considerando as circunstâncias.

Tom aquiesceu e tomou algumas notas.

— Tudo bem, então os resultados até agora estão bons, logo vou lhe dar alta, mas gostaria de vê-la em algumas semanas. Pode ser?

A jovem concordou.

— E como está indo a faculdade?

Ela sorriu.

— Tirei a nota mais alta com meu trabalho na semana passada. E consegui recuperar o conteúdo do curso, então parece que vou mesmo me formar no próximo ano, no final das contas.

— Que ótimo — Tom disse. — Maravilha.

— Obrigada — ela disse, enquanto se levantava. — Quer dizer... Bem, é isso, muito obrigada.

— Agradeça-me cuidando de si mesma — Tom disse.

Ela foi embora, e Tom a observou se afastar. Nunca havia percebido antes, mas ele estava cercado por várias pessoas fantásticas. Enfermeiras e médicos que trabalhavam incansavelmente para curar pessoas, para ajudá-las a se sentir melhor; pacientes que lutavam corajosamente até mesmo quando travavam uma batalha muito desfavorável; famílias que os apoiavam, silenciosa e diligentemente, sem nunca revelar os próprios medos ou sofrimentos. O mundo era um lugar incrível. Não era cinzento nem vazio; era feito de puro tecnicolor. E, até aquele dia, ele nunca percebera isso.

Balançou a cabeça, surpreso, e olhou para a agenda. Havia uma consulta marcada para a primeira hora da manhã seguinte com Betty Conway, que iria fazer uma mastectomia. Mas, até lá, não havia nada.

Ele iria vê-la, decidiu. Se certificar de que tudo estava bem. E em seguida daria uma volta. Talvez pegar um cinema. Fazer umas compras. Deixar que os raios de sol da primavera batessem em seu rosto e se sentir feliz por estar vivo. Por ter uma segunda chance.

Tom caminhou pelo corredor, pegou o elevador e desceu ao terceiro andar, então foi até a ala de internação, onde encontrou Lucy tirando a pressão sanguínea de Betty e mostrando o anel de noivado.

— Ah, Betty — ele disse, de modo jovial, ao puxar a cortina que circundava a cama da paciente. — Está bonita como sempre.

Lucy ergueu uma sobrancelha ao ouvir aquilo.

— Olá, doutor. Lucy estava me contando a grande novidade! — Betty disse, com os olhos brilhando. — E o senhor, quando vai arranjar uma esposa? Um médico tão bonito como o senhor... Merece a melhor pretendente de todas.

Tom sorriu e pegou o prontuário.

— Betty, eu gostaria de repassar algumas coisas antes da cirurgia de amanhã. Vai durar no máximo uma hora, mas provavelmente você vai dormir por bem mais do que isso. As enfermeiras não vão lhe dar jantar hoje, mas pode bebericar um pouco de água, se precisar. Porém, nada amanhã de manhã, nem mesmo um gole d'água. Alguma dúvida?

Betty sorriu.

— Vou aparecer na tevê — ela disse, feliz. — Hoje à tarde. Vão me filmar aqui mesmo.

Tom olhou para Lucy, confuso.

— O programa do abrigo — Lucy disse, dando de ombros. — Sua amiga. Achei que você estava a par. Aparentemente a assessoria de imprensa do hospital combinou tudo...

— E eles vão vir aqui hoje à tarde? — Tom perguntou.

— Exato — Lucy disse.

— Estão no abrigo agora — Betty disse, com uma certa autoridade no assunto. — Então virão aqui às quatro e meia, apesar de Kate ter dito que filmagens sempre demoram mais do que a gente imagina, então pode ser que só cheguem por volta das cinco. E vão me perguntar sobre o abrigo. Vou ser uma das estrelas do programa, sabe? Uma das "histórias de vida".

— Kate disse isso, é? — Tom perguntou, com um sorrisinho.

Betty fez que sim e retribuiu o sorriso.

— E aquele Gareth, disse que tenho um rosto ótimo para a televisão. Imagine só, na minha idade. Ele disse que poderia ser minha nova vocação.

Tom sorriu.

— Bem, estou vendo que já decidiu tudo.

— A gente precisa fazer planos, não é mesmo, doutor? —

Betty disse. — A gente precisa ter algo com que sonhar, um objetivo. Senão, qual o sentido disso tudo?

Tom concordou, pensativo.

— E você nunca se preocupa? Nunca fica com medo de fracassar?

Betty bufou com desprezo.

— Medo? Meu jovem, a única coisa a temer nesse mundo é o próprio medo. É paralisante. Faz você ficar fraco e patético. Não, doutor, não tenho medo. E, se tivesse, eu diria para mim mesma deixar de ser tão tola. Não é verdade, Lucy?

Lucy sorriu.

— Se eu tivesse medo de fracassar, não estaria aqui. Demorei três anos para passar nos exames finais.

— Exatamente! — Betty disse, triunfante. — Mas, doutor, quando o senhor disse que eu deveria parar de comer? — Ela ficou séria. — Doutor?

Mas Tom não estava prestando atenção. Em vez disso, sorria, com os pensamentos longe.

— Fraco e patético, a senhora disse — ele refletia, enquanto Lucy e Betty trocavam olhares. — Certo. Certo. Bem, então não resta muito tempo, não é mesmo?

Deu as costas e saiu da ala, deixando Lucy e Betty olhando para ele com curiosidade.

— Médicos... — Lucy disse, momentos depois. — Teoricamente são inteligentes, mas agem de forma bem estranha, às vezes.

Joe levantou o olhar de onde estava, do seu posto de observação no sofá, para ver a silhueta de Penny no vão da porta.

— Certo — ela disse —, *Hot Gossip* não mordeu a isca, mas o pessoal da *Tittle Tattle* vai chegar às cinco para falar conosco sobre nossos planos de casamento. — Da sua boca saíam espirais de fumaça enquanto falava, e seu cabelo estava imóvel, como sempre. — E vão trazer um fotógrafo, então talvez seja o caso de você trocar de roupa.

Joe olhou para ela de modo insolente.

— Nem falamos sobre tudo isso — ele disse —, e você já arranjou um fotógrafo?

Penny suspirou.

— Não seja tão dramático, Joe — disse. — Você quer espaço na mídia, não? Você quer ser alguém.

Joe mordeu o lábio. Não queria espaço na mídia *com ela*. Não conseguia suportar a ideia de passar mais um minuto que fosse com aquela mulher, mesmo se significasse fama e glória. Era simplesmente um preço alto demais para pagar.

— Vou sair — ele disse, pondo-se de pé.

Penny fez cara feia.

— Para aonde? — perguntou. — Os jornalistas vão estar aqui em uma hora.

Joe deu de ombros.

— Sair — ele disse, passando por ela e empurrando-a para o lado.

Assim que se viu do lado de fora do apartamento, caminhando na direção da Kings Road, ele ligou para Bob, seu agente.

— Oi. Sou eu. Escute, lembra que você falou que se eu saísse com uma supermodelo ou com uma atriz famosa, isso seria o empurrãozinho que preciso? Que poderia largar Penny e toda essa farsa?

— Sim... — Bob disse, sem paciência.

— Então, que tal se eu voltar com Kate? Se eu me desse conta de que pisei na bola e finalmente saísse das garras de Penny Pennington, que me seduziu, mentindo para mim sobre a própria idade? Acha que seria bom?

— Acha que ela voltaria para você?

— Ei, quando quero conquistar alguém, sei o que fazer.

— Bem, se conseguir fazer isso, Joe, você vai ser o pão mais quente da cidade.

— Era isso o que eu queria ouvir — Joe disse. — Obrigado, Bob.

31

Dez maneiras de identificar se você é uma romântica incorrigível

1. Você acredita em finais felizes e se recusa a permitir que o cinismo ou o modo de agir dos outros a desestimulem.
2. Gargalhadas e lágrimas e risos surgem muito espontaneamente em você, tal é o seu grau de empatia com outras pessoas.
3. Quando os céus estão plúmbeos e carregados de chuva, você imagina a romântica situação de ficar presa por causa de uma tempestade; quando os céus estão azuis e o sol está brilhando, fica entusiasmada com a perspectiva de um dia caminhando no parque. Tudo é uma oportunidade para você; tudo traz alegria e expectativa.
4. Você não se impressiona com gestos grandiosos ou presentes caros apresentados como substitutos para o afeto. Uma simples flor que seja apresentada de forma honesta e amorosa vale mil buquês das rosas mais cheirosas oferecidas por um admirador instável.

5. *Se algo é muito importante para você, você não desiste. Nunca. Você corre atrás do seu sonho, se recusa (de forma educada, claro) a aceitar um não como resposta e faz tudo ao seu alcance para transformar seus sonhos em realidade...*

Tom fechou o livro e olhou para Sal, desolado.

— Você precisa me ajudar — implorou. — Preciso de um plano. Algo dramático.

Sal ficou séria e apanhou o livro.

— Kate comprou mesmo este livro? — ela perguntou, folheando o *Manual para românticas incorrigíveis*. — Seja como for, olhe, diz aqui que gestos grandiosos e buquês enormes são apenas substitutos do afeto.

Tom pareceu preocupado.

— Mesmo? Deus, por que isso é tão difícil?

Sal deu de ombros.

— Eu não vejo nada de errado com buquês em si. Ganhei o buquê mais lindo de flores do Ed ontem e me emocionei às lágrimas. Olhe...

Ela apontou para o vaso cheio de flores sobre o balcão e Tom sorriu, tenso.

— Lindo — ele disse. — Mas por favor, podemos nos concentrar na nossa missão? Kate vai estar no hospital em uma hora e preciso surpreendê-la.

— Você e Kate — Sal disse, balançando a cabeça. — Nossa, é tão legal. Penso em vocês dois... — Ela limpou uma lágrima furtiva. — Desculpe, não dê bola para mim. Não consigo parar de chorar, atualmente. Sabe, você poderia aparecer em um cavalo branco. Isso seria grandioso e afetuoso ao mesmo tempo. Quer dizer, ela não está sempre dizendo que quer um cavalheiro numa armadura reluzente?

Tom ergueu uma sobrancelha. Não queria admitir, mas de fato tivera essa pequena fantasia de aparecer na frente de Kate em um cavalo, parecendo Brad Pitt em *O gladiador* ou algo do gênero. Ou estava pensando em *Troia*? Fosse como fosse, não era lá muito fácil encontrar um cavalo no centro de Londres. E ele não sabia montar. E quanto a se parecer com Brad Pitt...

Suspirou. Não, flores eram uma opção muito melhor.

— Acho que está um pouco quente para uma armadura — disse. — E na verdade não tenho tempo para aulas de montaria.

— É verdade — Sal disse, dando de ombros. — De qualquer forma, ela me disse que havia desistido de ser romântica. Aparentemente ela é pragmática e decidida agora. Ao passo que Ed, bem, ele foi para o outro extremo. Falei para você que ele apareceu no meu trabalho no outro dia para me levar para almoçar? Assim, do nada? A investigação acabou inocentando ele, e a primeira coisa que ele quis fazer foi comemorar comigo. Não é romântico?

Seus olhos atravessaram Tom, sonhadores, e ele pigarreou.

— É. Obrigado, Sal. Isso me ajuda muito.

— O que quero dizer — Sal disse, suspirando — é que você não precisa necessariamente de flores. Apenas diga que você é louco por ela e garanto que ela vai ceder. Quer dizer, se ela também gostar de você.

Tom a olhou, nervoso.

— E se ela não gostar?

Sal deu de ombros mais uma vez.

— Então pelo menos você não vai andar por aí carregando um buquê de flores enorme e parecendo um idiota. Você... vai embora, acho. E volta para cá, para um ombro amigo e muito chocolate.

— OK — Tom disse. — Ótimo. Obrigado, Sal.

— De nada! — Sal disse, esfuziante. — Ei, é o sol saindo? Eu bem que gostaria de dar uma volta no parque...

Kate sorriu gentilmente quando Betty acordou e olhou ao redor.

— Peguei no sono? — ela perguntou, enquanto suas pálpebras se abriam, hesitantes. — Não perdi a filmagem, perdi?

Kate sorriu.

— Como se fosse possível filmarmos sem você — ela brincou. — Os câmeras estão a caminho, na verdade. Eu só queria me certificar de que você está bem e que está disposta a fazê-lo. Porque sempre podemos remarcar para outro dia...

Betty fez que não, decidida, e tratou de se sentar na cama.

— Nem pensar — disse, com a voz já mais alerta. — Eu sou a estrela, e o show precisa continuar, não é verdade?

Kate sorriu.

— E como está o abrigo? — Betty perguntou. — Minha suíte com banheiro já está pronta?

Kate fez que não.

— Nesse exato momento, receio que estão tirando tudo das paredes e instalando os pontos elétricos, além de todo o novo sistema de calefação — disse. — Mas você vai ter um quarto com banheiro no hotel em que vai ser instalada enquanto a reforma é feita. E frigobar.

Os olhos de Betty brilharam.

— Parece ótimo. Acho que vou bebericar alguma coisa agora. Não quer me acompanhar?

Kate olhou para ela, severa.

— Não tenho certeza se beber álcool é algo indicado antes de uma cirurgia, de modo que vou recusar, obrigada. Mas tenho algumas coisas para resolver, então, se não for problema para você, vou deixá-la dormir por mais meia hora, mais ou menos, até que todo mundo chegue. Tudo bem?

Betty deu de ombros, concordando, então fechou os olhos novamente, e Kate saiu da ala e verificou as horas no relógio. A equipe de filmagem chegaria a qualquer minuto, mas ela manteria todos do lado de fora por algum tempo, decidiu; Betty podia achar que estava bem, mas Kate não queria o brilho das luzes sobre ela até que tivesse tido tempo de acordar direito.

Era engraçado, pensou, estar ali no hospital e não saber por onde Tom andava, nem mesmo se ele estava no prédio. Não se falavam há.... bem, há muito tempo. Perguntava-se como ele estaria. Perguntava-se se ele pensava nela, de vez em quando.

Provavelmente não, concluiu. Ela precisava seguir em frente, tocar a vida. Como Sal, que parecia engajada na missão de criar o bebê perfeito no ambiente perfeito. Cada vez que Kate falava com ela, ela estava comprando Mozart para desenvolver o cérebro ou comendo espirulina por causa dos nutrientes; por nada do mundo ficava um segundo sequer num lugar com fumaça, como o Bush Bar and Grill, e, mesmo que ela concordasse em ficar, primeiro seria preciso arrancá-la de Ed. Os dois de repente haviam se tornado inseparáveis, passavam fins de semana procurando carrinhos de bebê e, à noite, comiam comida orgânica e liam livros sobre como cuidar de bebês.

Kate nunca a vira tão feliz.

Sem pressa, ela saiu em direção à frente do hospital para esperar pela equipe de filmagem. Mas, assim que chegou lá, viu um homem vindo em sua direção, o rosto parcialmente escondido por um buquê de flores.

Ele chegou até ela e se ajoelhou no chão, erguendo as flores na sua direção, com um olhar de absoluta contrição no rosto

Kate olhou, pasma.

— Você? — ela disse, sem acreditar no que via. — O que está fazendo aqui?

32

Joe olhou para Kate, o rosto constrangido, cheio de vergonha.

— Eu queria falar com você antes, mas Penny não deixou. Não... — Ele mordeu o lábio. — Kate, pisei na bola. Não sei no que eu estava pensando. Tenho estado tão infeliz, e isso fez com que me desse conta... Estou apaixonado por você, Kate. Não espero que me aceite de volta, mas precisava dizer isso para você. Eu tinha que implorar para que pelo menos você me ouça. Durante um jantar, talvez?

Kate olhou para ele, incrédula.

— Quer que eu jante com você? Está louco?

Joe suspirou.

— Eu sei. Fui um idiota. Mas fui coagido. Penny me disse que era a única maneira de dar um empurrão inicial na minha carreira neste país e eu acreditei nela. Acreditei quando ela disse que você não ia querer ficar com um perdedor como eu, que não conseguia ir além dos primeiros testes de elenco. Mas senti sua falta, Kate. Nunca deixei de pensar em você. Nossa, precisa acreditar em como estou arrependido...

Kate deu um passo hesitante na direção dele.

— Você saiu com Penny para se promover?

Joe fez que sim.

— Foi tudo ideia dela.

— Então você me humilhou só para melhorar seu currículo?

Joe pareceu contrafeito.

— Estou tão envergonhado — ele disse, em tom de chantagem. — Mas você tem razão. Ela é desumana. É como o diabo. Estava sugando minha alma, todos os minutos que passei com ela. Tão diferente de você. Com você, eu era... feliz.

— Então acho que lhe serviu de lição — Kate disse.

— Certo, você tem razão — Joe acenou a cabeça, concordando. — Fui um canalha. E sei que você nunca vai me aceitar de volta. Mas pelo menos deixe-me convidá-la para jantar, para me desculpar por tudo. Pelo menos deixe eu pedir desculpas direito.

Kate suspirou e olhou para Joe. Parecia que fora há um milhão de anos que ela pensou que poderia estar apaixonada por ele. Uma vida inteira antes.

— Você tem razão, Joe, não aceito você de volta, não — ela disse, de forma suave. — E provavelmente jantar também não é uma boa ideia. Mas obrigada pelo convite.

— Mas... — Um pequeno vinco vertical apareceu entre as sobrancelhas de Joe. — Kate, ainda estou apaixonado por você. Sei que sim. Todo esse tempo que passei com Penny, pensei em você o tempo todo. Eu...

— Você não está apaixonado por mim — Kate disse. — E eu não estou apaixonada por você. Lamento, Joe, mas acho que é melhor não nos vermos mais. Tenho um programa de tevê para fazer, então ando muito ocupada...

Joe fez que sim.

— Entendo — disse. — Mas tome, essas flores são para você. E, se mudar de ideia, estarei esperando. Vou esperar ao lado do telefone.

Kate acenou a cabeça.

— Nunca chegamos a dizer adeus, não é, Joe? — ela perguntou.

— Não — ele respondeu. — Acho que não.

Ela apanhou as flores, baixou o buquê e avançou para dar um beijo na bochecha dele.

— Agora temos um fim — ela disse, sem mágoas. — Joe agora é hora de seguir em frente.

Tom observou a cena que se passava à sua frente, grudado no chão. O enorme buquê de narcisos que ele acabara decidindo comprar porque pareciam tão alegres e vivos, tão cheios de esperança, caiu das mãos enquanto ele observava Kate colocar os braços ao redor do pescoço de Joe.

Ele desviou os olhos e se virou, e com um chute tirou os narcisos do caminho. Então, se apressou em direção à Fulham Palace Road.

Chegara tarde demais. Joe estava de volta. O cavalheiro na armadura reluzente de Kate, aquele pelo qual ela estivera tão apaixonada, a conquistara de volta. Com um enorme buquê de flores, Tom não pôde deixar de reparar. E não uma meia dúzia de narcisos mixurucas.

O que ele estava pensando? Será que ele havia realmente pensado que tinha alguma chance? Que Kate iria correr para seus braços e dizer que também o amava, que também pensava nele todas as horas de todos os dias e que não podia suportar a ideia de viver sem ele?

Claro que ela não faria isso. A única vez que ele pensara que talvez, quem sabe, pudesse haver algo entre eles fora na noite em que Joe a deixara, na noite que ela estava tão decepcionada, tão desiludida, tão humilhada. Naquela noite, ele provavelmente parecera uma boa opção. Se não tivesse entrado em pânico e saído do apartamento dela, talvez as coisas tivessem se passado de maneira diferente.

Mas ele *entrara* em pânico, e as coisas eram como eram. O que provavelmente não era ruim, porque, mesmo se ele tivesse ficado, mesmo se tivesse ligado para ela, em vez de se esconder de forma patética, não teria durado. Joe teria voltado, mais cedo ou mais tarde, e ele, Tom, teria de olhar para seu rosto cheio de misericórdia, dizendo que o problema não era ele, mas ela; ela gostava muito dele, mas não daquela forma...

Não, era melhor assim. Romantismo incorrigível não era para ele: fazia as pessoas esperarem por finais felizes, e isso era perigoso.

Kate entrou de novo no hospital ainda sem acreditar. Aquilo fora... inesperado. Ridículo, até. Joe, apaixonado por ela? Ela fez cara de quem estranhava a ideia, e sentou-se em uma das cadeiras de plástico duro na área da recepção.

Não estava apaixonada por ele, a questão era essa. Pensara que sim, mas não estava.

Estava apaixonada por Tom. E ele não a amava. Bem que os três poderiam encenar uma tragédia grega ou algo do tipo.

— Então a coisa é séria?

Duas enfermeiras sentadas a uma mesa ao lado, conversando inclinadas sobre as suas respectivas bebidas. Algo chamou sua atenção, e Kate pensou reconhecer uma delas.

— Completamente. Quer dizer, deu tudo certo. Tenho certeza.

Ah, Deus. Era a enfermeira do Tom. Lucy. A do supermercado.

Kate desviou o olhar, tentando desesperadamente não ser vista e, no entanto, também tentando desesperadamente matar a curiosidade e dar uma boa olhada nela. Então esse era o tipo de garota de que Tom gostava, é? Era baixinha, cheia de curvas, com um brilho nos olhos. "Uma pessoa divertida" era sem dúvida como seria descrita pelos amigos.

— Não acredito! Então ele já conheceu sua mãe?

— Não exagere. Mas olhe só isso aqui.

Ela estendeu a mão e mostrou um anel de platina no qual estava encravado um pequeno diamante. Kate não conseguiu tirar os olhos dele. Um anel de noivado? Mas ela achava que...

Fechou os olhos e se forçou a respirar. Tom achava que ter uma namorada era comprometimento demais, e agora ia se casar? A mente de Kate foi inundada por imagens de Tom escolhendo o anel, do momento em que ele o colocou no dedo de Lucy. Seu estômago começou a se contrair.

— Não! Uau, Lucy, é lindo. E grande! Deve ter custado uma nota.

— Dinheiro não é a questão quando alguém ama você — Lucy disse, com voz de autoridade e com um sorriso enorme no rosto.

— Uau.

Pondo-se de pé, Kate caminhou, um pouco titubeante, para fora do hospital. Tudo bem, disse para si mesma. Sabia que isso acabaria acontecendo um dia. Precisava ser pragmática e esquecer fantasias românticas e tolas, e aceitar que aquele era o mundo real.

Após respirar fundo algumas vezes, Kate refletiu um pouco, então apanhou o telefone celular.

— Joe? — disse, hesitante. — Escute, pensei melhor. Talvez um jantar não seja uma ideia tão ruim assim.

— Joe? — Penny o estava encarando. — Joe, Sarah acabou de lhe fazer uma pergunta, querido. Será que dá para você desligar o telefone agora?

Ela exibia um sorrisinho nos lábios, e Joe olhava com desdém dentro dos seus olhos azul-água e no entanto frios como aço.

— Sabe — ele disse —, na verdade preciso ir, receio. Tenho uma coisa para resolver.

Os olhos de Penny se estreitaram.

— Joe, estamos no meio de uma entrevista, meu amor. — Ela sorriu, como a pedir desculpas para a jornalista e para o fotógrafo. — Desculpem — acrescentou, levantando-se. — Será que poderiam nos dar um minutinho?

Ela foi até Joe e pegou-o pelo braço, sem desfazer o sorriso adorável nem por um segundo. Joe seguiu-a obedientemente.

— Que merda é essa? — ela murmurou assim que estavam fora do alcance dos ouvidos da equipe da *Tittle Tattle*. — Está me deixando constrangida. Você está uma bagunça só.

Joe deu de ombros.

— Estou puto, essa é a merda. Estou de saco cheio, e vou dar o fora — ele foi até o cabideiro e pegou o casaco.

— Mas você não pode — Penny bufou. — Não pode ir embora, sem mais nem menos. O que vou dizer à repórter? É para a gente ficar noivos, bosta.

— Diga para ela que recebi uma oferta melhor — Joe sugeriu.

Penny agarrou o braço dele.

— Se você sair desse apartamento, vou contar a eles sobre o tamanho do seu pinto. Vou contar para todo mundo o fracassado que você é na verdade.

— É, na página 73. Que medo — Joe disse, revirando os olhos.

Penny o fitou por um momento, então sorriu de forma recatada.

— Vamos fazer o seguinte: damos essa entrevista, e então conversamos, tudo bem? Fique só até eles irem embora, só isso.

— Lamento, mas não posso — Joe disse, se dirigindo para a porta. — Tenho um encontro. Com uma mulher que é atraente de verdade. E legal. Qualidades sobre as quais você sabe muito pouco.

— Vou pôr fogo nas suas coisas — Penny disse, com amargura.

— Não se preocupe — Joe disse enquanto se dirigia à porta. — Pretendo comprar tudo novo.

E, dando a ela um sorriso irônico, deixou o apartamento e bateu a porta atrás de si.

— Está tudo bem? — Sarah perguntou, aparecendo no corredor.

O rosto de Penny se contorceu em uma expressão amarga.

— É... um problema de família. Ele pede desculpas por ter que ir embora. Mas eu posso prosseguir com a entrevista. — Ela dirigiu um olhar sombrio à porta fechada. — Ele vai voltar, não se preocupe.

33

— Uau, você está linda. — Os olhos de Joe brilharam quando ele e Kate se encontraram na porta, e em seguida ele a levou até o bar. — Quer um drinque?

Kate fez que sim.

— Hum, gim-tônica. Obrigada — ela disse. Há algumas semanas, aquilo tudo pareceria normal, pensou. Até mesmo excitante, jantar com Joe em um restaurante chique. Teria passado horas pensando no que vestir, em vez de pegar a primeira roupa que lhe caísse nas mãos e passar rapidamente um pouco de batom.

Agora, parecia quase um desapontamento, uma decepção. Como se Joe fosse um prêmio de consolação.

Ainda assim, pensar desse jeito não levaria a nada. Esse tipo de pensamento a havia deixado toda enrolada com Tom. Agora ela era mais sensata — estava mais para "um passarinho na mão em vez de dois voando" do que "a grama do vizinho é sempre mais verde".

— Então como estão as coisas? — ela perguntou, empoleirando-se num banquinho do bar enquanto o maître apanhava seu casaco.

— Melhor agora com você — Joe disse, lançando o melhor sorriso. — Fiquei tão feliz por você mudar de ideia. Tão feliz por você me dar uma segunda chance.

Kate enrubesceu.

— Bem — ela disse, sorrindo. — Pensei que todo mundo merece uma segunda chance...

— Fico feliz em ouvir isso. Você é uma garota especial, Kate. Muito especial mesmo.

Ele estava olhando bem dentro de seus olhos, e ela lembrou como era se sentir maravilhada quando ele fazia isso, como se ela fosse a única mulher na sala.

— E então, como vai Penny? — perguntou, como quem não quer nada.

Joe revirou os olhos.

— Não sei e não quero saber. Cara, aquela mulher é um pesadelo. Quer dizer, um pesadelo mesmo, e, acredite, conheci algumas parecidas. Não sabe como fiquei feliz de me ver livre dela.

— Ah, acho que sei, sim.

Joe sorriu.

— E não consegui ficar com ela nem mais um minuto depois que me dei conta de como os sentimentos que tenho por você são profundos — ele disse, pegando a sua mão. — Minha Kate. Minha doce, adorável Kate.

Kate se mexeu na cadeira, desconfortável.

— Sua não, Joe — ela o lembrou. — Estamos apenas jantando.

— Tudo bem — Joe disse. — Isto é, por enquanto.

O maître surgiu ao lado deles e perguntou se já queriam pedir. Kate fez que sim, e Joe ofereceu o braço para ela se apoiar ao descer do banco alto.

— Por favor, venham comigo — o maître disse, e então os conduziu para uma mesa no canto do restaurante. — Bom jantar.

— Gosta desse Daphne's? — Joe perguntou, apanhando o cardápio.

— Nunca estive aqui antes, na verdade, mas parece bom.

— Foi um jornalista que me recomendou — Joe disse. — Eu não queria levar você aos mesmos lugares de sempre.

— Certo — Kate disse, sorrindo novamente, enquanto olhava o cardápio. — Bem, a comida parece incrível.

— Não tão incrível quanto você!

Kate ergueu as sobrancelhas. Estava começando a se sentir um pouco constrangida com todos aqueles elogios.

— É sério — Joe continuou. — Você está fantástica.

— Não, não estou — Kate disse, e mudou de assunto. — E então, o que vai pedir?

Joe deu de ombros.

— Por que você não escolhe? — ele perguntou, com um enorme sorriso.

Kate ficou séria.

— Olhe, Joe, não quero que você entenda nada errado sobre isto aqui. Estamos apenas jantando juntos. Estou disposta a ouvir o que você tem para me dizer. Mas ainda não somos um casal. Inclusive pode ser que as coisas nunca cheguem a isso, tudo bem? Pois você está me deixando um pouco sem graça aqui com...

Sua voz desapareceu à medida que seus olhos se fixaram em alguém do outro lado do restaurante, uma moça loira que havia acabado de chegar e que estava sentada com um homem de cabelos ruivos e crespos. Era Lucy, ela percebeu, e o homem definitivamente não era Tom. O que a noiva estava aprontando?

— Deus, me desculpe. Me desculpe — Joe se apressou em dizer. — Você tem razão. Estou indo rápido demais. É que estou entusiasmado, só isso. Tudo bem? Estamos bem?

Kate, ligeiramente distraída, fez que sim de modo vago e continuou a olhar para Lucy e o desconhecido.

— Você foi a melhor coisa que já me aconteceu, Kate — Joe continuou, inclinando-se para a frente e pegando sua mão. — E acho que nós dois poderíamos ser uma dupla e tanto. Você, com o novo programa, eu, com algum papel ótimo. Poderíamos ser celebridades e estampar capas de revistas, Kate, eu e você. Faríamos o que quiséssemos.

Kate voltou a focar sua atenção em Joe, e revirou os olhos.

— Não, obrigada — disse. — Quer dizer, não consigo pensar em nada pior do que estar na capa de uma revista. Eu dei aquela entrevista pelo abrigo, mas nunca mais. Todas essas pessoas olhando para mim! Já é ruim o suficiente me ver na televisão. Ver o meu rosto em revistas também, nem pensar.

— Você não está falando sério — Joe disse, balançando a cabeça. — É que demora um pouco para se acostumar, só isso. Kate, você é alguém agora. Não pode deixar isso escapar.

Kate se arrepiou toda.

— Claro que posso. E não quero ser alguém; quero ser eu mesma. Apenas Kate Hetherington. Você com certeza sente o mesmo, depois dessa experiência terrível com Penny. Quer dizer, aquilo é que é obsessão pela mídia. É tão triste isso.

Joe sorriu, nervoso.

— Então você não toparia dar uma entrevista? Sobre nós dois, reencontrando o amor?

Kate olhou, pasma, para ele.

— Claro que não. E, de qualquer forma, não reencontramos amor nenhum, não é mesmo? Quer dizer, eu não chamaria um jantar de "encontrar com o amor", você chamaria?

Joe olhou para ela, sem saber se Kate estava falando sério, então riu.

— Ei, estou só brincando. Estou brincando! Deus, vocês, britânicos, são tão sérios o tempo todo. — Ele apanhou o menu e começou a lê-lo.

Kate viu Lucy se levantar e apanhar a bolsa. Estava indo ao banheiro. Era essa a chance.

— Será que você... me daria licença um segundo? — ela disse, levantando-se da cadeira.

Joe fez que sim, e ela se levantou e seguiu Lucy, subindo pela escada no meio do restaurante, então por uma porta à esquerda e para dentro do banheiro feminino.

— Lucy! — ela disse, assim que esta entrou em um dos cubículos.

Ela tornou a sair, com uma expressão de surpresa no rosto, então sorriu.

— Oi! Você é amiga do Tom, não é? Ora, que bom encontrá-la aqui.

— Sim, ótimo — Kate disse. — Você... está aqui em um encontro?

Lucy sorriu.

— Sim, e você?

Kate ficou séria.

— Ah. Sim. Bem, mais ou menos. Eu só...

Lucy estava olhando para ela, curiosa.

— Só fiquei me perguntando se Tom sabe que você está aqui. Quer dizer, será que ele se importaria?

— Tom? — Apareceu um vinco na testa de Lucy. — Não vejo por que ele se importaria.

— Certo — Kate exclamou, sem saber o que dizer. — Bem, tudo bem, então. Só pensei que, bem, quando a gente vai se casar com alguém, normalmente a gente não sai com outra pessoa.

Lucy ficou olhando para ela, confusa, então um lampejo de compreensão passou pelo seu rosto.

— Você está se referindo aquele dia, na outra semana? — ela perguntou. — É, aquilo foi um pouco cara de pau. Mas foi a única maneira de fazer Connor me pedir em casamento. Pensei que, se o deixasse com ciúmes, ele se daria conta de que não pode viver sem mim, e Tom me fez esse favor. Deixou que eu ficasse no apartamento dele até o ciúme de Connor levar a melhor. Ele é adorável, Tom, não é? Um cara tão legal. Então como é que você sabia que eu e o Connor vamos nos casar?

Kate ficou olhando atônita para Lucy. De repente, começou a sentir um calorão.

— Connor? O nome do seu noivo é Connor?

Lucy sorriu.

— É. Ele está ali embaixo.

— Não é Tom, então.

— Tom? — Os olhos de Lucy se escancararam. — Claro que não. De qualquer forma, sempre achei que ele gostava de você. Ele nem conseguia falar direito depois que encontramos você por acaso, aquela vez. Só ficava andando de um lado para o outro no apartamento, resmungando consigo mesmo.

— Ele ficava... andando de um lado para o outro?

— Sim. E resmungando. Ele faz isso no hospital, também, quando está muito estressado.

— Bem. Ótimo, então. Obrigada — Kate disse enquanto um milhão de pensamentos passavam pela sua cabeça. — Bom jantar para vocês.

Ela se virou e saiu do banheiro feminino, quase tropeçando na escada ao voltar para a mesa.

— O garçom veio enquanto você foi ao banheiro. Pedi frango para você, tudo bem? — Joe disse, enquanto ela se sentava.

— Frango? — ela disse, distraída. — Sim. Ótimo.

Tom não está noivo, ela não conseguia parar de pensar. Tom andando de um lado para o outro, depois de nos encontrarmos por acaso. Andando de um lado para o outro e resmungando.

— Você está bem? — Joe perguntou. — Parece meio febril.

— Febril? — Kate perguntou, agitada. — É, pode ser. Um pouco. Está bem quente aqui, não?

— Quer pegar um pouco de ar? — Joe perguntou. — Podemos dar um pulo lá fora, se quiser.

Kate fez que sim, agradecida. Estava se sentindo como se as paredes fossem se fechar sobre ela a qualquer minuto. Deixando o casaco no encosto da cadeira, Joe a conduziu pelo bar até a frente do restaurante. Ela cruzou os olhos com os de Lucy no caminho e lhe deu um sorriso débil.

Porém, ao sair do restaurante para o agradável e fresco ar noturno, Kate foi brindada por um clarão de flashes disparado por um grupo de homens que começavam a tirar fotos.

— Joe? — um deles gritou. — Você e Kate estão juntos de novo?

— Kate, aqui, querida. Sorria para nós.

— É verdade que vocês reataram? — gritou outro.

Olhando ao redor, espantada, Kate encarou Joe sem entender nada.

— Não dê bola — ele disse, sorrindo e colocando o braço ao redor dela. — Infelizmente esses caras gostam de me seguir.

— Mas... — Kate protegeu os olhos das luzes ofuscantes. — Mas como eles sabiam que você estava aqui? Que eu estava aqui?

Uma mulher se aproximou correndo de Joe.

— Oi! — ela disse. — Escutem, meu editor está muito entusiasmado com a entrevista que você propôs. Como está a agenda de vocês para amanhã?

Kate olhou para ela.

— Quem propôs que entrevista?

A mulher sorriu.

— Desculpe. Eu sou Lucinda Stewart, da revista *Uau!* O agente do Joe me ligou para fazermos uma entrevista com vocês dois hoje. E devo dizer que vocês fazem um casal lindo. Nossos leitores vão adorar vê-los...

Kate deu um sorrisinho amarelo para ela e então se virou para Joe.

Ele fez uma expressão de quem pede desculpas.

— Esses agentes — disse. — O que fazer com caras assim? Digo para ele que vamos sair para jantar, e ele faz isso. Me desculpe.

Lucinda ficou séria.

— Mas seu agente disse que você havia pedido que ele entrasse em contato conosco... — ela começou.

Joe ergueu a mão para fazê-la parar de falar:

— Obrigado — disse. — Mas Kate não está se sentindo bem. Será que pode nos deixar em paz, por favor?

Ele pôs o braço em torno de Kate, de forma protetora, mas ela se esquivou.

— A única pessoa que precisa me deixar em paz é você — ela disparou. — Afaste-se de mim, Joe. — Então se virou para Lucinda. — E que fique registrado que não sou namorada dele. Eu não namoraria com ele nem se fôssemos os dois últimos seres humanos no planeta. E sim, pode colocar isso entre aspas.

Ela olhou ao redor, desesperada.

— Por favor, preciso de um táxi — disse para o fotógrafo mais próximo. — Viu algum por aí?

O porteiro do Daphne's surgiu ao seu lado.

— Por favor, me permita — ele disse, parando um táxi que passava. — E nossos sinceros pedidos de desculpas: infelizmente não temos como impedir que essa gentinha fique aqui fora.

Kate arqueou as sobrancelhas.

— O senhor também deveria se preocupar com a gentinha lá de dentro — ela disse com um suspiro, e então fechou a porta do carro. — Para Shepherd's Bush — disse. — E rápido.

O táxi correu pelas ruas de Londres, enquanto Kate tentava pensar no que iria dizer. Mas quando finalmente chegou ao apartamento de Tom, quando pulou para fora do táxi, agitada, e apertou a campainha, ninguém atendeu. Tom não estava em casa. Kate ficou cinco minutos em frente à porta, apertando a campainha e chamando seu nome na janela, mas acabou tendo que aceitar o fato de que ele não estava em casa.

Suspirou. Se estivesse com a cabeça no lugar, teria pedido para o táxi esperar, mas claro que o havia mandado embora. Rapidamente apanhou o celular e discou um número.

— Sal? Como está o carro? — ela perguntou, com urgência. — Acho que preciso de uma carona.

No momento em que Kate chegou à casa de Sal, a porta da frente se abriu.

— O que aconteceu? — Sal perguntou. — O que Tom disse?

Kate olhou para ela.

— Ele não disse nada — ela respondeu. — Lucy disse. É que eu pensava que eles estavam noivos. Então eu saí para jantar com o Joe. E então descobri... que não estavam. E Joe havia chamado esses fotógrafos... — Ela praticamente cuspiu a última palavra, enojada. — E ele não está em casa — concluiu. — Então precisamos ir até o hospital.

Sal fez cara de quem não estava entendendo.

— Quem não está em casa? E quem está no hospital?

Kate olhou para ela, desesperada.

— Tom — ela disse. — Vamos lá, faça um esforço.

— OK — Sal concordou. — Desculpe. E você não viu Tom durante o dia?

— Não! — Kate disse. — Por que eu veria?

— Bem, é que estivemos juntos por volta das quatro, e ele estava indo declarar seu eterno amor por você — Sal desembuchou, sem rodeios. — Conversamos sobre que flores ele deveria comprar.

— O quê? — Kate estava atônita. — Mas... por que você não me contou?

Sal suspirou.

— Hum. Sim, claro, por que não liguei para você e disse: "Ah, Kate, só para arrasar com o momento mais romântico da sua vida, pensei que eu deveria lhe dizer que Tom está indo para aí para dizer que está apaixonado por você." Céus, onde eu estava com a cabeça?

Kate empalideceu.

— Joe veio me ver às quatro e meia. Talvez Tom tenha visto ele e pensado...

— Talvez ele tenha pensado certo, já que você acabou saindo para jantar com Joe. Me conte o que aconteceu. Eu achava que você não gostava mais dele.

— Não gosto — Kate disse, indignada. — Pensei que eu estava sendo pragmática...

— Pragmática? Kate, olhe, lamento dizer, mas você não é uma pragmática das melhores, não.

Kate ficou séria.

— Sou, sim.

Sal fez que não.

— Não, lamento.

De repente alguém tocou a campainha e elas olharam uma para a outra.

— Rápido — Kate gritou. — Pode ser ele. Pode ser Tom...

Ela correu até a porta e a escancarou, então exibiu uma expressão de quem não estava entendendo nada.

Gareth sorriu, desconcertado.

— Ah, desculpe. Eu vim para falar com Sal.

— Com Sal? — Kate perguntou. — Por quê?

Gareth deu de ombros.

— Na verdade, para falar sobre você. Ouça, o Joe não está aqui, está? Quer dizer, se vocês querem voltar, é problema seu, mas posso deixar registrado e dizer categoricamente que eu não aprovo? Quer dizer, ele tocou na Penny. Está contaminado.

Kate o encarou completamente confusa.

— O quê? — perguntou. — Por que raios você pensaria que eu voltei para o Joe?

Gareth revirou os olhos, impaciente.

— A revista *Tittle Tattle* me ligou para saber o que eu achava sobre vocês dois voltarem. Sabe, na condição de amigo próximo. Desculpe, mas eu disse que não duraria nada.

Kate agarrou-o pelo braço e o levou para dentro.

— Eu não estou com Joe — ela disse. — Vou até o hospital para encontrar Tom.

— Ed! — Sal gritou. — Nós vamos para o hospital.

— Hospital? — Ed desceu correndo as escadas, com uma expressão preocupada no rosto. — Por que, o que há de errado?

— Nada — Sal disse, impaciente. — Estamos numa missão romântica. Ou pelo menos a Kate está. Eu sou só a motorista.

— Não, você não é, não — Ed disse, imediatamente. — Não no seu estado. Eu dirijo. Só deixem eu pegar as chaves.

Sal revirou os olhos.

— Ed, eu posso muito bem dirigir, você sabe — ela saiu gritando atrás dele, mas ele reapareceu sorrindo e a beijou.

— Sim, eu sei — ele disse. — Qual hospital?

— Sim — Gareth fez coro, os olhos brilhando de excitação. — Qual hospital? E por que estamos indo, mesmo?

— *Eu* estava indo para o Charing Cross — Kate disse, conseguindo dar um sorriso. — Mas parece que teremos uma expedição.

Todos trataram de entrar no carro de Ed, e ele dirigiu até o hospital em tempo recorde, conseguindo evitar a maior parte do congestionamento na rotatória de Hammersmith graças a um providencial atalho. Entraram no terreno do amplo hospital da década de 1960 e cantaram pneus ao parar do lado de fora da entrada principal, onde Ed estacionou, ao lado de uma ambulância.

— Tudo bem, desejem-me boa sorte! — Kate disse, apreensiva, pulando para fora do carro.

Gareth e Sal levantaram os dedões, Ed acenou, e Kate atravessou correndo a entrada. Apenas quando chegou ao balcão ela se deu conta de que não fazia a menor ideia do que iria dizer.

— Oi! — ela exclamou para a recepcionista. — Preciso falar com o Dr. Whitson. Dr. Tom Whitson.

— Você é paciente? — a mulher perguntou.

Kate fez que não.

— Uma amiga. Uma amiga de infância.

A mulher olhou para ela.

— E é um assunto importante?

— Muito — Kate disse, sem fôlego. — Incrivelmente importante.

— Importante o suficiente para interromper uma cirurgia? — a mulher perguntou.

Kate sorriu, sem graça.

— Bem importante — disse. — É muito importante.

A mulher lhe dirigiu um olhar um tanto quanto incrédulo e apanhou o interfone:

— Olá. Tenho uma pessoa querendo falar com o Dr. Whitson... Sim... Entendo... Certo.

Ela desligou e olhou para Kate, inexpressivamente.

— Lamento — disse, com um pequeno dar de ombros.

— Lamento, ele está ocupado? — Kate perguntou. — Ou lamento, espere um pouco? Ou lamento, volte mais tarde? Lamenta sobre o quê, exatamente?

— Na verdade, não lamento nada — a mulher disse. — Só estava sendo educada. Mas o seu Dr. Whitson não está aqui. Ele só deve vir de manhã. De forma que você pode esperar, se quiser. Você decide.

— Está bem — Kate disse, baixinho. — Obrigada. Eu... Acho que vou embora, na verdade.

A mulher sorriu.

— É melhor — disse.

A jornada de volta para Shepherd's Bush foi consideravelmente mais desanimada do que a até o hospital.

— Talvez ele tenha saído com os amigos — Sal disse, tentando animar Kate. — Ligue para ele em uma hora e tenho certeza de que ele vai estar em casa.

— *Nós* somos os amigos dele — Kate lembrou. — E se ele não estiver em casa?

— Durma conosco lá em casa essa noite, então — Sal disse, enquanto saíram da Fulham Palace Road para a familiar rotatória de Hammersmith. — Assim você não vai ficar obcecada, pensando em onde ele está, e amanhã pode ir falar com ele e ter o seu momento romântico.

Kate balançou a cabeça.

— Quero vê-lo agora. E se ele me viu mesmo falando com Joe? Não vou conseguir dormir até falar com ele.

Sal franziu o cenho e cutucou Ed.

— Fique conosco — ele concordou. — Faço panquecas.

Sal arqueou uma sobrancelha e Ed deu de ombros:

— Faço, sim — ele disse, se defendendo. — As minhas panquecas são ótimas.

— Eu adoro panquecas — Gareth disse, dando uma indireta, e Sal suspirou.

— Você também pode ficar conosco, se quiser — ela disse. — Mas vocês vão ter de dividir o sofá-cama.

— Uma festa do pijama! — Gareth exclamou, bem quando entravam na Shepherd's Bush Road. — Podemos fazer lanchinho da meia-noite? E ler histórias de terror uns para os outros?

Ed olhou para Sal, preocupado.

— Eu ainda preciso ir trabalhar amanhã, sabem? Quer dizer, fazer panquecas é rápido, mas não tenho tanta certeza sobre histórias de fantasmas e lanche da meia-noite...

— Gareth, nada de lanche da meia-noite — Sal disse. — E vai ser uma história só, nada mais.

— Tá bom — Gareth ficou amuado, e Ed sorriu.

— Viu? — ele disse, com voz suave. — Você vai ser uma mãe ótima. Você nasceu para ser mãe!

— Olhem — Kate disse —, é muito legal da parte de vocês, mas não estou muito a fim de panquecas. Nem de histórias de fantasmas, ou... — sua voz desapareceu e ela engoliu em seco. — Acho que vou para casa.

— Quer que eu vá com você? — Gareth se ofereceu, com alguma expectativa.

Kate fez que não, tristonha, e Ed sinalizou para dobrar na rua dela, à esquerda.

— A oferta continua de pé, Kate — Sal disse. — Quer dizer, se você mudar de ideia. Caso se sinta sozinha ou algo do tipo...

Kate deu um sorriso forçado.

— Obrigada. Mesmo. Mas vou ficar bem. E, de qualquer forma, tenho um dia cheio pela frente amanhã.

Ed parou do lado de fora do prédio de Kate, e ela deu um beijo em cada um antes de sair do carro.

— E eu ainda posso dormir com vocês? — ela ouviu Gareth pedir, com voz lamentosa, enquanto ela fechava a porta do carro e lentamente se dirigia até o prédio, voltando-se para um breve aceno, o carro de Ed se afastando.

Kate tirou da bolsa as chaves para abrir a porta, então parou, ao ouvir passos atrás de si. Passos que vinham da pequena área pavimentada do lado de fora do seu apartamento. Era tudo o que ela precisava: ser atacada. Isso oficializaria aquele dia como o pior dia da sua vida.

Ela se virou, e o que viu a deixou boquiaberta.

— Eu estava me perguntando por que você estava demorando tanto.

Kate continuou pasma, enquanto Tom saía da sombra, com um sorrisinho no rosto.

— Sabe, está uma noite deliciosa. Quase comecei a cantar, há uma hora, aquela música de *My Fair Lady* sobre estar na rua onde se mora.

Kate, com os olhos arregalados, observou Tom por um momento, então disparou:

— Tom! Eu estava procurando você. Fui à sua casa, e até o hospital, e...

— Pensei que talvez você estivesse com Joe — Tom disse, sem agressividade na voz.

Kate balançou a cabeça veementemente.

— Nem pensar. Quer dizer, eu estava. Jantando. Mas só porque... — Ela baixou os olhos para o chão. — Achei que você e Lucy... Mas então descobri que não... Sal disse que você procurou por mim mais cedo?

Ela levantou o olhar, brilhante de expectativa, e Tom fez que sim.

— Foi então que eu vi você com Joe.

Kate olhou para o chão de novo.

— E eu saí correndo — Tom continuou. — Me apavorei. Voltei para casa e ouvi um pouco de Billie. E li um pouco daquele seu livro.

— Livro?

— Este aqui — ele entregou a ela o velho e surrado exemplar de *Manual para românticas incorrigíveis*, e ela engasgou.

— Eu joguei isso fora! — disse, surpresa.

— E eu o resgatei — Tom disse, suavemente. — É um livro ridículo. Cheio de conselhos estúpidos, como ser corajosa e enfrentar problemas. Ser otimista e valorizar os aspectos positivos da vida. Nunca desistir e...

— Estúpido — Kate concordou, com um sorrisinho nos lábios. — Realmente uma bobagem.

— E então pensei que talvez sair correndo fosse uma coisa meio patética de se fazer. Elizabeth Stallwood diria que eu pelo menos deveria desafiar Joe para um duelo ou algo do tipo. Dar a você a chance de fazer uma escolha avalizada.

— Escolha? — Kate disse, agora sorrindo.

Tom olhou para o chão, e então de novo para Kate.

— Kate, eu... eu gosto de você. Sempre gostei. Não, não é isso. Eu te amo, Kate. Amo tudo em você. Aprendi a amar até este livro, este livro perigoso e suas desastrosas dicas de moda. Eu quero ser o seu herói romântico, Kate. Quero ser aquele que vai virar sua cabeça e cavalgar pôr do sol adentro com você na garupa do meu cavalo. E se isso não puder acontecer, então pelo menos me deixe ficar na sua lista de suplentes. Caso o herói fique preso numa emboscada...

Kate o beijou.

— Que tal você simplesmente ser o amor da minha vida? — ela sussurrou, numa voz rouca. — Aquele em que eu penso o dia inteiro até chegar em casa. Aquele que eu gostaria que me abraçasse agora?

— Assim? — Tom disse, se inclinando e abraçando-a.

— Exatamente assim — Kate sussurrou, pressionando o rosto contra o pescoço dele.

— Mas pelo menos deixe eu usar um chapéu charmoso — Tom riu, beijando os lábios dela, o nariz, a testa, e então os lábios de novo.

— A questão é, Tom, que eu não sou mais uma romântica incorrigível — Kate disse, séria.

— Mas você precisa ser — Tom disse, com uma expressão magoada. — Você me converteu completamente, e Sal também, pelo visto. Não pode se transformar numa pragmática agora. Por favor.

Kate balançou a cabeça.

— Lamento, Tom. Simplesmente não sou mais. Então ela sorriu, maliciosa. — Sou uma romântica que foi corrigida — e ficou na ponta dos pés para beijar Tom mais uma vez. — Afinal de contas, o que é isso, senão um final feliz?

REVISTA TITTLE TATTLE
VOCÊ VAI LER AQUI ANTES!
19 DE MARÇO DE 2006

CHANTELLE diz que não pode falar sobre seu último caso amoroso, *pág. 5*

Rainha dos programas de reforma **BETTY CONWAY** conta tudo sobre sua nova carreira na frente das câmeras e por que o câncer foi a melhor coisa que já lhe aconteceu, *pág. 11*

Dr. Amor: fotos exclusivas de **KATE HETHERINGTON** curtindo uma folga com o novo namorado, Dr. Tom Whitson, em Barbados, *pág. 13*

Ex-apresentadora de tevê Penny Pennington anuncia noivado com o ex de Kate Hetherington, Joe Rogers, e o casal revela seus planos para o novo reality show, **PENNY E JOE**, um olhar minuto a minuto sobre a vida conjugal do feliz casal, *pág. 78*

HOT GOSSIP!
★ NÓS CONHECEMOS AS CELEBRIDADES ★
JULHO DE 2006

BIG BROTHER: troca de ofensas ao vivo na televisão — todos os detalhes sórdidos, *pág. 7*

Kate Hetherington em sua estreia como diretora, em um documentário que acompanhará seu namorado, Dr. Tom Whitson, e uma equipe de **MÉDICOS SEM FRONTEIRAS** em uma jornada aos subúrbios esquecidos de Cabul, *pág. 12*

Penny Pennington e Joe Rogers falam sobre o **FIM DO CONTRATO COM O CANAL DE TEVÊ A CABO**, a luta de Joe contra o **ALCOOLISMO** e as expectativas em relação a uma nova carreira na música, *pág. 92*

FAB!
O SEMANÁRIO ESSENCIAL
OUTUBRO DE 2006

Por que JAMES HOFFMAN, estrela de AQUI, ALI, está desesperado para esquecer seus tempos de gorila, *pág. 7*

KATE HETHERINGTEON é vista fazendo compras com a melhor amiga e o afilhado. FAB! pergunta: será que ela também vai ser mamãe? *Pág. 11*

PENNY PENNINGTON revela por que não queria mesmo participar do CELEBRITY BIG BROTHER e como está aliviada por ter sido recusada, *pág. 99*

CHAT!
VOCÊ SABE QUE QUER...
DEZEMBRO DE 2006

CASAL 20 VAI DAR O GRANDE PASSO? Kate Hetherington e seu amado foram vistos na Tiffany's — temos as fotos para provar, *pág. 9*

Betty Conway e homem-gorila-que-se-transformou-em-ator James Hoffman conquistam L.A. com seu novo programa, TRANSFORMANDO SONHOS EM REALIDADE — veja fotos secretas e de bastidores, *pág. 15*

Ex-celebridades Penny Pennington e Joe Rogers esperam retomar suas carreiras fracassadas com a participação em EXILADOS, um novo reality show que coloca casais de ex-celebridades uns contra os outros, vivendo em uma ilha deserta na costa da Austrália sem qualquer conforto, comendo apenas o que conseguirem encontrar. Leia tudo na *pág. 103* eBay — leilão terminando em breve

◆◆◆◆◆◆◆◆◆◆◆◆◆◆◆◆◆◆◆◆◆◆◆◆◆◆◆◆◆

MANUAL PARA ROMÂNTICAS INCORRIGÍVEIS

Condição: usado

Descrição: Você é uma romântica incorrigível? Você quer amor e paixão, e sente-se desapontada e decepcionada com a realidade das relações amorosas? Não se desespere. O *Manual para românticas incorrigíveis* vai salvar você. O *Manual para românticas incorrigíveis* é um manual para a vida. O romantismo é todo seu, você apenas precisa encontrá-lo. O *Manual para românticas incorrigíveis* não vai dizer apenas onde achá-lo, mas vai auxiliá-la durante todo o trajeto. Este livro mudará sua vida — nós garantimos. Se você não encontrar o amor verdadeiro, peça seu dinheiro de volta.

Vendedor: C*P1D25 (kate.whitson@hotmail.co.uk)

◆◆◆◆◆◆◆◆◆◆◆◆◆◆◆◆◆◆◆◆◆◆◆◆◆◆◆◆◆

Este livro foi composto na tipologia
MattAntique Bt, em corpo 10/15, e
impresso em papel off-set 90g/m² no
Sistema Cameron da Divisão Gráfica da
Distribuidora Record.

Seja um Leitor Preferencial Record
e receba informações sobre nossos lançamentos.
Escreva para
RP Record
Caixa Postal 23.052
Rio de Janeiro, RJ – CEP 20922-970
dando seu nome e endereço
e tenha acesso a nossas ofertas especiais.

Válido somente no Brasil.

Ou visite a nossa *home page*:
http://www.record.com.br